Edition G. Braun

Jürgen Lodemann, geboren 1936, bekannt geworden mit seinen Ruhr-Klassikern „Anita Drögemöller" und „Essen Viehofer Platz", war lange Literaturkritiker im Fernsehen des Südwestfunks (s. „Text + Kritik" Band 100), arbeitet, seit er unsere Zeit als Epoche des „Depressionsismus" durchschaute, als Filmemacher und Schriftsteller. Kenner nennen seinen Irland-Roman „Lynch", seine USA-Tagebücher, seine Autobiographie „Der Solljunge" oder auch seine Kindergeschichten. – Max von der Grün: „Die deutsche Literatur ist arm an solchen Büchern, die so leicht zu lesen sind und doch mit ernstem sozialen Hintergrund Leben vermitteln." – Zuletzt erschien: „Mit der Bagdadbahn durch unbekannte Türkei, Tagebuch einer preiswerten Reise."

Umschlagfoto: Klaus Fröhlich, Bötzingen a.K.
Satz: Barbara Herrmann, Freiburg
Druck: G. Braun Druckerei und Verlage

CIP-Titelaufnahme der Deutschen Bibliothek

Lodemann, Jürgen :
Alles wird gut : Roman / Jürgen Lodemann. - Karlsruhe : Braun, 1991
(Edition G. Braun)
ISBN 3-7650-8093-4

Jürgen Lodemann

Alles wird gut

Roman

G. BRAUN

Die hier vorliegende Erzählung handelt zwar von wahren, aber nicht von wirklichen Personen.

ACHTUNG: SchreibWeise

Bei allem Respekt vorm Duden, er ist weder die fünfte Gewalt im Staat noch die siebzehnte, ist nach wie vor nicht rechtsverbindlich, darum erlaube ich mir, in unseren ach so deutschen *Composita* manchmal (!) den Teil großzuschreiben, um den's mir geht. Die Schreibweise SchreibWeise zum Beispiel könnte erinnern, daß da Musik mitspielt. Oder: Schweinelendchen, aber SchweineElend. Allen Recht-, Schreib- und Dudengläubigen ins buchstäbliche Gedächtnis: Alle Zauber kehren wieder, wo dein sanfter Fleigel wühlt –

J. L.

ESSEN (Borbeck-Bergeborbeck)

Larry Libuda hatte soeben die unvermeidliche, die ruhrbeherrschende KleinZeitung neben seinen Frühstücks-Kaffee geholt, hatte seinen Lieblingssender geschaltet und den Mund aufgetan, um den Morgenbiß in die gewohnte Schichtenfolge zu senken, also in knackiges Brot (Vollkorn, Koriander), kühlschrankkalten Quark (40 Prozent) und Ganz-Frucht-Konfitüre von der Schweizer Luxusfirma, als hinter der Kaffeetasse das Telefon schwirrte. Er legte, was er hatte beißen wollen, zurück, nahm den Hörer.

„Detektei Ruhr, G.F.E., guten Morgen."

„Staatsanwaltschaft Baden-Baden. Ich verbinde."

„Wie bitte?"

Keine Antwort. Knacken und Rauschen.

Ein Männer-Organ: „Spreche ich etwa mit Larry?"

„Schon, doch. Und mit wem spreche ich?"

„Bist Du's wirklich?"

„Und wer, verdammt, bist Du?"

„Hab ich Dich endlich, alte Pflaume. Hier spricht Ewald. Ewald Isenbügel – alter Kumpel, sag bloß, Du schnallst jetzt nichts."

„Ewald, Du gewesener Banknachbar. Natürlich schnalle ich. Noch vor zwei Tagen sah ich Dich, im Traum – wieder mal haben wir nebeneinander Abitur gemacht."

„Is wahr?"

„Schon deswegen ein Alptraum, weil Du Hirni mir auch diesmal nichts vorgesagt hast. Daran denkst Du nicht mal im Traum."

„Ich bin zerknirscht. Und nehme die Chance wahr, Dir nunmehr etwas vorzusagen. Etwas überaus Hilfreiches. Staatlich Wertvolles."

„Langsam – ‚Staatsanwalt' biste?"

„Ob Du's glaubst oder nicht, hier spricht die Staatsanwaltschaft. Und Du stehst seit Jahren in meinem Notizbuch. Als ich hörte, Du hättest 'ne Detektei und als Dich das Hamburger MontagsOrgan zitierte als einen, der den Orient-Händler Immel beim WaffenDeal erwischte, war mir klar, diesen Libuda, den werde ich gelegentlich mißbrauchen."

„Wozu. In Baden-Baden?"

„Gerade hier. Und nur hier."

„Wer hat bei Euch wen vergiftet? Oma den Opa oder doch Opa die Oma?"

„Der Gärtner alle beide. Aber lassen wir Dir Deinen Glauben. In unser Pensionopolis wollte ich Dich schon vor einem Jahr holen."

„Und warum haste's gelassen? Weil ich kein Examen habe? mein Proleten-Outfit is zu deutlich? Gib's zu."

„Hier wurde um eine Giftschleuder gekungelt, um Sondermüll, der Rauch beim Verbrennen hätte mit dem üblichen Südwestwind das Weltbad benebelt. Um rauszukriegen, wer da wen geschmiert hatte, brauchte ich dringend einen von außen."

„Einen Unbenebelten."

„Meinen alten Banknachbar Larry."

„Und? Wo blieb der Auftrag?"

„Der Landesvater, der alles betrieb, verfing sich inzwischen in der eigenen Betriebsamkeit."

„Und Du? Worin hängst nun Du?"

„Hättest Du in letzter Zeit Zeitung gelesen, wäre Dir der Name des Weltbads ungut aufgefallen."

„Kommt auf die Zeitung an." Schwermütig hob Libuda das Blatt neben seiner Tasse. Ließ es sinken, nahm die Tasse.

„Sogar in unserem gemeinsamen Borbeck dürftest Du gelesen haben, wie arg und eng es neuerdings unseren Partei-

Vorsitzenden geht. Seit die meisten Dreistigkeiten bei Partei-Spenden aufflogen und überall dies böse Wort ‚Steuerhinterziehung' auftauchte, seitdem sind ihre Kassen leer –"

„– ich erinnere, ja, dochdoch, das stand sogar in der Bäkkerblume des RuhrReviers, da ging am oberen Rheine einer Eurer Landesvorsitzenden eigenhändig auf die Suche nach Rheingold und hat in Baden-Baden einen Juwelenladen ausgeräumt, dochdoch, das las man sogar in Essen-Borbeck/Bergeborbeck."

„Siehste."

„Sag bloß, Du jagst diesen Räuber. Und sag bloß, nun bin ich es, der den finden soll. Den wilden Vorsitzenden – arbeitete der nicht gar mit einem Schießprügel? Habt Ihr zuviel Schiß vor dem oder was is."

„Wie schon in der Schule. Du hast wieder nicht genau genug gelesen. Den Herrn Vorsitzenden haben wir längst. Nein, nun geht's um Feinheiten. Gemeinheiten. Mach Deinen Laden dicht, besprich Deinen Anrufbeantworter: ‚bis auf weiteres kein Service, keine Verfolgungen, keine einstweiligen Erschießungen' und sei heute nachmittag in meinem Büro. In spätestens fünf Stunden. Intercity 11.03 Uhr ab Essen. Ankunft Baden-Baden 15.12 Uhr."

„Donnerlutsch die Tüte ab – Spesen?"

„Spesen und Honorare nach Art des Weltbads: ‚mit Niveau'."

„Mich quietscht die Quotilde – aber –"

„Aber? Sag bloß, Du verweigerst Dich mir."

„Leider ja. Heute nachmittag spielt RotWeiß gegen RotWeiß, Essen gegen Oberhausen. Auf Freitag vorgezogen, weil am Samstag zehn Kilometer daneben das GroßSpiel in Schalke steigt."

„Deines endet unentschieden. Torlos. Hörst es um 16.00 Uhr, hier im Südwestfunk. Komm her, wir dagegen brauchen einen Sieg. In Baden-Baden spielt Geld gegen Geld. Bis nachher, Du Dumpfnuß."

Der legte auf. Es sprach der Staatsanwalt Ewald.

Auch Larry Libuda hängte den Hörer ein, griff sich endlich seine morgendliche QuarkBrotSchichtung de Luxe, biß hinein. Und begann zu grübeln.

Während nun der Inhaber der frisch gegründeten ‚Detektei Ruhr, G.F.E.', der sich Libuda und Larry nennen ließ, weil er als Claus-Ludger und Sprickmann schon am Gymnasium Borbeck um seinen Ruf gefürchtet hatte, während er nun im Intercity rheinauf fährt, bleibt nachzutragen, daß dieser Detektiv, wann immer keine Aktion anstand, und das war in Borbeck-Bergeborbeck gern der Fall, Gedanken und Träumen nachhing und dabei nicht selten Gedichte entstehen ließ, ja, auch in Intercities verfertigte er Gedichtchen, kleine nur. Selten länger als zwei Zeilen.

In diesen Werken trat die zu lösende Problematik stets als Ziege in Erscheinung, als bockig widerborstiges Freß- und Meckertier, um das sich die Detektei Ruhr als Panther bemühte.

Doch gegen diesen Panther, also gegen Larry Libuda selbst oder vielmehr Claus-Ludger Sprickmann, stand als ständige kriminelle Energie eine Kobra, eine so listige wie gefährliche. Die beiden Gegner, also Panther und Kobra, unterschieden sich, auch in nur zwei Zeilen, immer aufs neue und deutlichste, meistens durch psychospezifische Spitzfindigkeiten, so auch jetzt, im Intercity ‚Trans-Alpino', zwischen Boppard und Bacharach, wo Libuda sich auf folgende zwei Zeilen festlegen zu müssen meinte: Der Kobra wird das ZiegenKriegen stets genügen. Der Panther aber wird in schnellen Zügen siegen.

BADEN-BADEN

Kaum in Baden-Baden dem ‚Trans-Alpino' entstiegen, fühlte sich Claus-Ludger oder vielmehr Larry Libuda eher betrübt. Vom Anblick des nebligen Orts. Von der Trübsal seiner naßkalten Straßen und von den mürrischen und offenbar ganz und gar schwersinnigen Menschen. Auch vom in Resten umherliegenden Schnee von gestern und vom Hundekot von heute, dem einzig Frischen hier.

Angesichts so vieler tümpeliger DumpfLast versiegte ihm das Träumen wie das Dichten. Er konzentrierte sich darauf, die Staatsanwaltschaft zu finden.

An einer römisch-keltischen Berglehne entdeckte er sie, nach komplizierten Beschreibungen der ortseigenen Leute und den entsprechenden SuchAbenteuern. Ein so verwinkeltes wie treppenreiches Behördenhaus war das, darin betrat er nach manchen weiteren Irrgängen, kurz vor Büroschluß, doch auch das Zimmer seines Schulfreunds. Eine Vorzimmerdame wies eine fernere Tür. Larry öffnete und – erblickte seinen Ewald als Staatsanwalt. Feist geworden. Er trat ein, drückte hinter sich die Tür ins Schloß, zwei Männer sanken sich an die Schulter.

„Alte Pflaume, wie iset."

„Wat soll sein."

Nach dem Traditionsgruß unter Essenern lösten sie ihre Umarmung und betrachteten sich. „Da sieht man's ma widder", maulte der Detektiv, „wie et endet, wenn der eine sein Examen schafft und der andere hingegen nich."

„Dann endet es so, daß der eine die interessanten Jobs macht, wogegen der andere in einem so muffigen Büro wie diesem täglich acht Stunden das Leben juristisch zu zergliedern hat. Setz Dich, was trinkste, ich habe Stauder-Pils, nur echt aus Borbecks Dampfbierbrauerei."

„Wenn wir uns über alles so schnell einigen" – Libuda sah sich um – „und wenn bei Euch alles so muffig ist wie hier, dann kann es heiter werden."

Der Staatsanwalt öffnete die Schranktür, schwarz gebeizte Eiche, holte aus einem Kühlschränkchen vier Flaschen und reichte zwei seinem Larry. Der war inzwischen in tiefen Sesselpolstern gelandet, genopptem Leder, speckig dunkel, und grüßte von dort, nachdem er den Verschluß an einer der dunkelgrünen BorbeckFlaschen geöffnet hatte: „Prost Ewald. Aber jetzt erklär es mir. Warum, zum Donner, soll ausgerechnet ich Eure süddeutsche Parteienfinanzierung aufdecken."

„Sollst Du ja gar nicht." Ewald versank hinter seiner schwarzen SchreibAnlage, legte die gut behosten Beine darauf, hob ebenfalls die Flasche. „Prost, altes Haus". Trank ausführlich und erklärte dann: „Nichts dergel – darum geht es nicht. Der gewesene Vorsitzende, wie gesagt, sitzt. Von hier aus nur fünf Mauern weiter, mindestens so mufflig wie ich."

„Um was geht es statt dessen?"

„Rauszukriegen, wer hier wen reinlegt."

„Ganz was Neues."

„Ein Spielchen, das hierorts höchstens noch einer durchblicken kann, der weit von außen kommt. Er muß erstens naiv genug sein."

„Danke."

„Und zweitens darf ihn keiner hier kennen. Darf mit keinem aus der hiesigen Mischpoke verfilzt sein oder/und verschwägert. Hast Du Verwandte, Bekannte in Baden-Baden?"

„Ja."

Der Schulfreund blickte besorgt. „Wen?"

„Staatsanwalt Ewald Isenbügel."

„Läßt sich verkraften. Du wärst also, in der üppigen Kriminalgeschichte von Baden-Baden, der erste Beamte oder

Staatsbeauftragte, der nicht auch, ginge es denn doch mal korrekt zu, gegen sich selbst zu ermitteln hätte."

„Nochmal, worum geht's."

„Vor knapp zwei Wochen, wie Du auch in Bergeborbeck hast lesen können, betrat hier ein Felix Lortz, gewesener Landesvorsitzender der Freisinnigen Dealer Partei, ein stadtbekanntes Juweliergeschäft."

„Soviel hab ich mitbekommen. Sag mir Genaueres."

„Was Du nicht mitbekommen haben wirst: das Geschäft liegt in kapitaler Lage, direkt vorm historischen Spiel-Casino, astreiner Klassizismus des frühen neunzehnten Jahrhunderts, hätte nicht das Weltbad auch dies längst zu Schickimicki verschandelt, alles Umstände, die kein Zeitungsbericht auch nur angedeutet hat. Betrat also den gepflegten Laden und zog, nach Aussage der Ladenleute, in der Tat ein Schießeisen. Drohte, verlangte Geschmeide und unterstrich die Drohung mit einem Schuß in die kostbare Ladenkulisse, fabrikneues Klassizismus-Imitat."

„Und verschwand mit dem Geschmeide? Ohne irgendeine Behinderung durch Euch und Eure Vollstrecker?"

„Ja, nach Aussage des Ladenpersonals, ja. So steht sie, die Zeugen-Aussage. Ich werde Dir die Protokolle geben. Auch schon meinen Entwurf der Anklageschrift. Fotos vom Tatort, von den Beweisstücken etcetera, Hintergrundmaterial zum freisinnigen Herrn Vorsitzenden, was immer Du benötigen wirst."

„Benötigen? – Zu welchen Aufgaben."

Isenbügel hob abermals die Stauder-Flasche. „Das Geschmeide brauchen wir."

„Sag bloß, Ihr habt zwar den parteilichen Räuber – aber nicht die Klunker?"

„So ist es. Die Steinchen sind weg. Die Fassungen ebenso." Traurig klang die staatliche Stimme. „Spurlos." Klang gerade so hohl wie auf dem gläsernen Tischchen der Ton der leeren Flasche, die er behutsam niedersetzte.

„Tsss – die Preziosen soll ich Euch beschaffen. Dat Rheingold. Tss tss tss. Hätt dat nich noch 'n Tach Zeit gehabt? Ich weiß nich, ob Du noch weißt, wattet heißt, wenn die alten Kämpen von Obberhausen und Bärgeborbeck aufenander loskloppen. Seit Addi Preißler, seit August Gottschalk sind dat Feiertage anne Emscher."

Freund Ewald nickte. „Ich weiß es. Heut hört man nur noch von Kalli Feldkamp. Aber dagegen steht: Es ist zwar so gut wie sicher, daß der gewesene Vorsitzende der Räuber war. Nur säh ich bei meiner Anklage-Erhebung ungemein günstiger aus, ich besäße außer zwei Dutzend Zeugen-Aussagen auch noch ein paar handfeste Indizien."

„Die Klunker."

„Erstaunlich präzise denkt mein alter Schulkumpel. Grad so griffsicher, wie sich der Mann aus Oggersheim in aller Eile bedient hat. Schau Dir den Laden an, in den Kurhaus-Kolonnaden."

„Wieviele sind verschwunden?"

„Ungewöhnliche Karate. Brillanten, Rubine, Smaragde. Platin. Diamanten. Du bekommst die genaue Aufstellung."

„Apropos KolonnadenLaden: Personal und Besitzer sind identisch?"

„Sind verwandt. Im Laden bedienten den Vorsitzenden die Juniors."

„Was gesteht der sitzende Vorsitzende?"

„Streitet alles ab, natürlich. Er habe weder gedroht noch geklaut noch sei er überhaupt zum fraglichen Zeitpunkt in diesem Laden gewesen."

„Aber in Baden-Baden war er?"

„Mit breiter Spur. Die konnte er nicht mehr verwischen. War zum Einkaufen da, mit Familie."

„Und die Familie hat gepetzt?"

„Die bezeugen und belegen dem Papi allerhand Aufenthalte. Freilich keinen im Juwelenladen. Den letzten Beweis brächten die Kleinodien."

„Die ich beschaffen soll."

„Außerdem fehlt uns der Zusammenhang zwischen Papis Schießprügel und der Patrone. Eine Patrone haben wir gefunden, aber kein Schießeisen."

„Das ich ebenfalls erschnüffeln darf? Aus dem Schoß der Familie? Oder woher. Aus der Parteikasse? Aus dem Bachbett der Baden-Baden durchströmenden Oos?"

„Dieses hier" – Isenbügel hielt ein kleines Metallstück in die Höhe – „haben wir immerhin gefunden. Gestern. Fand sich im Manteltäschchen des unheimlichen Vorsitzenden."

Er reichte Larry das Blinkende. Der besah sich's. War ein Schlüsselchen. Oft gebraucht. Kaum noch lesbar die Prägung. „Wenn man's genau besieht, handelt es sich um den Besitz einer Bank in Zürich. Um ein Safe-Schlüsselchen."

„Jetzt sind Deine Revier-Künste gefragt, Larry. Deine unvoreingenommenen. Vor allem Deine altbewährte, Deine menschenfreundliche Mogelkunst."

„Danke, GroßMogul. Du meinst also meine Naivität."

„Behalte das Schlüsselchen, steck's gut weg."

„Gab es offizielle Anfragen an diese Schweizerische Bank?"

„Gab es, aber es gab, wie vorauszusehen, keinerlei Amtshilfe. Du weißt, die Zürcher profitieren seit langem davon, daß niemand herandarf an ihre Konten, ihre Safes, ihre Unterlagen, ihre Horte."

„Niemand. Du sagtest ‚niemand'. Vergiß nicht, daß auch ich ein Niemand bin. Vergiß das nicht, Freund Ewald. Früher warst Du ‚Ömmes'. Weißat noch?"

„Ich weiß dat noch. Und gerade dieser Umstand, daß Du hier in der Tat ein Niemand bist, der macht Dich ja so überaus interessant. Im Ruhrgebiet kennt Dich mancher. Hier niemand. Hier hast Du, wenn's um Rheingold geht, die Chance der Tarnkappe. Der treuherzigen RuhrNaivität. Des pfiffigen, mogelfrohen BankNachbarn. Kannst Dich unbefangen durchlavieren, rantricksen an Hinz wie an Kotz. Und womöglich, am Ende sogar, an Zürcher BankGeheimnisse." Der gewesene BorbeckNachbar Isenbügel, nun SesselNachbar, köpfte sich eine neue RuhrFlasche. Der Verschluß war nach alter Art aufzuschlagen, mit der Handkante. „Außerdem" – er trank.

„Was ist? Außerdem?"

„Außerdem – mir stockt der Atem."

„Vor was? Vor wem?" Larry sah sich um. Dicke Mauern. Schalldicht. Nicht mal die Schreibkraft nebenan war zu hören. „Wir sind hier offenbar unter uns, Hirni. Laß es raus."

„Außerdem – hast Du – das fiel mir sofort auf und ein – eine gewisse Ähnlichkeit mit unserm Mann."

Nun nahm Larry den längeren Schluck. Geheime Schrekken, auch er spülte sie gern hinunter. Stellte dann ebenfalls die Flasche auf den Tisch. Der leere Ton, Glas gegen Glas, klang schon wieder keß, wirkte forscher als der aus der Flasche des Staatsvertreters.

„Du willst doch nun von mir nicht etwa, daß ich nach Zürich fahre und dort, im Auftrag des Staates, den gewesenen Vorsitzenden markiere?"

„Der Staat will lediglich, daß Du zunächst mal diese Papiere anschaust, genauestens." Freund Ewald hob einen schwarzen Koffer, von dem Larry die ganze Zeit über vermutet hatte, daß er dem StaatsMann gehörte. „Dieser Koffer ist randvoll. Mit Dokumenten, Fotos, Belegen. Mit Notizen, Protokollen. Mit Hochinteressantem. Hinreißende NachtLektüre. Bis morgen hast Du das lückenlos gelesen. Meine Frau Steinel reservierte für Dich im ‚Badhotel Hirsch' ein wunderbares –"

Er unterbrach sich. In der Tür stand die Vorzimmerfrau, hielt einen Zettel in der Hand. „Ich habe also mitgeschrieben –"

Isenbügel nickte, blickte sie an. Nickte nochmal.

Sie setzte ihre Brille auf und las vor. „RotWeiß Essen gegen RotWeiß Oberhausen: Null zu Null, unentschieden. War es das?"

„Danke, Frau Steinel, das war's. Sie können jetzt heim. Schönes Wochenende."

Die Dame nahm die Brille ab, zog sich zurück. Wenn Larry

richtig beobachtet hatte, verschwand sie mit einem Knicks.

Hinter sich hörte er den Staatsanwalt. „Du siehst, Du hast in Essen überhaupt nichts verpaßt."

„Dann hast Du noch immer keine Ahnung. Vom Leben wie vom Fußball. Zum Beispiel unseren neuen Libero hätte ich sehen müssen."

Isenbügel hob seine Beine vom Tisch, stand auf. „Jetzt ist Larry Libuda unser Libero. Ausgerechnet Rahns Nachfolger als Decknamen zu mißbrauchen – was für ein Detektiv muß das sein."

Auch Larry stand auf. „An Rahn wie an Libuda kam keiner vorbei."

„Nun also auch wir nicht, okay." Isenbügel sprach sein ‚okay' so, daß es sich auf Larrys ‚vorbei' reimte. Gleichklang, RuhrHarmonie. Das wußte Ewald schon immer rasch herbeizuzaubern. Aus dem Hemdsärmel zu schütteln.

Die Nachbarn von der Borbecker Schulbank standen einander gegenüber, Auge in Auge. Ewald hob den Koffer.

„Wie gesagt, Du kampierst auf unsere Rechnung. Und zwar im ‚Badhotel Hirsch', vom Mittelprächtigen das Feinste, schon seit dem Mittelalter in gutem Ruf, damals ein BadePuff, heute fließt nur noch Thermalwasser in jedes Zimmer, direkt in jede Wanne. Hast dort bis morgen früh sämtliche Papiere zur Kenntnis genommen, in diesem Koffer findest Du alles, was unseren leistungsbewußten Parteifinanzierer betrifft. Und hast am Vormittag um zehn einen Termin bei den Laden-Erben, Vincentistraße 15, anschließend einen bei mir, Hermann-Sielcken-Straße 62. Auch diese Anschriften findest Du in diesem Behältnis –"

Larry zögerte, den Koffer zu nehmen. Isenbügel hielt ihm den nun schon ziemlich lange entgegen, schwarze Eleganz am ausgestreckten Arm. Libuda aber zögerte ebenso lange. Bis der Schulfreund versicherte: „Auch Deine Spesen und Penunsen sind in diesem Koffer spezifiziert. Aufs Genaueste. Als

Vertrag."

Da griff Larry zu. Und bekam, kaum trug er den Koffer, zu hören: „Hömma, altes Haus, hätte ich nicht heute abend diesen öden Empfang beim Sender, ich würde mich neunmal lieber mit Dir besaufen. Aber das läßt sich nachholen, is klar?"

„Auch ich hätte sowas jetzt vorgezogen. Aber wieso *neunmal* lieber?"

„Für jedes gemeinsame Jahr auf der Borbecker Penne einmal."

„Ach Ömmes, Du grüne Neune. Okay, das holen wir nach. Neunmal. Allerdings, das heißt –"

„Das heißt was?"

„– das hängt ab von dem, was ich in diesem Staatsköfferchen finden werde. ‚Spezifiziert'."

„Schau's Dir an. Und verschlamp all diese Dingerchen nicht." Ewald Isenbügel übergab ihm ein weiteres Schlüsselchen, das zweite für den GeheimKoffer.

BADEN-BADEN (und Oggersheim)

Noch am selben Abend, nach dem Bad im Thermalwasser, das aus keltisch-römischer Berglehne direkt in die Wanne des Zimmers 27 im ‚Badhotel Hirsch' floß, legte sich Libuda, bürgerlich Claus-Ludger Sprickmann, aber wer mag schon Claus-Ludger gerufen werden, auf die breite Überdecke des Hotelbetts, den Koffer neben sich und öffnete ihn mit dem einen der beiden Schlüsselchen.

Obenauf ein Brief, von Ewald an ihn, offenbar der Vertrag, den ließ er ungeöffnet. Nie gab er sich geldgierig, wußte, daß man, wollte man weiterkommen, diese Gier gut beherrschen mußte. Unter dem EwaldBrief eine Personenbeschreibung. Der Anzuklagende besaß das Bundesverdienstkreuz (das Große, am Bande) und war noch jetzt Mitglied des Bundesvorstands seiner Partei. Seit elf Jahren freisinniger Fraktionschef im Landesparlament, dieses ebenfalls noch jetzt. Hatte exzellente Verträge mit großen Industrieverbänden, zumal mit dem mächtigsten seines rheinpfälzischen Landes, mit dem der Pharmazeuten. Besaß aber auch einen Beratervertrag mit der ersten und beinahe einzigen Luftlinie der Nation. Reiste viel, kampierte in besten Hotels, nicht nur international, auch in Baden-Baden. Dort im ‚Brenner's'. Am Tag der mutmaßlichen Tat hatte er abends im ‚Stahlbad' gespeist, ohne Familie. Mittags im ‚Lamm', im Vorort Neuweier, mit Familie. Tagesspesen 735.- DM, laut Abrechnung mit der Luftlinie.

Mit dem Pharma-Verband hatte es Ärger gegeben. Des Fraktionsführers Spesen waren zu hoch, sein Nutzen zu wenig ersichtlich, außerdem hatte der Lobbyist versucht, Kostbarkeiten auf Pharma-Kosten zu erwerben und war nun, da dieser Erwerb entdeckt wurde, gezwungen worden, alles wieder zu verhökern, Grundstücke, Teppiche, Münzen, Schmuck, es war gar zum Prozeß gekommen. Das Verfahren wurde eingestellt, als der Angeklagte zugesichert hatte, die erstaunlichen Werte restlos und klaglos zu ersetzen. Schuldete derzeit dem Verband 1 Million, der FliegFirma 1,6 Millionen. Am 21. Dezember lag im Briefkasten seines Anwesens in der Marbacher Straße 9 zu Oggersheim ein wiederholtes, ein letztes Mahnschreiben über rückständige Rückzahlungen.

Larry blätterte weiter, fand, daß der verdiente Dealer noch an diesem selben 21. Dezember in Baden-Baden gewesen war. Auch an Heiligabend nochmal. Daß er an beiden Tagen Juwelierläden besucht hatte, nichts gekauft, aber Gespräche geführt, Interesse gezeigt; verschiedene Zeugen erinnerten sich. Libuda überging Haftprüfungstermine, Beweismittel, Zeugenlisten und die Aufstellung der ‚Augenscheinsobjekte', nahm sich stattdessen den Tathergang vor.

Am 28. Dezember schließlich habe, so hieß es, der Herr L. aus O. mit Gattin und Schwiegermutter und erwachsener Tochter ‚einen netten Ausflug gemacht', von seiner Villa im Pfälzischen, dem Nachbarhaus des Kanzlers, hinüber nach Baden-Baden. Hatte seine drei Damen zum Essen ausgeführt, wie gesagt ins ‚Lamm' (Baden-Baden 23) und hatte sie, nachdem er sie bei den Kurhauskolonnaden verlassen hatte, im blauen Mercedes weiterfahren lassen, auf die Schwarzwaldhochstraße, wo sie, tausend Meter über dem Übrigen, „im Schnee spazieren gehen" wollten oder sollten. – Während er, unten, im Dunst der Niederungen, „Geschäftliches zu erledigen" hatte, wie alle drei Zeuginnen beteuerten.

In der Tat, dort, im Weichbild des gepflegten Spiel-Casinos, betrat der Ordensträger der westdeutschen Republik gegen 15.30 Uhr eines der angesehensten Juweliergeschäfte des zweitausend Jahre alten Bades. Im Laden ein junger Mann, Björn, der Sohn des Inhabers. Bei dem erkundigte sich der Kunde nach ‚besonders reizvollem' Schmuck. Der Junior, von der nicht gerade präzisen Wunsch-Beschreibung irritiert, deckte dem seriös wirkenden Gast allerhand auf. Legte nach und nach eine größere Palette all des Schönen vor, was diese Firma zu bieten hatte, in der Hoffnung, es werde sich schon herausstellen, was dem Herrn als ,besonders reizvoll' galt.

Beide Männer waren also allein im Laden. Der Herr, Mitte fünfzig, schien sich auszukennen, stellte Fragen nach Wert und Material. Rubine sollten es nun sein, ein Rubinen-Collier. Außerdem ein Herrenring aus Platin, mindestens mit einem Acht-Karat-Stein.

Allmählich dämmerte dem Verkäufer, daß sein Gegenüber nicht zum erstenmal im Laden war. Das letzte Mal ungefähr vor einem halben Jahr. Auffallend diese merkwürdige Uhr am Arm des Kunden. Eine Uhr mit achteckigem Weißgoldgehäuse und blauem Zifferblatt. Sowas merkt sich ein Juwelier. Statt der Ziffern nur Punkte, diamantene Glitzerpunkte.

Auch das wußte der junge Mann später noch genau, und siehe, so eine Uhr besaß tatsächlich unser geschätzter und soeben geschaßter Parteiboß und Schatzmeister. Der auffällige Edel-Chronometer war von der Marke ,Audemars Piquet – Royal Oak', Wert 16.950.- DM.

Larry blätterte, las. Auch die ersten Presseberichte. Beim letzten Landtagswahlkampf hatte er für die Freisinnige Dealer Partei mit dem Slogan geworben: „Wir wollen nicht Ihre Diamanten, sondern nur Ihre Stimme." Diese denkwürdige Poesie muß ihn sehr besessen haben. So sehr, daß sein Lebenslauf ihn vom feinen Brenner's Parkhotel (Übernachtung ab 380.- DM [E.Z.]) auf die Pritsche der U-Haft warf. Denn nun, am 28.12., gegen 15.30 Uhr, geschah ja wohl, nach übereinstimmender Aussage verschiedener Zeugen, folgendes.

Der so sehr seriös wirkende Kunde habe plötzlich verlangt, der junge Mann möge wegen eines besonders hochkarätigen Diamanten, der nur im Frankfurter Hauptgeschäft vorhanden war, dort anrufen. Kaum habe der 22jährige sich abgewendet und den Hörer ergriffen, da habe er einen harten Gegenstand in seinem Rücken gespürt und das Kommando bekommen: „Überfall! Hände hoch!"

Habe sich, das Harte immer im Rücken, abgedrängt gefunden, durch den Vorhang hindurch in ein kleines Hinterzimmer, wo er, Björn, den Befehl bekam, sich auf den Boden zu legen, bäuchlings. In diesem Augenblick habe sich die Ladentür bewegt und der Ruf „Hallo? Björn?" habe ihm, dem jungen Mann, klargemacht, wer da hereingekommen sei, Natascha, seine Freundin. „Wer ist das?" habe der Fremde gezischelt. „Meine Freundin." „Rufen Sie sie rein."

Natascha sei hereingekommen, habe ebenfalls „Überfall" zu hören gekriegt und sehr knapp einen Herrn im dunkelblauen TrenchCoat sehen können, habe sich sofort niederlegen müssen, und zwar, da sonst kaum Raum war in der engen TresorHerberge, auf ihren Freund Björn. Auf dessen Rücken. Gleichfalls bäuchlings, versteht sich.

Einen Moment habe nun unser Selbstbediener gezögert und dann angeordnet, Natascha möge sich wieder erheben und mit dem hier reichlich umherliegenden Verpackungsmaterial, mit dem sonst Uhren oder edles Gestein eingewickelt und verschnürt wurden, nunmehr ihren Freund einzuwickeln und zu verschnüren. Also mit Kordeln, mit Klebebändern und auch mit der Telefonschnur, die der hilfreiche Kunde eigenhändig aus der Wand riß.

Als Freund Björn hinreichend verschnürt schien, habe sich Natascha wieder, wie zuvor, auf ihn legen müssen und sei dann ebenfalls eingewickelt und festgeklebt worden, nunmehr vom Ordensträger selber, an Händen und Füßen, mit dem Befehl, sich auf keinen Fall zu rühren. Auch Natascha beteuerte, sie habe das Schießgerät gespürt.

Dann leerte er, über ihnen, den Tresor. Und kurz danach hätten beide aus dem vorderen Raum, aus dem Laden also, vom weiteren Sammeleifer ihres Kunden unmißverständliche Geräusche gehört. Das Schubladenziehen, das Raffen und Beiseiteschieben der Glastüren, das Einfüllen des Köstlichen in eine dunkle Ledertasche. Von dieser Tasche wußten übereinstimmend alle zu berichten, die den vormaligen Parteichef an diesem 28. Dezember zu Gesicht bekommen hatten.

Wie sich später herausstellte und von den Juwelieren exakt aufgelistet werden konnte, sammelte unser Mann aus Oggersheim in diesen Augenblicken Schmuck und Edelsteine im Wert von 2,6 Millionen in seine liberale Kasse. Anhänger, Armbänder, Broschen, Ringe, Uhren, Ohrgehänge, Colliers. Außerdem Bargeld in Höhe von neunzehnhundert Deutschen Mark.

Nach getaner Kollekte sei er wieder im Eingang des Tresorzimmers erschienen und habe dem verwickelten Pärchen Drohungen zugerufen. Habe Natascha abermals das Harte an den Körper gedrückt, an ihre Schläfe habe er das gehalten, offenbar die Mündung seines Schießrohrs, und habe geknurrt: „Eigentlich müßte ich Euch jetzt umbringen. Aber wenn Ihr noch zehn Minuten so bleibt wie jetzt, dann passiert Euch nichts. Andernfalls steht draußen mein Komplize, und zwar mit dieser Knarre. Ist das klar?"

Was er mit diesen Ausführungen gemeint haben könnte, habe der Politiker, den sie bei der Gegenüberstellung klar erkannt haben wollten, durch kräftige Schläge auf die Hinterköpfe unterstrichen, ja, mit dem harten Eisen, das gab Spuren an beiden Köpfen, Platzwunden. Ärztlich bezeugte Blutkrusten. Und der Räuber habe dann zu allem Überfluß, durch jenen Vorhang hindurch, der den Laden vom Tresorraum trennt, einen Schuß abgegeben. Aus einem Revolver Smith & Wesson, Kaliber 38, spezial. Das Geschoß drang in die geschmackvolle Holzverschalung des Tresorzimmers. Einen Meter und 29 Zentimeter oberhalb des Fußbodens drang es ein. Blieb also gut oberhalb der gestapelten Liebesleute.

Der Entwurf der Anklageschrift ging, nach Einvernahme aller Zeugen, davon aus, daß der mit dem Bundesverdienstkreuz am Bande nunmehr in Richtung Stadtmitte geeilt sei. Mit jener gut gefüllten dunklen Ledertasche. Darin Juwelen im Wert von gut zweieinhalb Millionen und ein Schießgerät der Firma Smith & Wesson. Laut Unterlagen seit Jahren in seinem Eigentum, unter der Waffen-Nummer 307921.

Die Tat an diesem 28. Dezember müsse zwischen 15.30 und 15.45 Uhr geschehen sein. Um 15.47 Uhr registrierte das Polizei-Revier Baden-Baden den Alarm-Anruf aus dem Juwelengeschäft. Zur selben Minute betrat der Vorsitzende die Modeboutique H. in der nahen Lichtentaler Straße – Entfernung vom Tatort 265 Meter, Gehzeit etwa drei Minuten. Im Laden H. verlangte er ein Lederkostüm, offenbar für seine Freundin, altrosafarben. Wert 1.527.- DM.

Als es ans Bezahlen ging, kramte er im bewußten Aktenkoffer und erklärte, er müsse erst mal seine American-Express-Karte aus seinem PKW holen. Man war einverstanden. Zur Sicherheit habe der Herr seine Ledertasche zurückgelassen. Ausgerechnet die, mit dem heißen, dem strahlenden Inhalt – letzter irritierter Versuch, das wieder loszuwerden, umzukehren?

Statt sich zu seinem PKW zu begeben, der, wie die Familie aussagte, inzwischen vor dem Theater Baden-Baden parkte und wo die drei Frauen der Familie ihr geschäftiges Oberhaupt erwarteten, ging der Mann, nunmehr offensichtlich voll in Verwirrung oder aber im Konsumrausch, in das Ladengeschäft der Firma R., nur 50 Meter von der Boutique H. entfernt. Er dürfte dort kurz nach 16.00 Uhr eingetroffen sein. Dem Verkäufer im Laden R. erklärte er, er habe seinen Winter-Mantel im Intercity liegen lassen, benötige bei dieser Kälte (laut Wetterdienst waren's am Nachmittag des 28.12. plus drei Grad Celsius, fürs wärmliche Baden-Baden Extremkälte) unbedingt einen neuen, einen ‚festen Mantel'.

Er wählte einen grauen Tuchmantel. Fischgräten-Muster. Dazu eine Lederweste. Gesamtwert des Einkaufs 3.529.- DM.

An der Kasse legte er nun doch die Kreditkarte vor, von der er zuvor behauptet hatte, er habe sie im Auto vergessen, American-Express. Der Verkäufer fragte fernmündlich bei der

Frankfurter Zentrale nach, ob Deckung vorhanden sei. Die Uhrzeit dieser Anfrage, laut Computer der American-Express-Bank: 16.13 Uhr.

‚Ist doch wirklich ein Segen, dieses Zahlen per Kreditkarte', sagte sich unser einsamer Leser Libuda. ‚Wenn alle Gangster sich daran hielten, wie einfach wäre es, das Böse zu verfolgen – ach'.

Der Anzuklagende kehrte unmittelbar nach dem ZweitEinkauf zur H.-Boutique zurück, etwa um 16.15 Uhr. Dort wies er nun die Kreditkarte vor, von der er zuvor erklärt hatte, er müsse sie aus seinem Wagen holen. Ließ sich das Lederkostüm, altrosa, aushändigen, in zwei Plastiktüten, erhielt nun auch wieder seine dunkle, seine schwerwiegende Tragetasche.

Ungefähr um 16.25 Uhr erschien er auf dem Parkplatz zwischen Kurhaus-Kolonnaden und Theater. Bis dorthin beträgt die Gehzeit, laut Polizei, wiederum höchstens drei Minuten. Eine Verkäuferin des Juweliergeschäfts F., die aus einem hinteren Schaufenster eine Uhr herauszuholen hatte, beobachtete, wie in diesem Augenblick der Herr aus Oggersheim einen blauen Mercedes mit LU-Kennzeichen bestieg, an der Fahrerseite. Eine weitere Zeugin aus demselben Geschäft bestätigte das. Die Frauen der Freisinnigen-Familie, entsprechend befragt, stritten das nicht ab.

Der LU-Fahrer, der in seinen Aussagen beteuerte, an diesem Nachmittag im Kurhaus mit wichtigen Geschäftspartnern der bewußten deutschen Fluglinie verhandelt zu haben, wobei er sich weigerte, die Namen dieser Leute zu nennen (‚Datenschutz'), gab zu Protokoll, seinen Wagen um die Innenstadt der keltisch-römischen Gründung herumgesteuert zu haben, zum Gausplatz. Dort hielt er an, stieg aus und wollte telefonieren, aus einer Fernsprechzelle heraus, wollte dem Aufsichtsrat des Ludwigshafener KabelpilotFernsehens die Verschiebung einer Sitzung anheimstellen. Da habe er, nach eigenem Bekunden, beobachtet, wie sein Fahrzeug von der Schutzpolizei (die inzwischen von dem Raub-Überfall informiert war) kontrolliert wurde.

Er kehrte, ohne telefoniert zu haben, zum Wagen zurück und erklärte den Beamten, er habe seinen Ausweis nicht bei sich, er sei Abgeordneter des Landesparlaments von Rheinland-Pfalz. Die Beamten, die nicht wußten, daß die Dealer-Partei bei der letzten Wahl gar nicht ins Parlament des Nachbarlandes gekommen war, baten wenigstens um einen Ausweis einer der im Wagen sitzenden Frauen. Die Gattin des vormaligen Vorsitzenden konnte sich ausweisen. Daraufhin ließen die Beamten den Wagen passieren, der bog in die Schillerstraße, zum ‚Brenner's. Hier trennte sich das Oberhaupt von den Seinen, die Frauen fuhren heim. Im Mercedes, nach Oggersheim. Er aber mietete sich ein Einzelzimmer, im Baden-Badener ‚Brenner's', das war nun so gegen 17.00 Uhr.

Am Empfang des Hotels de Luxe hinterlegte er die dunkle Koffertasche mit der Bemerkung, sie werde am kommenden Vormittag von seinem Fahrer abgeholt. Die Tasche ist in der Portiersloge verwahrt worden. Gegen 19.30 Uhr begab sich der Herr dann ins erste Restaurant am Platze, ins ‚Stahlbad', wo er zu Abend aß. Allein. Ausführlich aß er, der Arbeitersohn. „Ich sah es nicht als meine Aufgabe an, in einer Frikadellenbude zu essen. Und das bei einem Arbeitgeber, der Milliardenumsätze macht". So, wörtlich, Herr Lortz, nach dem zweiten der Vernehmungsprotokolle.

Am nächsten Morgen reiste er früh mit dem Taxi nach Karlsruhe, von dort mit dem Intercity nach Mannheim, wo ihn seine Ehefrau am Hauptbahnhof abholte, nach Oggersheim. Die Auslagen für den netten Ausflug, wie gesagt, wurden der arbeitgebenden Luftlinie berechnet, jener, die ‚Milliardenumsätze macht'. ‚Reisekosten für geschäftliche Verhandlungen'.

Am nächsten Tag, am Samstag, den 29. Dezember, besuchte der Kanzler-Nachbar das Haarstudio D. in Mannheim (Kaiserring), wo die Zeugin W. arbeitete, eine Schwester seiner

Freundin (der das Lederkostüm in Altrosa zugedacht war). Dies Etablissement betrat er, um sich von der W. das Haupthaar dunkelbraun einfärben zu lassen. Nach Aussagen der Zeugin war dies das erstemal, daß der Mittfünfziger seine angegrauten Haare färben lassen wollte. Sie kam seinem Wunsch nach.

Frau S., eine Angestellte der W., hatte ihm nach der Einfärbung das Haupthaar auch noch zu kürzen. Und zwar ‚radikal', so habe er's gewünscht, der nunmehr Dunkelbraune. Der Zeugin S. fiel auf, daß er vermutlich schon selber Hand angelegt hatte. Über der Stirn bemerkte sie eine kleine frische Schnittwunde, offenbar von einer Rasierklinge. Die Zeugin war sich sicher, daß der Herr versucht hatte, sich sein Haar selber zu stutzen, durch Abrasieren. Der erklärte ihr auch den Grund. Er habe eine Verabredung mit amerikanischen Geschäftsleuten, wolle sich deren sympathischen Kurz-Haarschnitt anpassen.

Für den nächsten Tag, also für Sonntag, den 30. Dezember, ging aus den Unterlagen hervor, daß der Mann aus dem Bundesvorstand der Freisinnigen nunmehr zu seiner Freundin nach Frankfurt fuhr, wo er ihr eine Villa eingerichtet hatte. Dort fuhr er also vor, im Mercedes, und lud sie ein, ihn nach Zürich zu begleiten.

In Zürich trafen sie noch am selben Abend ein und logierten von nun an in der ersten Adresse der Kapitale des Kapitals, im ‚Baur au Lac', für mehrere Nächte, rund um den Jahreswechsel.

Als Silvester und Neujahr vorüber waren, begab sich der Berater von Medizinproduzenten und Flugverkäufern offenbar zu einem Bankhaus am Paradeplatz.

Larry blätterte vor und zurück, verglich verschiedene Aussagen. Ab jetzt gab es nur noch Vermutungen. Jedenfalls was die Aktionen in Zürich betraf. Offenbar mietete der Oggersheimer ja wohl einen Safe.

„Er hatte immer Papiere bei sich und schrieb und schrieb",

erzählte Frau Z., die Freundin. Was sie solange in Zürich getan habe, fragte der vernehmende Beamte. „Gebummelt", war die Antwort. In der knappen Woche, die sie mit ihrem Freund in Zürich war, sei sie durch die Straßen getrödelt, durch Geschäfte, Boutiquen, Galerien, derweil ihr Begleiter, wie sie vermutete, mit einem Gutachten für die große Fluglinie beschäftigt war.

Man traf sich zu den Tischzeiten und in den Nächten. Die Silvesternacht verbrachte man auf einem Ball. Trotz schönem winterlichen Wetter schien die Stimmung gedrückt. Im Hamburger MontagsOrgan war ein unguter Bericht über ihren Freund erschienen, seine finanzielle Situation sei dubios, war da zu lesen. Von leichtfertigen Transaktionen und zweifelhaften Einladungen und von Vergnügungsreisen war die Rede, gar von Ausflügen in Rotlichtzonen. Und als sie ihm zum Trost, gutmütig, einen alten KarnevalsHit vorgesungen habe: „Steht Dir's Wassä bis zom Hals, moch e Woi-Kur in de Palz", da habe ihr Freund das überhaupt nicht komisch finden können. Da sei es zu einer Art Krach gekommen.

Am 5. Januar jedenfalls fuhr die Freundin nach Hause. Allein. Per Bahn. Warum? Weil, wie sie glaubte, ihr Freund zu viel zu tun hatte. Und weil er nun offenbar extrem schwierige Verkaufsgespräche führte. Er habe halt sehr angespannt gewirkt, nervös, ja, gereizt.

Der Freund jedoch, so stellte sich heraus, fuhr noch am selben Tag zurück. Kurz nach ihr, in seinem Mercedes. Und wurde am selben Tag festgenommen, abends, bei der Heimkehr, gegen 20.00 Uhr, vor seinem Haus in der Marbacher Straße, neben der Kanzler-Villa. Er begrüßte die Beamten mit der Bemerkung: „Nehmen Sie's mir nicht übel, aber Sie müssen total verrückt sein."

BADEN-BADEN (Steinbach)

Ungewöhnlich früh, schon kurz nach acht Uhr, wachte Libuda auf, mitten zwischen Papieren. Er hatte bis weit nach Mitternacht den schön verwickelten Fall studiert. Hatte sich aus den knappen Polizeiprotokollen und aus Ewalds Anklage-Entwurf die Chronologie der einigermaßen verrückten Abläufe rekonstruiert. Nun war's früher Samstagmorgen und er lag, angekleidet, zwischen Kopien und beglaubigten Abschriften. Der Brief des alten Banknachbarn an ihn, den sogenannten Libuda, Alleininhaber und alleiniges Personal der sogenannten ‚Detektei Ruhr, G.F.E.', war ungeöffnet auf die breite Überdecke gesunken, auf den großblumig gemusterten Hotelteppich.

Er angelte das Couvert, öffnete, las. Alle Reisekosten, so hieß es da, würden erstattet, alle, die notwendig würden bis zur Ermittlung der fehlenden Geschmeide. Flugreisen nach vorheriger Vereinbarung. Tagesspesen je nach Preisniveau Inland/Ausland, im Ausland gestaffelt, höchste Stufe gleich beim Nachbarn, in der Schweiz. Also nichts wie dorthin? Honorar: 5.000.- DM Garantie. Neue Absprache nach einem Monat. Alle zwei Tage mündlicher Bericht (‚ggf. telefonisch').

Endlich sagst Du mir gut vor, Nachbar.

Larry Libuda nahm ein Thermalbad, frühstückte, vermißte freilich die bewährte, die kühlende Quarkschicht zwischen süßen Früchten und kernigem Brot, las, Brötchen mümmelnd, die ortseigene Zeitung, fand den Namen des inhaftierten Ex-Parteiführers weder auf den Politikseiten noch im Vermischten noch im Lokalteil. Die Sensation hatte keinen Medienwert mehr, Larry Libuda würde ungestört ermitteln können.

Warum nun ein Termin bei den Juwelieren? Larry hielt das

nicht nur für sinnlos, sondern sogar für schädlich. In diesem Millionärsnest, von dem zu hören wie zu lesen war, daß es unter allen deutschen Ortschaften, im Vergleich zur Einwohnerzahl, die höchste Quote nicht nur an Millionären, sondern auch Selbstmördern hatte, an diesem Ort der Betrübnis war's von seltenem Vorteil, von keinem gekannt zu werden, ein Niemand zu sein. Diesen Vorteil wollte er nutzen und aufrechterhalten, auch gegenüber Juwelieren.

Larry ließ es elf Uhr werden, rollte dann im Taxi zur Hermann-Sielcken-Straße.

„Willkommen, Kumpel Claus, wir sind allein, Freundchen. Meine Familie hab ich auf die Schwarzwaldhochstraße geschickt, damit –"

„– damit sie sich ein bißchen in der besseren Luft und im Schnee bewegen kann, ich weiß."

„Woher bitteschön?"

„Alle besseren Familien am oberen Rheine denken so. Aus Deinem schlauen Köfferken weiß ich dat."

„Larry, nimm Platz. Wieder Stauder?"

Larry nahm Platz und Stauder und bewunderte Ewalds gediegene Bescheidenheit. Rings nur Naturholz, Kiefer, keinerlei Gelsenkirchener Barock, nicht mal wirkliche Stilmöbel, nein, Skandinavien gab den Ton an.

„Wie war's bei den Geschmeide-Händlern?"

„So geschmeidig, daß ich erst gar nicht hin bin."

„Wie bitte? Ich hatte Dich angemeldet. Unmöglich, was müssen die nun denken."

„Das allerdings würde auch mich interessieren. Nur werden sie's niemandem verraten."

„Also warum. Was ist los, Larry."

Er versuchte, seinem klugen Banknachbarn mitzuteilen, was er sich gedacht hatte. „Nach allem, was ich Deinen Papieren entnommen habe, geht es um eine stattliche Summe. Und es gibt keinen Grund, an irgendeiner Einlassung Deiner Zeugen zu zweifeln, auch nicht an derjenigen der Juweliere.

Die Beweislast ist erdrückend. Das dürfte schon jetzt ausreichen zur Verurteilung. Nur haben eben diese Juniors wie ihr Senior ein begreifliches Interesse, ihre Kleinodien wiederzubekommen –"

„– ja, und deswegen mit Dir zu sprechen, Dich kennenzulernen."

„Was hülfe das. Hömma – hab ich Dein Vertrauen oder hab ich dat nich. Als Du mich hierhärgelockt haß, da hasse zwei Gründe genannt: Ärstens sei ich genügend naiv. Zweitens sei ich an diesem trüben Ort genügend unbekannt. Bei beidem wollen wir es belassen. Prost, Ömmes."

„Gut Schluck", sagte Ewald und schluckte.

„Hömma Ömmes, Du möchtest für Deinen Anklage-Entwurf den letzten Beweis, okay. Um den zu kriegen, hilft mir's wenig, wenn ich in verschieden schönen Augen, in grünen oder blauen Augen, den Schmerz über geklaute Millionen studiere. Ich muß annehmen, daß all ihre protokollierten Aussagen stimmen. Daran ändert auch eine noch so schöne Natascha nichts und auch nicht ein noch so tüchtiger Junior oder Senior – mir ist in der Tat sehr lieb, sie wissen nicht, wie ich aussehe, nicht mal, daß es mich gibt und daß ich Libuda heiße und in Wahrheit Sprickmann und daß ich nunmehr die Beute jage. Mir genügt die genaue Aufstellung dessen, was sie vermissen. Die habe ich im Koffer. Basta. Nu kuckße knatschich? Hömma, äy, Du haß mich gemietet, weil ich in Dei'm MilljonärsPuff 'n unbeschriebenet Blatt bin. Lassen wer't dabei."

„Das wird heiter. Gleich die erste Anordnung eigenmächtig unterlaufen."

„‚Unterlaufen'. Wie er sich ausdrückt, unser Staatsverweser. Mein alter Hirni. Mein ‚Ömmes'. Keine Sorge, Ewäldchen. Wer einen Unterläufer heuert, der muß damit klarkomm'. Erste Frage für heute: Was weißt Du über Öffnungszeiten bei Schweizer Banken?"

Der Anwalt drückte Zahlen, tippte eine Nummer auf seinem interessant absurden Telefonapparat, als staatlicher Beamter tippte er auf eine private Marotte, auf eine Hand, die er sich, als er alles eingetippt hatte, ans Ohr halten mußte, was Larry vorkam, als würde sein Schulfreund sich streicheln wollen oder gar ohrfeigen.

In der Hand hörte der nun wohl einen Kollegen, vielleicht vom Bankfach. Nach kurzem Wortwechsel hatte er die Information. „Grundsätzlich haben sie in Zürich auch Samstagsdienst. Notdienst."

„Laß mich den Samstagsdienst testen, diesen Notdienst. Der Intercity gestern fuhr weiter bis Mailand, in Basel gibt's Anschluß nach Zürich. Laß mich, wenn schon an diesem trüben Ort kein Rot-Weiß-Stadion ist, noch heute weiterfahren."

„So also läuft das mit Libuda. Mit meiner SchnapsIdee. Na gut. Dann haben wir ja noch knapp vier Stunden. Gehen wir essen? Ins ‚Stahlbad'?"

„Nu mach ma halblang, Borbecker Halblang. Gibtet nix Normalet hier? Einfach 'ne Pinte?"

Anwalt Ewald dachte nach. Wußte schließlich einen Ausweg, kannte im NachbarOrt, im Landstädtchen Steinbach, ‚was Normales'. Das war der ‚Landprinz', wo die Leute autochthone, also deftigkräftige BadenRede führten und der Koch entsprechend den Löffel. „Der würzt, obwohl Landkoch, mit Schärfe. Sogar mit Knoblauch."

„Wemman nur de Hälfte von wahr is, krisse'n Schmätzgen, ÖmmesSchätzgen."

Im Taxi, unterwegs schon, beim zweiten Stauder (zwischen ihnen, auf der Rückbank, stand eine Kiste aus Borbeck-Bergeborbeck und sonst zwischen ihnen fast nichts mehr), schon auf dem waldigen Paß hinüber ins Rebland waren sie sich einig, daß sie ihre alte Zusammenarbeit nicht nur wieder aufnehmen, sondern nunmehr ausbauen müßten, und zwar nicht mehr so einseitig wie früher, als sie nur BankNachbarn waren, sondern von nun an gegenseitig und in mehrstufiger Geheimhaltung.

„Ewald, laß es Dir gesagt sein, in diesem trüben Baden-Baden würd' ich im Trüben-Trüben baden – seit zwölf Stunden ist mir kein einziges Gedicht mehr gekommen."

„Du dichtest?"

„Mit Inbrunst. Seit dem Abi bastele ich Strick- oder Sprick-Wörtliches. Aber das gelingt mir wohl nur an den Ufern der Emscher. Hier vergeht sie mir, die poetische Inbrunst. Hier muß ich wieder weg, blitzartig."

„Wohin."

„Auf die Jagd. Und wo immer ich ab jetz hinter Eure Klunker her bin, je döller desto völler diese Juwelenjacht wird, inner Pampa odda am Paradeplatz in Zürich: diese Touren müssen zwischen uns stiekum blei'm! Auf deutsch: Geheimhaltung – siehße do auch so, odda?"

Isenbügel nickte, hob beschwörend die Essener Flasche.

„Ergo, Ömmes, inne Praxis heißtat: ich nenn Dich ab gätz widda Ömmes. Und wann immer en heißet Gezähe zu verzapfn is, pär Tällefon, da kakeln wer nur noch Menkenkes, is dat klar? In Borbeck-Bergeborbecker Halblang- odda Dötsch-Vokabeln, klaro? Un zwa nich für Späßkes un nich fürre Pisselümpen, sondern fürre ebenso flotte SpesenSpökes wie piccobello Stiekumhaltung."

„Abgemacht, Larry. Wenn ich Dich nich hätte. Ich bin sicher, die Klunker sähen wir nie wieder. Und am Ende wüßte nur alle Welt, wie bescheuert dat wir zwei sind."

„So, per Ruhrdeutsch, kriegn nur wir selber wat davon mit." Larry hob die Flasche, ließ sie über seinem Gesicht kreisen. „Ich grüße Dich, von Flasche zu Flasche grüß ich Dich – Du der Richter, ich Dein Denker. Und frage Dich, o Bruder, im Ernst: was für ein Mensch ist dieser Gestrauchelte, dieser so seltsame, dieser ausrangierte Vorsitzende?"

Der Schulfreund zögerte. Blickte zum Fahrer, dann zum Fenster hinaus. Sie passierten jetzt die ‚Klosterschenke'. Von hier oben gab es Weitblick, weit in die Rhein-Ebene hinaus, bis nach Frankreich hinüber. „Bei klarem Wetter sieht man von hier bis nach Straßburg, doch doch. Der Münsterturm ist mitunter deutlich zu erkennen."

Mit diesem Weitblick im Auge, bedeutsam also, begann Isenbügel zu formulieren. Bedächtig und leise, Larry mußte ihm näherrücken, wenn er ihn verstehen wollte. „Dem Jungen aus dem Mannheimer Arbeiterviertel, dem ist seine Karriere nicht bekommen. Aus den sogenannten einfachsten Verhältnissen, von tief unten rauf bis zum Schatzmeister und Berater, einige Jahre sogar Vorsitzender. Und dann das viel zu viele Geld, das alles hat ihm glatt den Kopf verzwirbelt. Kaum war er oben, stell Dir vor, Nachbar des Herrn Bundeskanzlers, da wollte er's zeigen. So richtig einen draufmachen, Rache des bis dahin ZuKurzgekommenen. Und seine Auftraggeber haben so wenig auf ihn aufgepaßt oder sind auf seine Schmalspur-Grandezza so sehr reingefallen, daß er am Ende aus dem vielen Geld ebensoviele Schulden gemacht hatte. So seh ich es. Mag sein, es war anders. Ich meine, dieser Mann ist schlicht ins Schleudern geraten. Vor fünf Jahren hat er auf der Autobahn tatsächlich mal, auf der Überholspur, dat Schleudern geübt. Lebensgefährlich. Im Mercedes mit der Nummer F-DP 300."

Das Taxi jagte nun unterhalb der Klosterschenke durch jene Kurve, in der 70 vorgeschrieben waren, mit jenen gut 100 km/h, die dort üblich waren. „Konnte seinen Hang zum Großkotz nicht mehr kontrollieren. Schon deswegen, weil man ihm das auch viel zu leicht machte. Hat ihn einkaufen lassen, Dönekes noch und noch. Teppiche, Kunstsachen, Gemälde, Skulpturen, Juwelen etcetera – und dann geriet er in die peinliche Lage, gemäß Vergleich vor Gericht, all diese Anschaffungen wieder verkaufen zu sollen. Wozu er aber kaum Talent hatte. Schon nicht die richtigen Verbindungen. Als er sich dann, in der äußersten Klemme – zwei Villen, zwei Mercedes, zwei Frauen – selbst bedient hatte, hier in Baden-Baden –"

„– wovon Du überzeugt bist?"

„– wovon ich überzeugt bin – da geriet er erst recht in Bredouille. Mußte nun auch noch die Dinge verhökern, die hierzulande absolut unverkäuflich sind. Diese ungewöhnlichen Preziosen, die konnte er legal nirgends mehr loswerden. Höchstens in der Schweiz, wo Du sogar mit 'ner Gotenbibel auftauchen kannst und niemand wird Dich fragen, wo Du sie geklaut hast. Freilich auch in der Schweiz, wenn was mufft, setzt es Minimalpreise. Das muß für ihn die Hölle gewesen sein, damals in Zürich. In jener Woche mit der Freundin, mit irren Schulden und winzigen Angeboten. Obendrein war vor jedem Kontakt Vertraulichkeit die Voraussetzung, absolute Diskretion. Das kostete Nerven und Geld. Mindestens fünfzig Prozent des eigentlichen JuwelenWerts, wenn nicht weniger."

„Eine Frage, Freund. Wie, glaubst Du, kam das Safe-Schlüsselchen in seine Tasche?"

Isenbügel atmete tief, deutete auf den Taxifahrer. Larry nickte. Wartete.

Kaum saßen sie im Steinbacher ‚Landprinzen', zwischen ihnen auf der Bank die Stauder-Kiste, kaum waren die Spezialitäten des Hauses bestellt, pikant und reichlich, da kam die Antwort: „Wie gesagt, wir fanden das Schlüsselchen erst gestern früh. Hab mich kurz danach entschieden und Dich in Borbeck angerufen."

„Wo war's?"

„In seinem Wintermantel. Fischgrätenmuster."

„Aus dem Laden R., Lichtentaler Straße."

„Richtig. Ich sehe, Du hast DokumentenKenntnis. Den Mantel trug er beim Hofgang. Da wir seine Kleidungsstücke bei der Inhaftierung selbstverständlich kontrolliert hatten, muß das Ding erst kürzlich in seine Tasche geraten sein. Entweder flog ihm der beim Hofgang zu, über die Mauer, was wenig wahrscheinlich ist. Oder einer seiner Besucher schob ihm den zu."

„Wer besuchte ihn?"

„In den fraglichen Tagen zweimal seine Frau, dreimal seine

Freundin aus Frankfurt. Viermal sein Verteidiger. Dreimal Journalisten. FAZ, taz, Stern und Spiegel. Außerdem zwei Personen, deren Namen ich jetzt nicht erinnere. Wenn Du möchtest, telefoniere ich sie Dir nach Zürich durch."

„Ich möchte."

„Warum?"

„Weil ich nicht einsehe, wieso die Frankfurter Freundin in Zürich abreisen mußte. Parallel zu ihm. Sie im Zug, er im Benz. Nur weil ihr freisinniger Freund so anstrengende Verhandlungen hatte? Gutachten schreiben mußte? Nur weil er so ‚gereizt' wirkte? Und wenn ja, warum war er's?"

„Ich versuchte, es Dir zu erklären. Er war Laie. War auf ein Gebiet geraten, auf dem er sich nur unvollkommen auskannte. Aber dringend Erfolg brauchte. Stand enorm unter Druck."

„Hat er über seine Zürich-Fahrt was zu Protokoll gegeben?"

„Er streitet ja alles ab. Nicht die Zürich-Fahrt, aber den Raub. Also erzählt er uns auch nicht, wo er in der Schweiz die Preziosen gelassen haben könnte – etwa verkauft –"

„Wußte die Freundin wirklich nichts von einem Zürcher Bankbesuch?"

„Davon wisse sie nichts, wiederholte sie. Kann sein, sie sagt die Wahrheit. Mit dieser Frankfurterin –"

„– traf er sich nur zu den Mahlzeiten. Und nachts."

„Und irgendwann wurde ihm das alles zuviel. Oder ihr."

„Oder zu wenig. Bitte sag mir heute Abend am Telefon die Namen der Knast-Besucher, der beiden zusätzlichen, die Dir jetzt nicht einfallen."

„Einer von ihnen war eine Frau. Eine junge."

Larry betrachtete seinen alten, alt gewordenen Kollegen und nickte.

„Was geht Dir jetzt, o Larry, durch den Hirnkasten?"

„Ich denk dran, daß auch Du, o Ömmes, am Borbecker Gymnasium, einer warst, der unbedingt da unten rauskommen wollte. Hochkommen. Ich weiß es genau. Ömmes, gib's zu. Du hast im Grund nie Interesse gehabt an diesem Proleten-Verein RotWeiß. Hast insgeheim den Verein im besseren Viertel bevorzugt, SchwarzWeiß, oben im Süden, hast heimlich zu den konservativen gehalten, zum Club der Rechtsanwälte und Ärzte, gib's zu. Deren Mannschaftsaufstellung wußtest Du auswendig, nicht die der Roten bei uns da unten."

„Ach, Larry. Was Du so alles denkst."

„Ich weiß, das Denken war *Deine* Sache. Mein Nachbar, der Hirni."

„Würde das ja gar nicht abstreiten. Aber kennst Du irgendjemanden, der *nicht* nach oben will?"

Zwischen die Banknachbarn senkte sich nun, serviert auf breiter farbenprächtiger Schale, ein Berg dampfender Pikanterie, ein Salathügel in Knoblauchsoße, untermischt mit geschnetzelten heißen Schweinemedaillons, gerösteten Zwiebeln und BrotKracherles. „Na also," hauchte Larry, „da haben wir den Salat, autochthon", und der StaatsMann, der nicht recht wußte, welcher da wieder gemeint war, hob die Flasche, als müsse er vor diesem gewürzten Berg sich Mut antrinken.

ZÜRICH

„Zum Paradeplatz bitte."

„Wohin dort bitte?"

„Nachtschalter des Bankvereins."

„Gern."

Die glitzrigen Nachtlichter, dazwischen die Straßenbahnen. Blauweiß. Dies rührend Rumplige, mitten in der KapitalKapitale. Würden dem Larry Libuda hier je wieder KobraVerse gelingen? Wohl kaum.

„Sagen Sie – könnten Sie mir ein Hotel empfehlen? Ein gutes, aber für normalen Geldbeutel?"

„Also, da haben wir schon noch welche. Verschiedene. Noch heute hatte ich einen Fahrgast, einen Schriftsteller, der wollte zu seinem Verlag. Gleich nebendran wollte der wohnen. Das Hotel also im Zentrum, zu Fuß alles gut erreichbar und nicht zu üppig. Dem empfahl ich die ‚Tiefenau'."

„‚Tiefenau'?"

„So heißt das. Liegt zentral und doch ruhig. Und solche Schriftsteller und Privatgelehrte, die hatte ich schon öfters als Fahrgäste. Das sind keine Krösusse, aber doch anspruchsvoll. Doch doch, ‚Tiefenau', das kann man empfehlen. Das hat was. Was Gediegenes."

„Also ‚Tiefenau'."

Neben dem verschlossenen Seiten-Eingang ein grünes Licht. Er drückte dort, wo „bitte läuten" zu lesen war, die Fingerspitzen fühlten Messing. Auf ein weibliches „Ja?" sagte Larry den Namen des Kanzler-Nachbarn, und dessen Safe-Nummer.

Tür-Summen außen, dann innen; das innere klang eher

kratzig und hatte, wie sich bald herausstellte, zwei Bewacher; zwei menschliche, aber bewaffnete.

Einer von denen wollte Libudas Paß sehen und seinen Safe-Schlüssel und mußte auf einem Computerschirm nachforschen, ob Paß- und Schlüssel-Nummer auch dort vorkamen und zwar gemeinsam – das schien der Fall, der Wachmann stand auf, führte ihn durch einen langen Seitenflur, offenbar in den Vorderteil des Gebäudes, in die Schalterhalle, leer war die jetzt, zur Hälfte dunkel. Aus dem hinteren erleuchteten Eck, dem Nachtschalter, grüßte die weibliche, die „Ja"-Stimme. Er nickte gegen das Blind-Glas, schob den Schlüssel drunter durch. Erkannte, daß er im Glas zwar nicht die Sprecherin sah, aber einen Bildschirm, sah grüne Schrift, durchschaute, daß dort bereits die Safe-Nummer getippt war, auch die Paß-Nummer leuchtete nun auf, auch hier wurde verglichen.

„Das ist ja noch ganz neu", hörte er über Funk. Und: „Und doch schon so fleißig genutzt. Kann ich Ihren Paß sehen?"

Er wies den auch hier vor, schob unterm Blindglas hindurch, was er im Koffer des Staatsanwalts gefunden hatte. Während Paß und Sprecherin hinterm Glas nur schemenhaft deutlich wurden, leuchtete das Grün auf dem Bildschirm recht kräftig, da handelte es sich um eine NamensKolonne. Die laufend zu führende Besucherliste? Er beugte sich ein wenig vor. Obenan, neben der Safe-Nummer, der Name des Besitzers. Dann zwei Frauennamen, oder zweimal derselbe? Ja, und zwar begann der mit W- .

Schien ihm fremd, dieser Name, ungewöhnlich, schwer leserlich. ‚Will –'? Die Dame gab Daten ein, nunmehr die seinen, also die des Besitzers wieder, klar, er lehnte die Stirn gegen das Blindglas und entzifferte. ‚Willuweit, Leila'. Fast so eigen wie Claus-Ludger, aber für Namen kann keiner, oder?

Derweil mußte die Sprecherin Daten abfragen, vergleichen. Die Paß-Nummer erwies sich als identisch mit der auf ihrer Liste. Nun kontrollierte sie das Paß-Foto? Konnte sie ihn besser sehen als er sie? Das Paßfoto zeigte den wahren Safe-Besitzer. Nun kam's auf Ähnlichkeiten an, auf die von Ewald behaupteten.

Ein Formular schob sich unterm Dunkelglas ins Licht. Die Unterschrift, diese zwei kernigen Silben, die hatte er im ‚Bad-Hotel' und dann auch unterwegs, im Intercity, ausführlich geübt, sicherlich häufig genug, er war allein gewesen im Abteil, zweimal hatten blaugraue Herren mit blaugrauen Köfferchen die Glastür aufgeschoben und eintreten wollen, hatten aber das pokerface verzogen und waren, Schmerz in den Zügen, rückwärts wieder aus dem Coupé, nach Luft schnappend. So, in der Knoblauchhülle, hatte Larry ungestört lesen können und üben, diese Unterschrift, diesen Herrenschwung, der saß, den fetzte er nun ohne Zögern unter das Formular, da gab's kein Zögern in Stift und Fingern.

Der Schlüssel kam klappernd zurück. „Moment bitte, Herr –" – sie nannte den knorzigen Namen des Freisinnigen. Auch der Paß glitt auf kalter Metallschüssel zurück. Dazu: „Herr Zürlikon begleitet sie."

Zürlikon hieß also der Body-Guard, der hinter ihm, in dunkler Uniform, im dunklen Teil der Halle, stehen geblieben war, der kam nun wieder auf ihn zu, geleitete ihn jetzt hinaus, zurück in den langen Flur, dort einige Treppen hinab, unten durch zwei Schlüssel-Schleusen. „Sie kennen das ja schon", meinte Herr Zürlikon.

Larry nickte ein bißchen, während sie darauf warteten, daß sich die dritte Schleuse öffnete. Und sagte: „Trotzdem ist doch alles sehr seltsam. Immer von neuem. Überaus seltsam."

Herr Zürlikon antwortete zunächst nicht. Hatte vielerlei Verrichtungen zu versehen, da ging's um sensible SperrAnlagen. Erst nach einer ganzen Weile konzentrierter Arbeit, Larry hatte längst vergessen, daß er sich einen Kommentar zum Zürcher Bankwesen erlaubt hatte, hörte er eine Antwort: „Aber von solchen Seltsamkeiten leben wir hier. An der vermeintlichen Goldküste."

Der Safe war nun zwar mit seinem Schlüsselchen zu öffnen, aber nur im Zusammenwirken mit einem Gegen-Schlüsselchen, mit dem, über das der Herr Zürlikon verfügte. Als sich das Stahltürchen auftat, lagen da drei Hotel-Couverts, aus dem ‚Baur au Lac'.

Larry verbarg seine Enttäuschung, nahm die Umschläge, tat sie in die Innentasche seiner Jacke.

„Das war's?"

„Das war's."

„Hm." Der Waffenmann sah ihn an, offenbar ungläubig; sicherlich bezweifelte der nun energisch, daß Larry Libuda der Besitzer dieser MiniGruft war. Der Wächter hatte vor einer Woche womöglich einen etwas anderen Herrn gesehen, einen mit Haupthaar, das zwar ebenfalls dunkel war, aber sehr viel kürzer. Wuchs Haar bei manchen rascher?

Zürlikon schloß das Türchen, riegelte es mit den gemeinsam wirkenden Schlüsseln wieder zu, gab Larry den seinen. „Auch unsere Kunden, das dürfen Sie mir glauben, sind mitunter seltsam. Immer von neuem. Überaus seltsam. Wenn ich mir diese Bemerkung erlauben darf."

„Dürfen Sie, mein Lieber. Denn in Wahrheit ist es ja wohl eben diese Seltsamkeit Ihrer Kunden, nicht wahr, von der Sie leben, Sie alle hier, an der Goldküste. Oder?"

Herr Zürlikon lachte, eher leise und schlau. Schleuste ihn wieder hinaus.

In der ‚Tiefenau', hinterm Schauspielhaus, in gartenartigen Hinterhöfen, ‚in gediegener Ruhe und Comfort', in einem Zimmer mit Mahagoni-Möbeln, schloß er hinter sich die Tür des Hotelzimmers, setzte sich auf den zierlichsten der Mahagoni-Sitze und nahm sich die drei Umschläge aus der Brusttasche.

Der erste war leer. Der zweite enthielt einen Fingerring; mit Fassung, aber ohne Stein. Vielleicht war der Ring aus Gold. Möglicherweise aus Platin. Im dritten Couvert ein Brillantring. Großes prächtiges Stück. Sicherlich für eine Herrenhand. Obendrein, in ein Papiertaschentuch gewickelt, einen Stein. Smaragd? Das Stück für den steinlosen Ring im anderen Couvert?

Und? Das war alles? Wo waren nun die ‚Klunker in Mengen', die rasch gerafften? Die Werte in Höhe von 2,6 Millionen?

Er nahm aus dem StaatsKoffer die Liste dessen, was die Juwelen-Firma als geraubt bezeichnet hatte. Fand darin verzeichnet, was er aus der Bank geholt hatte, ‚einen Herrenring, Platin, mit Smaragd' – der Smaragd also herausgelöst – und als zweites ‚einen Herrenbrillantring 6,825 Karat'. Beide Ringe gehörten offenbar zusammen, waren in der Liste gemeinsam aufgeführt, hatten einen ‚Wert von mindestens zweihunderttausend DM'.

Alle Wetter. Aber? Und? Der Rest?

Überm Kombinieren, über verschiedenen Schachzügen, mit denen er die Bewegungen und Taten des Freisinnigen zwischen Oggersheim, Baden-Baden und Zürich hatte rekonstruieren wollen, war Larry, ohne auf einen Kobra-Reim gekommen zu sein, fast eingeschlafen – erst in diesem Moment, als er merkte, er könnte ergebnislos einschlafen, beugte er sich rasch hoch und meldete ein Telefongespräch nach Baden-Baden an.

„Larry? Wie iset?"

„Wat soll sein –"

„Was haste zu melden?"

„Schmuck."

„Aha?"

„Im ‚Wert von mindestens zweihunderttausend'. Zwei Ringe."

„Zwei nur? Na immerhin – könntest Du sie beschreiben?"

„Könnte ich. Aber lassen wir das. Es handelt sich eindeutig um Stücke aus der Beute vom 28. Dezember."

„Also doch. Also ist ja die Sache klar. Aber nur zwei Stükke? Wenn ich an die Liste der Juweliere denke, dann müßten es ein oder zwei Kilo Edel-Metall gewesen sein, die der Kerl weggeschleppt hat, Metall wie Gestein. Hömma, äy, wo is der Rest."

„Hasse Dir die Liste der KnastBesucher besorgt?"

„Habe ich. Die fehlenden Namen lauten: Emilie Steingötter, nachweislich eine Tante des Mutmaßlichen, zweitens –"

„– Willuweit."

„Wie bitte?"

„Willuweit, Leila."

„Aber ja. Woher wußtest Du das."

„Aus den Gereiztheiten von Mittfünfzigern."

„Wie – ?"

„Die entstehen wohl auch dann, wenn Freundinnen sich drängeln. Mehrere zugleich. Wann war diese Leila in Euerem Knast?"

„Am achten Januar."

„An dem Tag war sie auch am Safe in Zürich, morgens. Er hatte ihr offenbar Vollmacht gegeben. Ihr und der oggersheimischen Gattin. Nicht aber der Erzürnten, der Ausrangierten aus Frankfurt. Die reiste bekanntlich ab, entnervt und isoliert."

„Zwei Stücke hätten wir also. Das ist der Beweis. Im Grund reicht das aus. Spannend bleibt aber, wo ist der Rest. Der immer noch größere Rest. Vor allem ein Ring ist hoch interessant, ich denke, da handelt es sich um einen Wunderklunker, wo kann er den versteckt haben?"

„Das frage ich Dich. Du Staatsverweser."

„Der Auftrag ging an Dich."

„Na gut. Um diesen Auftrag zu erfüllen – wie weit darf ich gehen?"

„Staatliche Aufklärungen haben Sondermittel. Wenn sogar in Deinem Ruhrblättchen von Skandal die Rede war, dann ist es wirklich einer. Kaum warst Du abgereist, rief wieder hohes

Getier an, aus Bonn diesmal, bei mir privat, ich sag Dir, und nun gar der Bundesvorsitzende. ‚Das muß aus der Welt. So schnell und so klar wie möglich'. Ich sag Dir –"

„Das heißt?"

„Alles ist erlaubt. Und von vorneherein genehmigt, wenn"

„– wenn es unter uns bleibt. Also ohne AufRuhr. Verrührt in rühriges Ruhrmilieu."

„Ja, wenn es, so wollte auch ich sagen, würde der schnelle Libuda nicht immerzu unterbrechen, wenn es unter uns bleibt. Ich setze auf Deine Diskretion. Auf Dein Niemands-Image. Und auf Deine Offenheit – mir gegenüber."

„Mit eima so feialich? Vadorri, höddo auf mit sowat. Sach libba: solang ich Dir allet haaklein vaklicker, solang daaf ich tricksen wie ich will?"

„Wie früher. Wie in der Penne. Es darf nur nicht auffallen."

„Is'n Woart. Ich sachet ja: stiekum. Mülheim Stiekum umsteign."

„Wie? – Um es noch deutlicher zu machen: ‚Haarklein erzählen', das heißt: *vorher*. Und zwar *mir*. Ist das klar?"

„Der Panther hat die Ziege im Visier. Schon schleicht die Kobra durchs Revier."

„Aha? Mit Kobra meinst Du ja wohl nicht mich."

„Alles was gegen mich is, meine ich. Also nie Dich, Ömmes. Höchßens den Staat."

„Na gut. Wegen dieser rührenden Ruhr- und Traum-Tarnung hab ich Dich geordert."

„Bin gerührt. Weissat noch, Ömmes? Als wer Krötze waan, die Stenze inner letztn Bank? Ob Latte odda Matte, wir zwei beide – hammer't nich imma widda piccobello gedeichselt, dat Linken wie dat Leimen?"

„Mir egal, wie Du das nennst. Hauptsache ich weiß so bald wie möglich, wo es geblieben ist, das restliche Rheingold. Und kann bei der Verhandlung vor mir auf den Tisch Klunker legen. Jede Menge ‚Augenscheinsobjekte'. Also, nun mach Dich auf die Socken und schau zu, wo das geblieben ist. Geh meinetwegen morgen früh auf die Bahnhofstraße und frag jeden, der vorbeikommt, ob er einen Hundertzwölf-Karäter gesehen hat, platingefaßt –"

„– hundertzwölf? – Dein Ernst? War das kein Tippfehler?"

„Das ist das dickste Stück. Mindestens den brauch ich. Ist fast die halbe Miete. Krieg's raus!"

„Das könnte zum einen die Dame Willuweit wissen. Und zum anderen ein Herr namens Emil Blündern. Rämistraße 24. Den besuch ich morgen früh."

„Blündern?"

„Seine Adresse stand auf einem der Couverts. Bleistiftnotiz in der Handschrift unseres Räubers. Vielleicht eine Botschaft an die Dame Leila."

„Auf welchem Umschlag stand die Botschaft?"

„Auf dem mit dem Platin-Ring. Zwar mit Fassung, aber mit appem Stein. Trag es mit Fassung."

„Du wirst bemerkt haben, daß in dem Couvert, in dem Du den Reise-Paß auf den Namen des Dealers gefunden hast, auch ein Kreditkärtchen lag."

„Ich bemerkte es."

„Es handelt sich, wie Du vielleicht sogar in Borbeck-Bergeborbeck mitbekommen konntest, um das am weitesten verbreitete bargeldlose Zahlungsmittel. Und um das am meisten anerkannte, worldwide"

„Das zugehörige Konto ist für staatliche Skandale stattlich ausgestattet?"

„Fast unbegrenzt. So unbegrenzt gedeckt wie dieser Staat sich bedeckt hält, wenn es um seine trüben Tassen geht. Nach oben fast so grenzenlos ist dies Konto wie mein unbegreifliches Vertrauen in meinen ehemaligen BankNachbarn."

„Nu tu nich so, als gülte nich auch bei Oich die ZehnprozentGrabschHüarde. Im betreffs dem zu erpirschenden Wärt. Woll? Abba Schluß gätz, mich wird noch ganz uhlings, ich leech lieba auf, Ömmes, piß dahin!"

„Das hab ich mir gedacht," sagte Blündern.

„Was? Was haben Sie sich gedacht?"

„Daß etwas faul war an diesem feinen Herrn."

„War er allein?"

„Er war gar nicht hier. Nur eine junge Dame war bei mir. Sehr jung, sehr hübsch. Und die beschrieb, für wen sie arbeite. Für einen ungeheuer wichtigen Herrn aus Deutschland."

„Wie beschrieb sie ihn? Können Sie's genauer wiedergeben?"

„Den Namen erinnere ich nicht. Hab ihn aber irgendwo notiert. Warten Sie." Blündern fuhrwerkte mit beiden Händen durch die Schublade seines Wühltischs. „Sie sagte nur, auch er arbeite, unter anderem, für diese Lufthansa. Dumm, wirklich zu blöd, ich finde die Notiz jetzt nicht."

„Lufthansa?"

„Ja. Erst dachte ich, das ist eine Stewardeß. Aber dann erklärte sie, nicht sie sei bei der Luftlinie, sondern vielmehr er, der Besitzer der beiden Ringe, der habe einen Beratervertrag mit dieser Linie."

„Stimmt."

„Stimmt? Na ich dachte, bei dieser Dame stimmt überhaupt höchstens die Figur. Aber sonst gar nichts. Muß mich sehr wundern. Sie erzählte noch sehr viel, in sehr schnellem Deutsch, klang berlinerisch, manches verstand ich gar nicht. Ihr Auftraggeber sei Abgeordneter des Deutschen Parlaments und so weiter, und er habe also diesen Beratervertrag. Und nun sei es ja so, das wisse ich doch wohl, daß nach jedem Flug, wenn die Passagiere ausgestiegen seien, jedes Flugzeug aussähe wie ein Schlachtfeld. Auf und unter den Sitzen alles voller Papiere, Zeitungen und so weiter. Und da finde sich dann auch gelegentlich sehr viel Kostbareres. Privat-Eigentum, Uhren, Schmuck und dergleichen, man hebe das alles zehn Jahre lang auf, manches werde abgeholt, aber sehr viele Gegenstände fänden nie mehr ihren Besitzer. Und dann, am Ende dieser gesetzlichen zehn Jahre, dann stehe man vor dem Problem, wohin mit diesen Wertsachen. Dieser Herr nun habe es übernommen, einen größeren Posten zu veräußern und sie helfe ihm dabei. Ja, ‚veräußern' sagte sie."

„Sie hatten diese Dame zuvor nie gesehen?"

„Nie. Auch von dem Herrn hatte ich nie gehört."

„Woher wußte die Lady Ihre Adresse?"

„Keine Ahnung. Mich machte das alles recht mißtrauisch. Aber für diesen Fall hatte sie vorgesorgt. Sie zeigte mir ein Papier. Von dem ich mir allerdings keine Kopie gemacht habe, nur die Anschrift abgeschrieben – dummerweise nur den Namen und die Adresse. Blöd, daß ich das jetzt, in dieser Lade – ja doch, hier ist er ja doch –"

Er zeigte Larry nun endlich einen Zettel, auf dem der Name des Oggersheimers stand. Dazu eine Ludwigshafener Anschrift, ‚Kabelpilotprojekt Ludwigshafen'. Emil Bründern schenkte sich Kaffee ein. Guten Kaffee. Und trank.

„Ich hab das alles gleich auf die Seite getan. Weil ich gar nichts begreifen konnte, was hat eine Kabelfirma mit der Lufthansa zu schaffen und diese wiederum mit meinem Handwerk, nicht wahr? Außerdem war das Papier in einem so hochtrabenden Deutsch abgefaßt, daß mir alles sehr, sagen wir, dubios vorkam. ‚Hiermit darf ich, wen immer es interessiert, orientieren, daß ich den entsprechenden Auftrag zu erfüllen habe'. So ungefähr stand da zu lesen. Und die Dame knallte mir eine Tasche auf diesen Tisch, eine dunkle Ledertasche. Das rappelte dadrin so laut, so wie Glas, das zerspringt, daß ich mich erschrak und sagte, sie sollte vorsichtiger sein, wenn es wirklich um edle Werte ginge, da könnte ja was zerbrechen. Aber ich wollte auch nicht grob sein und bot an, mir das gerne mal anzuschaun."

„Haben Sie's getan?"

„Sie öffnete mir die Tasche, und ich war dann allerdings ganz schön überrascht. Da lag, völlig unverpackt, das Material, von dem sie vorgab, das sei alles in Frankfurt am Airport gefunden worden in den letzten zehn Jahren. Zum Teil unheimlich teures Material. Darunter ein Diamant von beachtlichem Karat, sie ließ mich das jedoch nicht taxieren. Es schien mir unmöglich, daß man diese Sachen so achtlos behandelte, eine so große Firma wie die Lufthansa mußte doch wissen, wie man – ich behielt meine Zweifel für mich und sah mir einige Stücke genauer an."

„Welche?"

„Nur zwei Stücke genauer. Zwei Herrenringe. Beide aus Platin. An dem einen ein schöner Smaragd, mit einem wunderschönen seifigen Glanz. Allein den Stein schätzte ich auf rund 25.000.- Franken, Verkaufswert. Das weiß ich noch, weil sie sich ausdrücklich danach erkundigt hat. Sie wollte dann, daß ich den Stein herauslöse. Den wolle ihr Freund extra verkaufen. Ob vielleicht ich selber für solche Steine Verwendung hätte. Ich sagte, da ich ja wohl merkte, daß es sich um echte Dinge handelte, ich könnte diesen Stein in Kommission nehmen, gegen zehn Prozent Anteil."

„Akzeptierte sie?"

„Sie fragte: Auch die anderen Sachen? Das war mir denn doch zu mulmig, einfach zu viel, nicht wahr? Da nützte mir dies protzige Papier aus Ludwigshafen wenig, da wollte ich schon ein bißchen bessere Sicherheiten. Ich sagte, ich wollte nur mal einen Versuch machen mit ein, zwei ersten Sachen."

„Sie lehnten also ab, wie reagierte sie?"

Sie mußte da erst mal telefonieren, mit dem ‚Baur', dort wohnte ihr Auftraggeber. Beriet sich mit dem, ich ging solang aus dem Raum, als ich zurückkam, hatte sie das Gespräch beendet und sagte, ich verlange zu viel, fünf Prozent sei genug. Ich bestand auf den üblichen zehn. Und dann rutschte mir schließlich heraus, ob es sich etwa um heiße Ware handele, sie täte ja gerade so – da reagierte sie überaus fuchtig, teilte mir mit, sie und der Herr Abgeordnete pflegten reelle Geschäfte zu tätigen, ja, so sagte sie's, sie nahm das aufgeblasene Zertifikat wieder an sich, ich könne ja selbst mit dem Herrn telefonieren. Zu ihrer Überraschung stimmte ich zu und ließ mich mit ihm verbinden. Er klang fürchterlich seriös, tat weltgewandt, mit vielen Fremdworten redete der und sagte in etwa, ich müsse mich nicht wundern, wenn er indigniert reagiere, wörtlich so, wenn er mir nunmehr nur diese beiden Stücke überlasse, die ich soeben geprüft hätte. Er bitte aber darum, daß ich den Smaragd herauslöse und außerdem um eine Quittung. Na selbstverständlich, na gut, sagte ich mir, machen wir mit diesen beiden Stücken eine Probe, wenn alles sauber bleibt, kann man ja weitersehen."

Während Blündern erzählte, sah Larry sich um. Es roch nach Papier, Staub und nach diesem guten Kaffee. Gegen eine Tasse hätte Libuda nichts eingewendet.

„Ich stellte ihr also die Quittung aus, schrieb mir seine Kabel-Adresse ab, dieses Büro für Kabel-Kommunikation in Ludwigshafen, dorthin sollte ich diskret, per Einschreiben, Bescheid geben, wenn ich verkauft hätte. Er war am Telefon, obwohl er sich so seriös gab und so gespreizt, doch wohl auch sehr nervös, doch doch. Fragte dann auch, ob er mir gelegentlich noch mehr bringen könnte. Noch mehr? fragte ich ziemlich unvermittelt, ich bin verblüfft, sagte ich, Ihre Botin bringt mir ja schon eine große Tasche voll. Naja, aber immer noch nicht das beste, sagte er, zum Beispiel einen Stein von sage und höre hundertzwölf Karat, Typ ‚Top Wesselton'. Ich hielt die Luft an, ließ aber meine Überraschung nicht anmerken, sondern sagte, wieso ich ihn daran hindern sollte, mir auch den zu zeigen. Okay, er werde sich melden, je nachdem, welchen Bescheid er in Ludwigshafen vorfinde. Dann legte er auf. Die junge Dame wollte mir nun die beiden Ringe lassen, um die es am Anfang gegangen war, wollte aber den Smaragd gesondert."

„Warum?"

„Wieder so ein Grund, mißtrauisch zu werden. Wer zu mir kommt und so schöne Stücke herauszulösen bittet, will womöglich, daß die Sache nicht mehr zu identifizieren ist, nicht wahr? Ich löste den Smaragd heraus, mit viel Mühe, ich wollte nichts verletzen, hab hier gar nicht das Werkzeug für solche Arbeiten. Als ich ihn endlich extrahiert hatte, da hatte die gute Frau irgendwie, wohl aus all meinen Kommentaren während der Prozedur, ebenfalls Mißtrauen geschöpft und sich plötzlich eines anderen besonnen – wollte mir allein den Stein lassen und alles andere wieder mitnehmen, auch die beiden Ringe. Ich glaube, meine bösen Bemerkungen müssen sie ziemlich stutzig gemacht haben. Nun, ich hab sie beschwichtigt, hab gesagt, machen wir eine Probe, wir werden ja sehen. Dann ging sie. Die Tasche und den Stein nahm sie mit, den hatte sie nun immerhin in ein Papiertaschentuch gewickelt. Nur die beiden Ringe, die ließ sie mir zurück."

„Und? Haben Sie die verkauft?"

„Ich unternahm gar nichts. Wartete lieber ab. Zwei Tage später erschien sie wieder, ich erklärte ihr, daß mir das alles überaus dubios vorkomme, zumal ich inzwischen in der Neuen Zürcher eine Räuberpistole gelesen hatte von einem Juwelenraub in Baden-Baden, ich war drauf und dran, der Justiz meine Beobachtungen zu melden. Da verlangte sie gegen ihre Quittung die beiden Ringe zurück, also den Brillantring und den Platinring ohne Stein und verschwand mit denen – ich war froh, daß ich alles wieder los war, daß es sich in heiße Luft aufgelöst hatte."

„Die heiße Ware in heiße Luft? Sie hätten sich ruhig bei der Justiz melden dürfen, mit dieser Räuberpistole."

„Meinen Sie? Hat's wirklich was mit dem Raub zu tun?"

„Es hat." Larry zeigte ihm seine Lizenz. „Wie sah sie aus, die junge Dame, die vermeintliche Stewardeß?"

„Jesses. Die hatten also das alles tatsächlich gestohlen?"

„Tun Sie nicht gar zu unschuldsvoll. Nochmal meine Frage, wie sah sie aus?"

„Woher sollte ich das ahnen. Immerhin sprach sie von einem Politiker –"

„Spricht das dagegen?"

Blündern sah ihn mit großer Konzentration an. Entweder

sprach aus diesem Blick erhöhtes Mißtrauen oder verschärftes Nachdenken. Schließlich schien Blündern wieder einzufallen, daß Larry ihm eine Frage gestellt hatte. „Etwa so groß war sie wie ich. Als sie bei mir war, mußte ich immer daran denken, daß wir ja scherzweise gerne von ‚Lusthansa' sprechen. Also wirklich appetitlich sah sie aus, höchstens fünfundzwanzig Jahre, dunkles Haar, vielleicht ein bißchen arabisches Blut, nicht wahr? Große dunkle Augen. Ihren Namen, wie gesagt, hab ich gar nicht erfahren. Aber da sie die Quittung wieder mitbrachte und ich sie ja persönlich sofort wiedererkannte, zögerte ich nicht, ihr die Sachen wieder auszuhändigen. War ja nur froh, das Zeugs los zu sein. Das war also das Gestohlene, aus Baden-Baden?"

„Und die dunkle Tasche?"

„Hatte sie diesmal nicht dabei. Abenteuerlich, wie das darin gelegen hatte. Fast zur Hälfte war diese relativ große Tasche gefüllt, mit ganz ähnlich edlem Material. Ein Anblick zum Schwindligwerden. Nun wird mir allerdings manches klar. – Ich hab hier noch vom MorgenKaffee, möchten Sie?"

„Danke – gern."

Er schüttete ihm Kaffee in eine zweite Tasse. „Und diese junge Frau war also gar nicht von der Luftlinie?"

„Sicher bin ich nicht. Wie mir überhaupt noch fast gar nichts sicher scheint. Sie sind Handwerker?"

„Geschäftsmann. Nichts weiter."

„Nichts weiter. Und über jeden Verdacht erhaben. Der Kaffee jedenfalls ist gut."

„Nicht wahr? Aber mich würde interessieren – war das nun wirklich ein Parlamentär?"

Larry schaute den Blündern eine Weile an. „Vormals war er einer."

„Und sie? Diese Schöne? Wer war sie? Seine Freundin?"

„Hm. Wie immer im Leben. Kaum beißt die Kobra einen Mann, schon zündet man die Witwe an."

„Wie bitte?"

„Pardon, das war nur so ein Gedanke. Sobald mir was gut schmeckt, fallen mir sprickwörtliche Reime ein."

„Gell? Unsere Politiker heutzutage – auch bei uns haben wir ja nun einige solcher Schlitzohren, und haben sie gleich entlarvt. Wir sind nun einmal eine alte DemoKratie."

Larry trank vom Kaffee, leerte die Tasse. „Haben Sie besten Dank. Für den Kaffee, und für Ihre Auskünfte."

„Sagten Sie vorhin ‚Kobra'?"

„‚Danke' und ‚Pardon' sagte ich. Und nun sag ich auf Wiedersehen."

Auf dem Weg vom Herrn Blündern zum großen Flughafen schwebte vor seinem Fenster eine Hauswand vorüber, traumhaft war sie bemalt, mit einer schönen Schrift in den prächtigsten Farben, da stand geschrieben, wonach ihm nun, seit sein Freund Ewald ihn angerufen hatte, ganz und gar zu Sinnen war. Da stand nämlich – und es wurde ihm, als er die Schrift entziffert hatte, warm zwischen den Schenkeln – da stand tatsächlich: ALLES WIRD GUT. In seiner Ergriffenheit hätte Larry um ein Haar übersehen, daß unterm T vom GUT ein Klecks hing oder sowas – zu spät, das Haus war vorüber. Er lehnte sich ins Polster zurück, atmete tief; es wird nun wirklich alles schön werden und köstlich.

In Zürich-Kloten war auch am Sonntag der Schalter der namhaften deutschen Linie besetzt, wenn auch mit nur einer einzigen Dame. Unter blondem Langhaar saß sie da, eigentlich norddeutsch, sagte sich Libuda. Er ging einigemale auf und ab. Schlenderte, bummelte, prüfte den Anblick der Dame, schaute nochmal nach seinen Papieren. Das Köfferchen hatte er in der ‚Tiefenau' gelassen, Safe 17. Auch die beiden ‚Baur'-Couverts, die mit den Ringen, dem Stein.

Er streunte, schnürte an den Schaltern vorüber. Betrachtete die Blonde, ging wieder fort, bis zum hinteren Fenster der Halle, wollte dort einen Blick über die Schweiz werfen. Sah aber nur Betonpisten und Nebel und am niederen Ende des Dachs ein Warnschild: ,Das Betreten des Flughafendachs ist verboten. Fehlbare werden unter Kostenfolge polizeilich verzeigt. Weitere Umtriebe werden verrechnet'.

Er wiederholte leise diese mittelalterliche Drohung. Rief sich dann zur Ordnung, zu Start und Tat, aber statt die Lufthansa-Dame zu fragen, wie ein Fehlbarer am schnellsten von hier fortkäme, bastelte er an neuen Kobra-Erkenntnissen. Die Schweiz, sie ist ein Liebestöter, sagte er sich. Und fügte hinzu: Der Panther mehr ein Leisetreter.

Die Blonde hatte sichtlich nichts zu tun, die ,LH'-Maschine flog erst in vier Stunden, niemand begehrte Auskunft oder Service. Statt sich zu einer Aktion aufzuraffen, begann Larry zu sinnieren und fortgesetzt zu dichten. Die Kobra meidet meist die Schweiz. Der Panther tut dies seinerseits.

Wenn solche Anfälle heftig wurden, waren sie nicht mehr abzuschütteln, dann neigte Libuda zu vermehrten, zu dritten Zeilen, welche die beiden vorderen kommentierten, wo nicht kritisierten. In diesem Fall tat diese dritte es selbstkritisch: Auch Dichtern kömmt hier nichts Gescheits.

Erst dieser dritte Schrecken brachte ihn wieder zu sich, ließ ihn eine Entscheidung finden, und zwar eine positive – unser Flaneur aus Essen-Borbeck/Bergeborbeck näherte sich der Blonden.

„Grüß Gott, darf ich Sie unverschämterweise um eine Auskunft bitten?"

„Dazu bin ich hier."

„Es handelt sich um einen etwas heiklen Fall, aber er soll in den besten Familien vorkommen. Ich habe mich verliebt."

„Wie bitte?"

Larry schaute sich nach beiden Seiten um, in die Tiefe der Halle, kein Lauscher schlich, kein Leisetreter. Trotzdem beugte er sich ein wenig vor, sprach etwas schüchterner, noch intimer. „Das ist sicher eine Privatsache und geht wohl auch niemanden was an, aber ich rechne bei Ihrer Linie mit Diskretion. Insbesondere bei Ihnen. Zum Dank würde ich Ihnen dann gerne ein Gedicht widmen, und zwar ein indisches."

„Pardon, ich weiß jetzt, ehrlich gesagt, kaum, worauf Sie eigentlich hinauswollen."

„Auf etwas ganz simples, meine Verehrte. Wie angedeutet, ich habe mich verliebt, und zwar, wie man so schön sagt, unsterblich. Und weiß von meiner Flamme nur, wie sie heißt und daß sie sehr wahrscheinlich mit der Linie fliegt, bei der Sie Dienst tun. Wollen Sie im Ernst einen Mann, der fast krankenhausreif ist vor Sehnsucht, abblitzen lassen?"

„Sie Ärmster, man sieht es Ihnen fast an, aber was habe ich, ebenfalls im Ernst, damit zu schaffen?"

„Sie würden mich glücklich machen und auf der Stelle gesund und zu einem indischen Dichter."

„Ich bin hier wirklich nur im Dienst, was, bitteschön, könnte ich für Sie tun?"

„Diesen einen Namen, den der Geliebten, in ihre Elektronik einspeisen, als Suchwort, und mir sagen, mit welchem Flug meine Göttliche auf und davon ist – ich wäre nicht nur auf der Stelle geheilt, sondern würde dieser Lady augenblicklich hinterherfliegen – Sie würden also nur das tun, was so oder so Ihr Dienst von Ihnen erwartet: Sie würden ein Flugtikket verkaufen. Es wäre reiner Kunden-Service, vom reinsten sozusagen, und zugleich schiere Routine, nur halt mit individuellem Zuschnitt, wofür Ihre Linie ja internationalen Ruf genießt, zu Recht. Ich würde das mit zwei indischen Reimen vergelten, honorarfrei –"

„Wie Sie meinen. In Ihrem ‚krankenhausreifen' Fall, da sollte ich wohl wirklich eine Ausnahme machen", die Dame tippte bereits, lange rosa Nägel klapperten auf leisen bleichen Tasten, „wie war dieser Name?"

„Willuweit, Leila."

„Langsam, wie?"

Er wiederholte, sie tippte, er steuerte mit leisem Zuruf, sie korrigierte mit klappernder Fingerspitze. „Obwohl Sie ja wissen dürften, daß auch wir einen gewissen Datenschutz zu beachten haben –"

„– aber wenn ich Ihnen sage, daß es um eine Buchung geht?"

„– dann ist das tatsächlich etwas anderes," sagte sie und begann leise zu kichern, „Sie Krankenhauskandidat."

„Erste Hilfe leisten Sie. Buchen will ich und gesunden. Es ist eine in sich verquickelte Angelegenheit, Kommerz und Liebe, untrennbar ineinander verwickelt."

„Miß Leila ist noch gar nicht weg."

„Wie? Finden Sie etwa nichts?"

„Doch doch. Aber Ihre HerzDame ist noch gar nicht gestartet."

„Sondern? Wo steckt sie?"

„Fliegt erst in etwa drei Stunden. Von Frankfurt kommend, Zwischenlandung bei uns. Weiterflug 15.15 Uhr, Flugsteig C, nach Istanbul – Sie wollen tatsächlich buchen? Nach Istanbul?"

„Welch eine Frage – aber ja doch –"

„Fensterplatz? Raucher?"

„Hören Sie, Sie sehen mich an der Decke Ihrer Schalterhalle, sehen Sie, wie ich da oben rotiere, wie können Sie noch solche Fragen stellen, gute FlugFee, weder Raucher noch Fensterplatz will ich, sondern natürlich den Platz neben Frau Willuweit – ist der etwa nicht frei?"

„Er ist besetzt." Sie kicherte wieder leise in sich hinein, schniefte kichernd in ihr Fingernagelgeklapper. „Selten hab ich so gerne für jemanden gebucht. Also, Ihre Madame Willuweit fliegt ab Frankfurt; da diese Maschine in der Tat noch nicht gestartet ist, kriege ich den Platz neben ihr auch noch frei, das heißt, ich *kann*, wenn Sie wollen."

„Und wie ich will."

„Darf ich Ihren Paß sehen?"

Er sortierte die Papiere in seiner Brusttasche, mochte nicht auch hier den Ausweis des nicht mehr gewählten Abgeordneten vorlegen.

„Ich setze eine andere Person um, die dort gebucht war, wo

Sie sitzen wollen. Der andere Fluggast ist ab Zürich gebucht, kriegt einen Fensterplatz."

„Dagegen wird er ja wohl wenig einwenden."

„Wird gar nichts davon erfahren. Sie sitzen nunmehr an seiner Stelle; also neben dieser Miß Willuweit, Reihe 17, Sitz B – einverstanden?"

„Überglücklich bin ich. Buchen Sie bitte von dieser Kreditkarte. – Darf ich Ihnen zum Dank nun mein indisches Gedicht widmen?"

„Hier ist Ihr Ticket. Sie sind also auch ein Dichter?"

„Alle Verliebten sind Dichter."

„Hier, beim Kreuzchen, da zeichnen Sie bitte die ZahlQuittung – danke, Ihr Ticket nach Istanbul – wie geht nun Ihr Gedicht?"

„Kaum beißt die Kobra einen Mann,
schon zündet man die Witwe an."

Sie schaute ihn an, mit Besinnlichkeit. „Das ist, glaube ich, ein gefährliches Gedicht."

„Ja", antwortete er, „von nun an wird's gefährlich, jedenfalls für mich." Er nahm das Ticket, Kreditkärtchen samt Quittungsdoppel und sagte: „Und weil Sie mir den Sitzplatz besorgten, zum Dank noch ein weiteres Gedicht, eines, das ein bißchen ungefährlicher ist, weil es keine Menschen zu sein scheinen, die darin umkommen. Die Kobra schleicht durchs fahle Dämmerlicht – der Ziege Zetern rührt den Panther nicht."

Damit ließ Larry die Hansa-Dame allein und konnte sich zufrieden fühlen. Denn die Frau hatte, dessen war er sich gewiß, stark nachzudenken, nicht nur über Dichtungen.

Das also ist sie. Das muß sie sein. Kobra.

Reihe 17, Sitz A. Verdammt ja, sie ist es.

‚Appetitlich'. Jaja. Zum NichtHinschauenKönnen. Herrje, mußte das sein. Das gefährdet im Ernst meine Ermittlung. Wie halte ich das denn durch.

„Guten Tag. Neben Ihnen, das ist, glaube ich, meiner –" Gescheiteres konntste nicht rausbringen, wie? Die tut so, als verstünde sie nur arabisch oder türkisch. Wehe, die guckt Dich ein einziges mal voll an und Du bist unterm Sitz. Die Moslems haben vollkommen recht. Sowas gehört verschleiert. Bis obenhin. Hinters TürkenTuch.

„Pardon." Kaum hatte er das gesagt, sagte er sich, was anderes fällt Dir wohl nicht mehr ein, wie? ‚Pardon'. ‚Neben Ihnen, das ist, glaube ich, meiner'. Was mag er denn damit gemeint haben, unser Kleiner. Mit ‚meiner'.

Nix Larry, nix Libuda. Cläuschen aus Boarbeck. Ssüszeth Clauthimauthi ausz Borbeck-Bergeborbeck. Auf großer Orient-Tour. – Hat sie mich jetzt angesehn? Die Kobra feixt im fahlen Dämmerlicht –

Rechts neben ihm also diese Frau. Die mit dem ostpreußischen Namen. Aber mit türkisch-arabischem Blick. Er bemerkte immerhin, daß sie, während sie auf den Start warteten, ein Paar Handschuhe in ihre Hand schlug. Immerzu diese Handschuhe in ihre Hand. Mit der Rechten ockerfarbene Handschuhe in die offene Linke. Nervös? ‚Gereizt'?

Der Start verzögerte sich. Seit er neben ihr saß, seit diesem kläglichen ‚Pardon' hatte er kein Wort mehr zu äußern gewagt. Das hielt er auch für überaus angebracht. Jedenfalls für besser als irgendein Gerede. Schweigen, da war er sich sicher, wirkte ungemein vielsagend, manchmal. Jedenfalls im Vergleich zu dem, was er, in diesem Augenblicken, an Äußerungen hätte produzieren können. Geschweige denn im Vergleich zu seinen lächerlichen KobraZeilen.

Je länger er schwieg, desto bedeutsamer erschien ihm aber nur das Schweigen der Nachbarin. Um so hilfloser sein eigenes.

Und seit er neben ihr saß, hatte er keinen Blick mehr riskiert. Bemerkte nur, im rechten Augenwinkel, den Schlagreflex dieser Handschuhe.

‚Große dunkle Augen'. ‚Wirklich appetitlich'. Darauf reimte sich in ihm nichts. Hatte sie Handgepäck? Unter ihrem Sitz verstaut? Unter dem Sitz vor ihr? Larry erkannte nichts, wo war sie geblieben, die Schärfe seines Blicks, seiner Tricks? Libuda meinte, eine Brille zu benötigen.

Jetzt schlug die Sitz-Nachbarin heftiger, er hörte Klatschen. Der Start begann.

Mitten in der Beschleunigung flog ihm von rechts was über die Knie. Ein Handschuh. Er bückte sich, seine Hand schoß hinab, neben seinen linken Fuß, faßte das an, Leder – und zum Glück entfuhr ihm im selben Moment ein begeisterter, ein aufrichtig bewundernder Ruf: „Gott, was für ein wunderbares Gefühl." Reichte mit diesem Kommentar das weiche Leichte der Nachbarin. Blickte voll in ihren Blick, die schaute ihn an, großäugig. Und ließ nur ein einziges Wort hören.

„Juchten."

Mehr sagte sie nicht. Mitten im Start, im Rumor, im Beschleunigen, nur dieses Wort, dieses verdammte, ihm nur sehr entfernt bekannte Wort. „Juchten." Sie waren schon in der Luft, hatten Zürich schon unter sich, hinter sich, da kaute er immer noch an diesem Wort, das er irgendwo doch schon mal gehört hatte: ‚Juchten'. Aber nichts Gescheites fiel ihm dazu ein, nur unveräußerlicher Blödsinn im Stil seiner geschüttelten PantherPhantasien, ‚Kleine Fluchten mit Juchten'. Kaum mehr. Höchstens ‚Die Kobra schleicht durch Juchten-Schluchten. Der Panther wittert dunkle Buchten.'

Plötzlich kam sie ihm entgegen. „Kennen Sie das nicht? ‚Juchtenleder'?"

„Nur vom Namen her. Ich glaube, meine Großmutter oder meine Tante, ich weiß nicht mehr, wer – die hatten solches Leder, ‚Juchtenleder' – ist ja phantastisch weich, zauberhaft."

„Nicht wahr? Nicht nur schön zum Anfassen. Noch schöner der Geruch." Sie hielt ihm nun tatsächlich die beiden Stücke hin.

Er durfte schnuppern, der Panther. „Riecht wie –". Er rang nach Luft, nach einem passenden Wort.

„Na? Wie riecht es? Vergleichen Sie. Wie was?"

„Hm. Wie –" – er lachte – „ich hab zuhause ein Badesalz, das duftet ganz ähnlich, wie Heu oder –"

„Birke. Dies Leder hat Birkengeschmack. Man fettet es nicht bloß ein. Nicht bloß fett, nicht bloß wasserdicht ist es. Sondern dieses hier wird obendrein geschmeidiger gemacht, zarter. Wird imprägniert. Mit BirkenRindenExtrakt."

„Aha?"

„Persisches Patent."

„Persisch?"

„Der Name jedenfalls ist aus dem Persischen."

„Und Sie auch? Sie sind Perserin?"

„Ich?" Sie lachte. „Mein Vater ist Deutscher, aus Ostpreußen. Königsberg." Berliner Tonfall.

„Hätte ich nie gedacht. Aber dann ist doch sicherlich Ihre Mutter – eher aus – dem Orient –"

„Aus Adana. Türkei."

„Phantastische Mischung. Ostpreußen und Adana."

„Nicht sehr gebräuchlich. Das stimmt. Aber in Berlin ist alles möglich."

„Manchmal auch das Unmögliche."

„Sie meinen, ich sei unmöglich?"

„Neinnein, also, ich wollte sagen –"

„Reden Sie sich nicht raus. Sie haben gesagt, ich sei unmöglich. Zur Strafe sagen Sie mir jetzt, welche Mischung *Sie* sind."

„Raten Sie. Taxieren Sie *meine* Mischung."

„Ich glaube, Ihr Vater ist oder war ein Beamter."

„Zu viel Ehre. Er war Maurer. Raten Sie lieber, woher er kam."

„Aus Heidelberg."

„Sehr weit daneben. Er kam aus der Nachbarschaft von Königsberg. Allenstein."

„Allenstein? Nie gehört."

„Auch ‚Libuda' ist ostpreußisch. Oder polnisch."

„Libuda also heißen Sie. Und Ihre Mutter? Woher kommt die?"

„Wahrscheinlich haben Sie auch das nie gehört."

„Unterschätzen Sie mich nicht."

„Guter Tip. Werd mir Mühe geben, Sie nicht zu unterschätzen."

„Also, Ihre Mutter?"

„Kam aus Borbeck. Genauer aus Borbeck-Bergeborbeck."

„Wo liegt das?"

„An der Emscher."

„Emscher?"

„Zentraler Abfluß im Ruhrgebiet. Borbeck ist ein nördlicher Teil von Essen."

„Essen? Da war ich auf einem Kongreß. Hat mir gut gefallen. Und was machen Sie? Beruflich?"

„Rechtsanwalt."

„Und da sind Sie jetzt nicht vor Gericht?"

„Zum Glück nicht. Ich mache Urlaub. Hab in einem Preisausschreiben gewonnen. Darf fliegen, wohin ich will. Im Wert von zehntausend Mark. Aber nur mit Lufthansa."

„Toll. Und da fliegen Sie als erstes nach Istanbul?"

„Als zweites. Zuerst war ich in Zürich. Ich arbeite mich langsam vor, immer weiter nach Süden. – Und Sie? Was machen Sie?"

„Ich fliege zu meiner Mutter."

„Nach Adana?"

„Inzwischen wohnt sie in Istanbul."

Inzwischen kam das Essen, man bekam zu tun. Sie rührte fast nichts an. An ihren schmalen langen Fingern, an diesen langen dunklen Gliedern zwei Ringe. Keine Glasperlen, kein Als-Ob. Da funkelte Diamantenes. Zwar kein Hochkaräter, aber auch kein Firlefanz. Eine Figur zeigte sich da, geringelt um den Zeigefinger, eine Schlange aus Splittern, brillant funkelnden Splittern.

Das KobraAuge lähmt die Ziege. Den Panther graust's, er schnappt die Fliege.

Ihr Juchtenvergnügen hatte sie ins Netz am Vordersitz gehängt. Benötigte das Spiel mit dem duftigen Leder wohl nur ab und zu. Aus den gleichen Gründen, aus denen südländische Herren mit Perlenketten spielen müssen. Ihm fiel auf, daß sie weder ihren Namen preisgegeben hatte noch ihren Job. „Sie sind Fachfrau für Lederwaren?"

„Ich?" Sie lachte. Ziemlich belustig schien sie. Unziemlich belustigt. „Lederfachfrau. Wie sich das anhört." Trank einen Schluck Rotwein. „Nein, ich hab in Berlin mal im KaDeWe gejobt, in der Leder-Boutique. Aber, ich kann Sie beruhigen, das war schon alles. Ansonsten hab ich mit Leder nichts zu tun."

„Womit dann?"

Sie sah ihn an, mit diesen unverschämt großen Augen. „Was möchten Sie hören?"

„Bin auf alles gefaßt." Er kümmerte sich ums Zürcher Geschnetzelte.

„Zum Beispiel? Spionin? Bauchtänzerin? Dolmetscherin? Stewardeß bei der Lufthansa? Darstellerin in Pornofilmen? Kriminalbeamtin?"

„Langsam langsam. Nicht alles auf einmal."

„Also doch lieber nur Lederfachfrau?"

„Lieber nur das, was Sie wirklich machen."

„Raten Sie, taxieren Sie die Mischung."

„Reiseleiterin."

„Tät Ihnen so passen."

„Sehr. Ich mietete Sie auf der Stelle, für Istanbul und Umgebung."

„Vielen Dank, mein Herr. Bin nicht zu mieten."

„Sondern?"

„Miete höchstens selber."

„Einen Partner? Pardon, nur ein Taxi, klar."

„Tut mir leid, Sie enttäuschen zu müssen. Bin schlicht Kauffrau."

„Was kaufen Sie?"

„Import Export. Was immer sich anbietet. Meistens Textilien. Modewaren. Selten Leder."

„Lohnt sich das?"
„Wenn man sich nicht allzu dumm anstellt."
„Und das heißt?"
„Sie sind Rechtsanwalt? Haben einen Vertrag mit der Zollfahndung?" Sie schickte ihm einen Blick herüber, der ihn zu benebeln begann. Wie Juchtenduft. Wie KobraBlick. Von hier ab wird's gefährlich, Bürschchen, nimm Dich zusammen.
„Pardon, wenn ich zu penetrant wurde. Nein nein, mit dem Zoll hab ich zum Glück nichts zu tun. Hab mein Büro, mit einem Compagnon, in Borbeck. In der Rechtsstraße. Sie könnten's überprüfen, im Telefonbuch."
„Rechtsstraße? Sehr originell. Und ihr Compagnon erledigt, während Sie Urlaub machen, die Scheidungssachen?"
„Exakt."
„Warum reist Ihre Frau nicht mit?"
„Weil es sie nicht gibt."
„Auch keine Freundin?"
„Was meinen Sie, warum ich Sie als Reiseführerin hab mieten wollen?"
„Wenn Sie nicht so forsch vorgingen, machte ich's Ihnen für lau."
„Aber nun? Keine Chance mehr?"
„Sie wissen ja, wie sehr man als Frau aufpassen muß. Zumal im Orient, nicht wahr? Außerdem wird mich am Flughafen mein Verlobter abholen. Ich glaube, es wird einfacher, wenn wir uns nach der Landung einfach nicht mehr kennen."
„Bitter. Was hab ich falsch gemacht. Ich fürchte, wir haben uns auch schon vor der Landung nicht gekannt."
„Richtig." Nun kam wieder einer ihrer Blicke, diesmal aus Augen, die halb geschlossen blieben. ‚Bürschchen, nimm Dich zusammen'.

ISTANBUL

Unter den Tragflächen sonnenglitzriges Meer. Die Wellen, die Schiffe, Marmara, der Bosporus. Er hatte zum ‚Bordbuch' gegriffen, die Route rekonstruiert. Schon war Sinkflug, schon stand Landung an. „Nicht mal Ihren Namen weiß ich," beschwerte er sich laut.

„Ist auch besser so", hörte er.

Als die Triebwerke ausgeschaltet waren, überall die Sitzgurte aufklickten, half er ihr noch beim Öffnen des Kofferfachs über den Sitzreihen, das bot sich halt noch so an. „Welche Tasche ist Ihre?" fragte er, obwohl sie nicht zu übersehen war, die dunkle, die Ledertasche.

„Die dort."

„Die große?"

„Ja die."

Er hob sie heraus, ließ sie herunter. „Ganz schönes Gewicht. Ich hab kein Gepäck, könnte Ihnen tragen helfen."

„Bitte nicht. Mein Verlobter wird –"

„Pardon, ich vergaß." Dann standen Sie eine Weile, dicht hintereinander, im Gang. Mußten warten, bis die Tür sich auftat. „Haben Sie nichts liegen lassen? Ihre Handschuhe?"

Sie drehte sich nur leicht zur Seite, zeigte das SchlagLeder.

„Kann ich gar nicht mit ansehen, wie Sie dieses Gewicht schleppen. Ganz schön schwer. Textilien? Doch wohl nicht Blusen?"

Sie drehte sich nun, zwar langsam, aber doch vollends nach ihm um. „Mein Verlobter, Herr Rechtsanwalt, arbeitet bei ‚Goethe' in Istanbul. Bat um einige Bücher. Deutsche Literatur. Handke. Böll." Bei diesen Mitteilungen hielt sie die Augen halb geschlossen. Verzog keine Miene. Setzte jetzt nur die Tasche auf eine Sitzlehne.

Er nickte leicht. „Pardon. Sie sind mir ja keine Erklärungen schuldig. Ich hatte ja nur diese Tasche kurz in der Hand und weiß daher, welches Gewicht – fällt mir halt schwer, sehen zu müssen, wie Sie zu tragen haben. Gute Reise. Gehen Sie vor. Ich warte ein bißchen, gehen Sie nur vor."

Sie nickte. Schlug sich das Juchten extra scharf in die Linke, auf die Hand mit der Brillantschlange. Griff sich dann die Tasche und ging vor.

Bei der Paß-Kontrolle standen fast zwanzig Leute zwischen ihnen. Beim Rollband fürs Gepäck stellte er sich ans entgegengesetzte Ende. Sie griff sich einen kleinen Koffer, kaum größer als die dunkle Ledertasche, eilte zum Zoll. Mit dem Koffer, mit der Tasche.

Hinter der Zollbarriere die Wartenden, die Freunde, die Verwandten. Die Hotel- und die Geschäftsleute mit den Namensschildern. Er hielt weiterhin auf Abstand, verlor sie aber nicht aus dem Auge. Sie ging zwischen den Wartenden hindurch, zum Ausgang. Kein ‚Verlobter' begrüßte sie, niemand begleitete sie, trug ihr die Ledertasche und den kleinen braunen Koffer.

Geschrei der Taxi-Fahrer. Milde, braunsoßige Luft, schwül. Er hatte Mühe, sie im Blick zu behalten. Stieg wie abwesend in eines der Taxis, sagte dem Mann „Please follow the Lady –" – der Mann, den er gar nicht angesehen hatte, antwortete ihm auf Deutsch. „Welche Lady soll ich folgen?"

„Der dort im ersten Wagen, bitte rasch, die da jetzt nach links rausfahren, ja, dem schwarzen Wagen hinterher, bitte."

„Folgen? Wie im Krimi?"

„Meinetwegen wie im Krimi. Aber bitte nicht zu dicht. Halten Sie Abstand. Ich muß rauskriegen, wo sie hinfährt. Aber sie soll's nicht merken."

„Gangster?"

„Nichts da – schöne Frau."

„Aha, ich versteh. – Gangster wär doppelter Tarif."

„Woher können Sie so gut Deutsch?"

„Ich hatte Taxi in Dortmund."

„Na wunderbar, ich komme aus Essen."

„Ah, Essen. Villa Hügel. Gruga-Halle."

„Gut so. Lassen sie ruhig zwei oder drei Wagen zwischen denen und uns. Was ist das hier – Mittelalter?"

„Stadtmauer. Zehn Kilometer lang Stadtmauer."

„Passen Sie auf! Die biegen jetzt ab – oder? Wohin fährt die?"

„Weiß nicht. Die fahren im Kreisverkehr. Hinterher?"

„Ja, hinterher. Gut so. – Aber da steht doch nun wieder ‚airport'. Fahren die zurück?"

„Man kann auch so zur Stadt. Je nachdem, wenn man's nicht so eilig hat. Soll ich verfolgen?"

„Aber ja doch, bitte." Er notierte sich die Nummer des Taxis. Als er wieder aufschaute, hatte er die Orientierung verloren.

Immer diese Kreisverkehre. Und dieser Dunst hier. Seit meiner Karl-May-Lektüre kläre ich in jedem Ort als erstes, wo die Sonne steht. Wo Süden ist, wo Norden undsoweiter. Aber hier ist alles ein Brei, wie anno dazumal an der Emscher.

„Hören Sie, hier geht's doch nicht zur Stadt. Mir kommt's vor, als fahren wir zurück."

„Sie sagen, ich soll verfolgen. Also ich folge. Keine Sorge, ich folge. Da hinten, das ist das Taxi, in dem sitzt Ihre Lady."

Für Momente erkannte auch er den Wagen wieder. Dann wieder nicht mehr.

„Aber wir fahren doch im Kreis, zurück zum Ausgangspunkt, oder?"

„Ja, jetzt fahren wir im Kreis. Wieder zum Flughafen. Immer noch folgen?"

„Jetzt erst recht."

Der Verkehr war hier dichter, eine Baustelle staute, ein Verkehrspolizist. Weg war sie. Wohin? Zurück zum Flughafen? Vor ihm wieder die große Halle. Departure! Abfahrthalle.

„Warum halten Sie?"

„Weil auch sie hier gehalten hat. Sie ist hier rausgestiegen –"

„Ich hab nichts gesehen. Ich hab auch noch gar nicht Geld wechseln können, nehmen Sie bitte Franken, Schweizer Franken, ich habe nichts anderes. Genügen Ihnen zwanzig Franken?"

„Gerne. Wiedersehen in Essen."

In Eile durch die ‚departure'-Halle, Schalterhalle, Warte-Schlangen vor der deutschen Linie. Nach Frankfurt. Schlange auch vor der TWA. Vor British Airways. Keine vor PanAm. Und nirgends eine preußisch-türkische MischGestalt.

Doch.

Dort stand sie. Stand in der Reihe, die sich vor ‚Egypt Air' gebildet hatte. Verflucht. Wieso dort. ‚Departure Alexandria'. Wie bitte?

Und wie stand sie denn da. Schlug ihre Handschuhe in die Hand. Na klar. Mit der Rechten in die Linke. Aber sie stand da ohne Tasche. Nur mit dem kleinen braunen Koffer. Herrje, wo war die Tasche. Die hatte sie schon aufgegeben? Unmöglich. Sie wollte hier ja wohl buchen – erst mal wieder buchen. Die Tasche inzwischen sichergestellt? In einem Schließfach?

Unmöglich. So rasch war das vollkommen unmöglich. Keine zwei oder drei Minuten hatte er sie aus den Augen verloren, unmöglich in dieser Zeit die Tasche irgendwo unterzubringen. Die Tasche war im Taxi geblieben. Klar. Extra-Bakschisch. Bringen Sie diese Tasche zu folgender Adresse –

Larry war, als er sie erkannt hatte, stehen geblieben. Hielt sich in gutem Abstand. Beobachtete, daß sie jetzt mit einem Mann sprach, mit dem, der hinter ihr stand, mit dem redete sie, lächelte sie. Der lächelte zurück. Die Kobra Leila Willuweit –

Er fand in der Eile keinen Reim, der gepaßt hätte, denn

diese Frau, die scherte nun aus, die ging jetzt aus der Reihe der Wartenden heraus, ging dort drüben zur Wand hinüber, in eine der Fernsprechzellen, telefonierte – ist stets zum Tigersprung bereit – redete mit ihrem ‚Verlobten'? Ihrer Mutter? Meldete die Nummer des Taxis, für alle Fälle? Wem? Dem Goethe-Institut? Ihren Geschäftspartnern? Ihrer Gang?

Mußte er, Larry, jetzt nicht blitzartig auf und davon, hinter dem Taxi her, dem Wagen folgen, in dem sich die Tasche mit dem Raub befinden mußte, kaum fünf Minuten Vorsprung hatte das, sofort dieses Taxi ermitteln lassen, den Besitzer, Fahrer des Wagens mit der Nummer, die er notiert hatte – den selber verfolgen, einholen? Stellen? Die Beweisstücke stellen. Sicherstellen – im Auftrag des Staats –

Mußte er das jetzt nicht? Was *tun* mußte er jetzt. Taxi oder Leila. Geld oder Schönheit. Jetzt kam sie aus der Zelle, ging zurück. Stellte sich wieder vor den Herrn, vor den dunklen Lächler. Lächelte dem zurück. Kehrte ihm aber nun den Rükken. Wie energisch sie zu gehen verstand. Ihr Gang, ihr schwingendes Gehen, eine Destabilisierung jeder observierenden Vernunft –

Was jetzt tun. Konnte er sich spalten? Sollte er wenigstens telefonieren? Um Hilfe bitten? Irgendjemandem im deutschen Konsulat, einem Deutschsprachigen, Englischsprachigen bei der Polizei die Taxi-Nummer durchtelefonieren – um zwei Millionen gehe es – schweren Raub – Politik – InterPol einschalten?

Die Schlange rückte vor. Er hatte sich angestellt. In die Schlange nach Ägypten. Die BrillantSchlange. Sie wird nicht umsonst hier stehen, nicht ohne Mitgift. Auch ohne Ledertasche wird sie sich abgesichert haben. Mit dem Hundertzwölfkaräter? Mit der ‚halben Miete'? Wie Staatsanwalt Ewald das nannte, als er vom ‚besonderen Stück' redete?

Auf jeden Fall wußte sie alles. War informiert über den Fall. War aufs engste befreundet mit dem, der sich plötzlich die Haare hatte färben und extrem kurz schneiden lassen. Wußte alles über dessen Tricks und Transaktionen. An diese Frau mußte er sich halten und nicht etwa eines unter tausenden Taxis finden und jagen, in dieser fremden, in dieser dunstigen riesigen ChaosStadt.

Mit solchen Argumenten wußte Larry Libuda einigermaßen seine Unruhe zu beschwichtigen. Um dann um so deutlicher eine andere zu spüren, eine viel tiefer bohrende. Er wollte die abschütteln, diese Tiefenbohrung, denn jetzt ging's um Wichtigeres, ums genaue Kalkulieren der äußeren Einzelheiten: Diese Willuweit, die war offenbar eine Zentralfigur, womöglich in einem organisierten Club, die würde exakt wissen, wo die Geschmeide geblieben, woran sie selbst war und was sie wollte. *Ihr* hatte er sich zu widmen, ganz klar. Inzwischen checkte sie bereits ein, buchte, zeigte ihren Paß, zahlte. Und er, Claus-Ludger? ‚Es darf nur Lufthansa sein' –

Nach Ägypten? Brauchte man da ein Visum? Welche Währung galt dort eigentlich – jesses, diese großkotzigen Spionagefilme, die solche Fragen gar nicht erst stellten. So wie James Bond nie die Tür seiner schnellen Schlitten schloß, wenn er in irgendeinem Slum im Nahen oder Fernen Osten aus dem Wagen sprang und zur Tat eilte. „Sie wünschen?"

„Nach Alexandria."

„Haben Sie Gepäck?"

„Nur kleines, nur Handgepäck."

Sie saß diesmal sehr weit vorn. Blickte nicht auf, als er vorbeiging. Las eine türkische Zeitung. Kein Blick. Wußte wohl tatsächlich noch nicht, daß er mitflog, ebenfalls nach Alexandria. Hatte bei der Sitz-Reservierung, diesmal, gar nicht erst versucht, in ihre Nähe zu kommen.

„Ach? Sie wieder hier?" Plötzlich stand sie im Gang. Dicht neben ihm. „Ich dachte, Ihr Preisausschreiben war bei der Lufthansa?"

Er hatte ägyptisches Englisch studiert, Bord-Prospekte,

Alexandria-Prospekte. Plötzlich diese KobraStimme, dermaßen hart neben seinem Ohr. „Ja, also, das alles muß ich Ihnen erklären."

Er stand auf, folgte ihr durch den Gang nach hinten. Dort wartete sie vor der hinteren Ausgangstür, hatte sich eine Zigarette gezündet. Am Finger keine Brillantschlange mehr. „Was müssen Sie mir erklären?"

„Also –"

„Ich dachte, Sie wollten sich Istanbul ansehen?"

„Ja, wollte ich. Aber –"

„– erst später, hatten Sie gesagt, wollten Sie sich ‚weiter nach Süden vorarbeiten'."

„– ob Sie mir's nun glauben oder nicht – ich weiß auch gar nicht, ob Sie als halbe Orientalin mich nun meiden müssen oder sogar erschießen oder wenigstens ihre Verwandten oder ihren Verlobten auf mich hetzen –"

„Mein Gott, was ist los. Warum soll ich Sie erschießen?"

„Ich habe mich wahnsinnig verliebt."

„Wie bitte? In wen? Doch nicht –"

„Ja. Ob Sie's glauben oder nicht. Ich war ganz verrückt nach Ihnen und sagte dem Taxifahrer, er solle Ihnen folgen. Ich nahm ja an, Sie würden in die Stadt fahren, zum Goethe-Institut, oder zu einem Geschäftspartner, Textilbranche –"

„– oder zu meinem Verlobten. Was hätten Sie davon gehalten?"

„Wenig. Überhaupt nichts. Es hätte mich vollkommen verwirrt. Aber das bin ich sowieso. Vor allem, weil wir nun schon wieder beide in so einem Flugzeug stecken – meine Frage geht auch an Sie – so wie Sie mich gefragt haben, frage ich nun Sie – was ist passiert, wieso sind Sie also nicht zu Ihrer Mutter, zu Ihrem Verlobten."

„Ich habe telefoniert. Mein Verlobter ist in Alexandria. Ist zu einem Gastvortrag dort, bei ‚Goethe'."

„Da haben Sie die Bücher dem Taxi mitgegeben? Zum Goethe-Institut."

„Richtig. Wie besorgt Sie sind."

„Und sind – kurz entschlossen – einfach – ebenfalls nach Alexandria."

„So ist es. Wir werden Urlaub machen, eine Woche oder so. Es gibt wunderbare Strände, nicht weit von Alexandria."

„Stimmt das?"

„Wieso nicht? Ich kenne Alexandria, war oft dort, es ist *die* ägyptische Ferienstadt."

„Sie wollen mich quälen. Geben Sie's zu, es gibt gar keinen Verlobten. Das sagen Sie nur, um einen so lästigen Mann wie mich auf Abstand zu halten, nicht wahr?"

Sie lachte.

„Also hab ich's getroffen. Warum lachen Sie immer noch? Mir ist überhaupt nicht nach Lachen."

Sie wurde plötzlich ernst. „Sie könnten recht haben."

„Womit?"

„Damit, daß unsere Reise gar nicht zum Lachen ist."

„Weil Sie gar keinen Verlobten haben?"

„Sondern?"

„Höchstens Geschäftspartner."

„Die auch. Wie gesagt, ich reise, um Textilien einzukaufen. Sowohl in der Türkei wie in Alexandria gibt es optimale Gelegenheiten. Schauen Sie sich um in Alexandria. Da kaufen Sie hervorragende Ware, Eins A Qualität. Schon mal gehört von ägyptischer Baumwolle?"

„In der Schule."

„Sie sollten im ‚Cecil' absteigen. Von dort brauchen Sie nicht mal ein Taxi. Gehen von diesem alten Hotel aus ringsum stundenlang durch Ladenstraßen – da sehen Sie all das, was man nach Europa bringen müßte, um der dortigen Industrie Konkurrenz zu machen. Schärfsten Wettbewerb. In der Qualität wie im Preis. Nicht nur Hemden, Jacken und Pullover. Jede Mode. Man wär verrückt, würde man das nicht wahrnehmen."

„Und diese Ware bekommt dann in Berlin oder in Frankfurt

das berühmte Marken-Signet? Und wird um 300 Prozent teurer?"

„Um 400 Prozent. Hab's ja gleich gewußt. Sie sind also doch von der Zollfahndung. Von wegen ‚verliebt'. Daß ich nicht lache."

Sie ließ ihn stehen. Mit diesen unwahrscheinlichen Bewegungen ging sie davon, mit dieser leiblichen Sicherheit bewegte sie sich zu ihrem Sitz zurück, nach ganz vorn. Tat, als hätte es ihn nie gegeben.

Er starrte ihr nach – natürlich hatte sie ihn durchschaut. Und hatte Recht, wenn sie ihm mißtraute. Aber auch er, auch er war im Recht. In ganz anderen Rechten. Hatte sich tatsächlich in dieses konkret Überwirkliche verliebt, in diese raschen Antworten, allein schon in diesen Wörterklang, in die Berliner SlangFarben, vor allem aber in diesen traumhaften Gang. Und in ihre frechen großen Augen. In diesen schönen Menschen – diesen ganz und gar, selbst für Panther undurchschaubaren. Gerade für Panther.

Er schwankte zurück, setzte sich wieder in seinen Gangplatz, duckte sich, zaudernd, zerknirscht, verwirrt. Bemerkte, daß er in seiner Ratlosigkeit wieder nur Kobra-Verse zustandebrachte. Wieder ging es um eine Ziege, um die Beute also, um die sich Panther und Kobra stritten. Die Kobra hört im Dschungel ein Gezeter. Der Panther kränkelt. Er hat Ziegenpeter.

ALEXANDRIA

Beim Anflug war es bereits dunkel geworden. Unten glitzerte die Riesensiedlung. Die Maschine legte sich schief, auch von seinem Gangplatz konnte er sehen, wie unten die tausendlichtrige Fremde vorüberzog. Die Caesar- und Kleopatra-Stadt. Er hatte im Prospekt gelesen, dort wohnten mehr Menschen als in seinem ach so geliebten, ach so volkreichen Ruhrgebiet.

Nach der Landung, beim Warten auf den Ausstieg, hatte er sich im Gang nach vorn geschoben, hatte unfreundliche Bemerkungen kassiert, aber es war ihm nun manches gleichgültig geworden. Schließlich hatte er kurz vor dem Aussteigen doch noch die Reihe erreicht, in der sie wartete und konnte ihr zuraunen: „Ich würde Ihnen gerne in Ruhe verraten, wer ich wirklich bin."

„Das glaube ich nicht."

Er ging neben ihr her. Sie grüßten die Stewardeß, die am Ausgang der Maschine die Fluggäste verabschiedete. „Sie dürfen mir glauben. Es stimmt, was ich Ihnen gesagt habe. Warum ich Ihnen folge, das hat zwei Gründe."

„Welche?" Sie gingen nebeneinander die Gangway hinab, in die dunkle milde Luft.

„Zum einen, daß ich Sie bezaubernd finde."

„Zum anderen?"

„Zum anderen einen staatlichen Grund."

„Ich sag's ja. Fahndung." Unten, auf dem Asphalt vor der Halle, grinste sie ihn an. „Wollen Sie mich womöglich verhaften?"

„Ja. Möglichst."

„Hier sind wir in Ägypten. Sie kommen zu spät."

„Rein privat würde ich Sie verhaften, liebend gern."

„Machen Sie keine Witze. Sie begehen einen Fehler, mein Herr. Es lohnt sich nicht, mich zu verfolgen. Weder so noch so. Ich bin eine ungute Mischung, glauben Sie's mir. Ich mach Ihnen nur Ärger. Ich bin außerdem voller Fehler. Ganz üble Fehler hab ich. Lassen Sie das Verfolgen, Herr Libuda. Sie sehen, es verstehen genügend Leute deutsch, drehen sich nach uns um und sind drauf und dran, die Flughafenbullen zu informieren – ich fürchte, die würden, wenn schon nicht uns beide, dann auf alle Fälle Sie einlochen. Frauenbelästigung – im Islam mindestens ein Jahr."

Er faßte ihren Ärmel, ließ ihn sofort wieder los. Sie sah, daß seine Hand zitterte. Leise, so leise und gleichzeitig so eindringlich wie möglich versuchte er zu reden: „Irgendwann kommen Sie zurück nach Deutschland. Und dann wird an der Grenze kaum zu verhindern sein, daß Ihr Name eine gewisse Beachtung findet."

„Sie drohen?"

„Vielleicht sollten Sie wirklich wissen, woran Sie mit mir sind. Frau Willuweit."

Sie schaute ihn überrascht an. „Woher wissen Sie meinen Namen?"

„Wenn Sie's genauer wissen wollen, was ich alles über Sie weiß und vermute – ich erklär es Ihnen gerne. Aber lieber in Ruhe. Nicht hier in diesem Trubel, zwischen Tür und Angel. Besuchen Sie mich. Im diesem Hotel, das Sie mir empfohlen haben. ‚Cecil', nicht wahr?"

„Sie haben ein Visum?" Drei Herren standen ihnen gegenüber. Alle drei meinten offenbar nur ihn, Larry Libuda.

„Ein Visum? Leider nein, ich hatte keine Gelegenheit –"

„Hundert Dollar, Mister."

Er zückte seine „Deutsch-Mark"-Scheine, jemand suchte und berechnete den Kurs, umständliche Zettelwirtschaften entfalteten sich hinter einem Schalter, man blätterte, stempelte, stempelte noch einmal und zeichnete gegen, notierte seine

Paß-Nummer, Larry sah, wie sie sich entfernte, schon weit hinter den Zoll-Schaltern, im Hintergrund tauchte sie nochmal auf, für einen Moment, schien sich nach ihm umzudrehen, ihm zuzunicken? Als er das Visum bezahlt hatte und die Kontrollen passiert, war sie nicht mehr zu finden.

Im Taxi durch Vorstädte, schließlich durch Gassen, enge Quadrate. Endlich auf einen breiten Platz, vors Hotel ‚Cecil'. Prachtbau im Zentrum, venezianische Renaissance, mitten im städtischen Gewühl, zitternd zwischen LKW-Verkehr und schweren alten Straßenbahnen, unter ununterbrochenem Geheul und Gehupe aus verstopften Straßen.

Raum 411. Die Fenster nicht dicht, aber mit dem schönsten Blick über die Bucht, zum Meer hin, zur erleuchteten Türkenburg, die, wie ihm der Prospekt erklärt hatte, gerade dort stand, wo sich vordem eines der Weltwunder erhob, der Pharos, der gigantische Leuchtturm der Antike, 180 Meter hoch.

Aus 411 wieder hinunter, zurück ins Foyer, Schnuppern durch die Fremde, durchs andere System, bei den Aufzügen livrierte Diener, sie bedienten oder bewachten Käfig-Lifts der alten Sorte, man mußte Gitter aufschieben, wenn man mit einem der Drahtkörbe tatsächlich angekommen war.

Stuck, alte Pracht, charmant verbleichend, welkend, die Teppiche fadenscheinig, das Licht unsicher, nur in jeder dritten Fassung eine Glühlampe. Aber schön noch immer, diese hohen Räume, die Treppen, die Säulen, die riesigen Spiegel. An den Wänden Namenszüge früherer Epochen, Könige hatten hier genächtigt, BaumwollKönige, ÖlScheiche, Neureiche, auch Josephine Baker, die Schwarze, die Nackttänzerin, die Kämpferin.

Er ging herum. Die niederen HotelDienste, in den ferneren Fluren, von verhüllten Frauen. Für die Zimmersäuberung schlichen sie durch die Nebenflure, stumm, wichen aus, überm Haar TürkenTücher, oft auch überm Gesicht.

Verwirrt verließ er die große Halle mit den Säulen und

erblindenden RiesenSpiegeln, ging hinaus, der Portier, dem er bei der Ankunft ein Trinkgeld gegeben hatte, grinste, sah ihm nach, wie er sich durch die überfüllten Straßen fortbewegte, in der milden Luft, an den Läden vorüber. Sie hatte von den ‚Gelegenheiten' geredet, vom Textilgeschäft, hatte ihn nicht beschwindelt, mit diesen Informationen durchaus nicht. Welch ein Betrieb, welch ein KaufGeschiebe, in alten europäischen Stadthäusern, die auch in Hamburg stehen könnten oder in Paris, davor dies arabische Bazargewusel, auch jetzt noch, nach 21.00 Uhr. Er ließ sich da hindurchschieben, ging wie benommen. Durch den Lärm und das Geblitze funkte eine Erinnerung, ihre Augen, er hörte ihr Berlinisches Gelächter. Machen Sie keine Witze. Sie begehen einen Fehler, mein Herr. Mit Kobra übernehmen Sie sich –

Keine Touristen hier; jetzt, im Januar nur diese dunklen Gesichter; fremdartige Gestalten, orientalische; viele im Kaftan, darunter verwegen schöne Kerle, ‚Wüstensöhne', sagte er sich. Frauen in den osmanischen Tüchern, oft ganz und gar verhüllt. Andere in offener, in unübersehbarer Schönheit. Im Nachtlicht überraschten sie wie überirdische Erscheinungen, auf jeden Fall bestürzten sie den Mann aus Borbeck.

Aber was wollte er hier ermitteln, in diesen Einkaufsgassen, wo ihn aus den dunklen Seiten, zwischen den WarenTürmen, Augen anblitzten, lauernde Augen, klar. Der Detektiv behielt an diesem Abend kaum noch Übersicht, entdeckte nur, daß sich der fromme Eifer der Muslime auf den Stirnen abzeichnete, als dunkle, als braune Verfärbung auf der oberen mittleren Wölbung der MännerStirnen, dort, wo beim Gebet der Kopf auf den Teppich niederstößt, auf das mehr oder minder rauhe Geflecht, auf das staubige. Je stärker dies Niederstoßen, je größer also die Gebets-Inbrunst, desto dunkler auch und verschorfter das Mal. Manchmal schon deutlich nässend, offene Wunde, womöglich wuchernd –

Für Augenblicke glaubte er sich verfolgt. Ein junger Mensch ging ihm nach, elegantes Hemd, enge Hose. Als er sich deutlich nach dem umsah und den anblickte, ging der vorbei, tat, als bemerke er ihn nicht, den Larry Libuda aus Borbeck, ‚Detektei Ruhr, G.F.E.'.

Er wollte sich sicher fühlen. Hatte nicht mehr ägyptische Pfund im Lederbeutel als das, was er eingetauscht hatte, im Wert von hundert Mark. Paß und Kreditkarte lagen im Hotel-Safe.

Herrje, worauf hatte er sich eingelassen. Wie würde er seinem Staatsanwalt, wie könnte er ‚Ömmes' diesen Ortswechsel erklären. Die Jagd nach den Beweisstücken hatte keinen beweisbaren Grund mehr. Dieser Stadtbummel, diese Reise übers Meer lebte von puren Behauptungen. Von Vermutungen, Ahnungen. Von außerdienstlichen Hoffnungen?

Er hatte sich gerade abschätzend, wohlwollend hineingesehen in eine Jacke aus fuchsbraunem Leder, als er in der linken Backe, dicht unterm Auge, einen Stich spürte, klar, einen Schnitt ins Gesicht, Rasierklinge?, er faßte dorthin, die Hand war blutig – faßte dann rasch nach rechts hinten in die Hosentasche, der Geldbeutel war weg, die Menschen schoben ihn weiter, niemand beachtete ihn. Hundert M waren verschwunden, aber die Papiere, die Schecks lagen im Hotel-Safe, auch ein Pflaster war da, für die Backe –

Lockruf nach Baden-Baden, ins Büro des Banknachbarn. „Steinel – wo bitte, sind Sie?" –

„Seit zwei Tagen in Alexandria, Hotel ‚Cecil', Zimmer Nummer 411, ich gebe Ihnen die Telefon-Nummer."

Nach fünf Minuten kam der Rückruf. „Was ist los, Larry. Wieso, zum Donner, Alexandria –"

„Sie wollte durchbrennen. Zunächst war sie in Istanbul, dann, als sie bemerkte, ich verfolge sie, drehte sie ab, schlug einen Haken hierher."

„Beachtlicher Haken."

„Beachtliche Frau. Der Haken bewies, daß ich auf der richtigen Spur bin."

„Du hättest mich informieren müssen – wo ist sie im Moment?"

„In dieser verrückten Stadt. Du glaubst, Du bist in Paris, aber irgendwer hat die Bewohner vertauscht."

„Ich fragte, wo sie im Moment steckt. Es fragt Dich der Oberkotten."

„Ich weiß es nicht, Herr Obergerichtshofrat. Untergetaucht ist sie. Wir haben uns für morgen verabredet, hier im Hotel."

„Dat Ganze hat mir einen unguten Hugo. Wenn ich mir mal erlauben darf, das in deutlichem Französisch auszudrücken. Wehe Du machs mir am Ende nich den SuperFitsch. Dreh mir keine Dinger, is dat klaa?"

„Weißattennich, dattich für sowat im Ausland viel zu fies bin für? – Im Ernst. Sie will hier offenbar die Geschmeide versetzen, sofern sie noch welche bei sich trägt – alles das wäre zu ermitteln. In Europa bringt sie die jedenfalls nicht los, weil die Nachricht von dem Überfall überall durch die Presse ging. Selbst dieser Herr Blündern in Zürich wußte inzwischen Bescheid, hatte Abstand genommen. Ewald, find Dich damit ab, Dein Larry is in Ägypten. Fast hätt ich gescherzt, ä güpt'n auch nich mehr her. Kurzum, ich verhielt mich auftragsgemäß, folgte der am ehesten Verdächtigen und die, tut mir leid, is ab, übern Teich, in't Morgenland."

„Ist unser HortRäuber ihr Auftraggeber? Auch dort noch?"

„Auch das werd ich rausklamüsern. Wenn, dann müßte sie am Ende mit ihm abrechnen, klar. Wahrscheinds isse ihm duichgebrannt. Ewald, hier bestehen ganze Viertel aus bedenklichen Juwelierläden, Antiquitätenhäusern, Schmuckgeschäften. Im Hotel nannte man mir stolz die Namen derer, die in Alexandria regelmäßig vorbeikämen, um Wertsachen einzukaufen. Henry Kissinger, Frank Sinatra und nord- wie süddeutsche Cleverles, aber auch Waffenhändler wie die Gauner von Präsident Marcos und die Agenten der Herrn Noriega und Ceaucescu, fast alle internationalen Gangster pendeln nicht umsonst zwischen Marseille und Nizza und Alexandria. Die Städte sehen sich eh zum Verwechseln ähnlich, nur sind hier die Leute, wie gesagt, um einiges afrikanischer, vorerst. Levantinischer jedenfalls als die in Frankreich."

„Bleib am Ball, Freund. Die Klunker sind jetzt das letzte, was uns fehlt, übers Wochenende kam durch Zufall raus, wie das mit den Patronen war."

„Was kam raus?"

„Ich sag Dir: Das war die Rache der Maulwürfe."

„Wie bitte?"

„Unser früherer Parteichef hatte ja, wie Du der zweiten Vernehmung entnehmen konntest, behauptet, er hätte seinen Revolver seit zehn Jahren nicht mehr in der Hand gehabt. Nun hat aber seine Freundin, also die vormalige, die Frankfurterin, einem pfiffigen Sonntags-Reporter ausgeplaudert, ihr vormals Göttlicher habe im Garten seines Hauses, also gleich neben dem unseres Kanzlers, Jagd gemacht."

„Auf Maulwürfe?"

„Auf Maulwürfe. Mit eben dieser Pistole. Hätte auf die armen Wühlmäuse geballert. Mit dieser Räuberpistole wollte sie natürlich nur demonstrieren, wie harmlos die Schießereien ihres Herzensfreundes gewesen seien. Wie menschenfreundlich der doch in Wahrheit wäre, im allgemeinen. Und wie tierlieb. Für unsere Fahndung war's der optimale Hinweis. Der Garten wurde noch nie so gründlich umgegraben. Das war halt die Rache der Maulwürfe. Gestern abend jedenfalls fanden wir im Feudal-Grundstück Marbacher Straße die passenden Projektile."

„Und?"

„Sie gleichen in allen Ecken und Kanten demjenigen, das im Juwelierladen herumlag, Typ 38 spezial, Fabrikat LAPUA. Irrtum ausgeschlossen. Unsere Experten leisten jeden Schwur. Nun tu dem Hirni den Gefallen, streng ausnahmsweise auch Du mal Deinen Hirnkasten an und hab ebenfalls Erfolg. Erwisch mir diese Willuweit. Möglichst beim Deal mit einem der HundertZwölfEnder, meinetwegen mit einem unserer Landesväter."

„Was hast Du rausbekommen über Leila Willuweit?"

„Nicht ganz ohne ist die. Sieh Dich vor, Nachbar. Keinen Augenblick darf Dir der Claus-Ludger unterlaufen, immer schön Libuda bleiben."

„Was hast Du ermittelt."

„Die Dame ist vielseitig. Vorgemerkt wegen Zollvergehens. Ansonsten eingetragen als kaufmännische Angestellte mit Neigung zu selbständiger Arbeit. Wohnhaft Frankfurt und Berlin. Derzeit im zarten Alter von 25 Jahren – bezähme Deine Hormone, Libuda –"

„Ömmes, spar Dir die Telefonkosten."

Der dritte Tag umsonst ist bekanntlich am schwersten, kaum zu ertragen. Larry Libuda, gewöhnt und angepaßt an Borbecker Verhältnisse, ein gutes Vollkorn- und Quarkfrühstück zum Beispiel, lebte nun in scheinschöner Umgebung, zwar in verblichener, aber noch immer deutlicher Pracht. Doch er war allein und das Frühstück von seltener Dürre und amerikanisierter Bleiche. Nicht etwa das Fladenbrot aus den GassenBäckereien rings kam auf den Frühstückstisch, sondern jene WeißPampe, die nach Watte schmeckt und auch nach Wochen nicht mal zu schimmeln vermag.

Genoß zwar aus seinem Palast den Blick über die Bucht, durch die, wie er inzwischen wußte, zweitausend Jahre zuvor Feldherr Caesar geschwommen war, um der Königin Kleopatra zu imponieren.

Kam sich lächerlich vor, überflüssig, Frust und Argwohn wuchsen. Nicht nur, weil hierzulande seine liebsten Annehmlichkeiten fehlten und das Bier nur im hinteren Winkel des Hotelfoyers zu haben war, in Flaschen ohne Etikett, in der Bar ‚Monti', die so hieß, weil dort Feldherr Montgomery Tricks ausgeheckt hatte gegen Feldherrn Rommel.

Larry trank aus, hatte keinen Trick gefunden, ging wieder hinauf. Je öfter er vom Balkon des Zimmers 411 die imposante breite Uferstraße entlangsah, je öfter er dann wieder in einem der Käfige hinunterglitt, nochmal in die Bar trottete und doch nochmal unten durch Gassen und Müll, stolpernd zwischen den verrottenden Palästen der Kolonialzeit, je öfter er dann zum Hotel zurückkam und wieder in seinem Fach Nr. 411 nur der Schlüssel hing und keine *message* – desto klarer war, wer hier wen gelinkt hatte, ausgetrickst. Die Kobra den, der Panther hatte sein wollen. Und die Ziege war inzwischen längst verzehrt, verdaut, verfault.

Andererseits, so redete er sich ein – und hoffte, daß auch sie so denken müßte – wollte sie ja wohl nach Deutschland zurück, auch dort sicher bleiben. Auf ihrem gelernten Handelsgebiet weiterhin operieren. Ihr spezielles Terrain war das zwischen Zürich und Berlin. Zu wissen, was man über sie wußte, dem galt ja wohl ihr vitales Interesse. Und zu verhindern, daß mehr über sie herauskam, ebenso. Oder?

Solchen Gedanken hing er nach, als er wieder einmal, diesmal im ‚Gumrok', im ‚türkischen Viertel', abgetaucht war in verwinkelte Labyrinthe, über Müllplätze stieg, durch Müllstraßen, auf schlammigem schleimigem Müll.

Kinder hatten vor einem Trümmerberg Fußball gespielt, entdeckten plötzlich ihn, den Menschen aus dem Westen, den Touristen, hatten ihn mit Geschrei umringt, ein bißchen Englisch konnte einer und ein anderer drei andere Wörter, so daß sie ihn fragen konnten, woher er sei, so daß auch er sie fragen konnte, wieso sie nicht in der Schule seien, da übersetzten sie's grinsend ihren Kollegen, großes Gelächter, sie zeigten ihm zwischen zerbröckelnden Häusern den Trümmerhaufen, eines der vielen zusammengebrochenen Gebäude war ihre Schule gewesen, seit vier Wochen hatten sie keinen Unterricht. Er nickte, nahm den Ball an und schoß ihn gegen den Sockel der gewesenen Schule, „Mister" schrien sie ihm nach, hängten sich an seine Arme, mitspielen sollte er, Zigaretten schenken – er bog um eine feuchte stinkende Ecke, geriet in eine leere Gasse, bemerkte, daß ihm jemand folgte, diesmal war's keine Einbildung, wiederum ein junger Mann, elegant gekleidet, vielleicht derselbe wie am ersten Abend, er hatte Mühe, diese Gesichter hier zu unterscheiden, die Gestalten, die ‚Wüstensöhne', dieser hier fragte ihn ungeniert, ob er Geld wechseln wolle. „Dollar?"

„Nein, danke, kein Bedarf."

Eine Art Deutsch kam zurück. „Interesse haben für Juwelen? Gold? Antiquitäten? Gute Okkasion, billig! Ich führen Sie zu mein Freund."

„Juwelen? Meinetwegen."

Der ging voran, tat nicht so, als fühle er sich gleichrangig, ging voran, wie ein Bote, in Diensten, ziemlich eilig, führte ihn durch mehrere Gassen, sie kamen in ein Viertel, das nicht ganz so schmutzig war wie ‚Gumrok', die Sonne, da sie jetzt im Westen stehen mußte – es war fast sechs Uhr, es dämmerte schon, die Sonne mußte also im Westen stehen – dieses Viertel hier lag südlich, war eine Mischung aus Industriezone und Handwerkervierteln, schließlich war's ein Revier der Möbeltischler, dann der Händler, alte Möbel, Antiquitäten, neu gemachtes Barockmobiliar, Renaissance, vergoldetes Gestühl, üppiger Plunder, er räsonierte gerade über den UnGeschmack der Kleinbürger hier wie da, der Neureichen im Ägypten nach Nasser wie in Borbeck und Umgebung, da traf ihn ein Schlag, er spürte noch, daß ihn was umwarf. Danach nichts mehr –

„Was willst Du Luder. Willst Schmuck und hast lumpige zweihundert Pfund in der Tasche."

Er versuchte zu erkennen, wer ihn so anredete. Er lag in einem engen Zimmer, mit grünem Funzellicht, der Raum von oben bis unten mit Teppichen verhängt, bunten Tüchern. Der Kerl saß auf einem Stuhl neben ihm, beobachtete, wie Larry sich zu regen begann, erste Bewegungen versuchte.

„Hast Du verstanden? Bist Du bei Verstand jetzt, Du Schnüffler?"

„Wer sind Sie?" Er versuchte, den Kopf zu drehen, das

schmerzte. Er erkannte einen jüngeren Mann, halb vermummtes Gesicht, arabische Züge –

„Einer, der Dich nicht erträgt. Die Superreichen aus Düsseldorf und Frankfurt meinen, sie könnten uns austricksen wie in alten Zeiten. Hör, Du Luder, die Deutschen benehmen sich wie die ewigen Kolonialherren, wie die Engländer und die Amerikaner, es wird Euch genau so schlecht bekommen, vielleicht noch übler, inzwischen kennen wir Eure Tricks –"

„Wovon reden Sie. Ich versteh kein Wort."

„Du weißt genau, wovon ich rede. Du läßt unsere Frauen in Ruhe und unsere Kostbarkeiten. Seit Napoleon holt Ihr Schätze aus diesem Land, als gehörte dies alles Euch, das ganze Land, wie? Tu ja nicht so naiv, Du hast eh verschissen. Wenn ausnahmsweise der Profit in umgekehrter Richtung fließt, dann ist das mehr als gerecht. Dann ist das überfällig, klar?"

„Von welchem Profit sprechen Sie."

„Profit mit hundertzwölf Karat – ist jetzt alles klar?"

„Nicht alles. In der Tat suche ich einen solchen Stein. Aber nur deswegen, weil er gestohlen worden ist. Und ich habe den Auftrag, ihn zurückzubringen. Staatlicher Auftrag ist das."

„Schmier Dir den StaatsAuftrag in den Arsch, Du blöder, Du billiger Bulle. Von dem Stein wie von der Frau läßt Du die Finger. Und damit Du nicht meinst, ich mache hier nur OrientZauber für Touris, wirst Du jetzt tätowiert, für immer."

„Sie können gut Deutsch. Mindestens so gut wie Ihre Verlobte, wie?"

„Du kannst quatschen wie Du willst, Du lenkst mich nicht ab." Neben Larrys Augen sprang eine Messerklinge aus dem PerlmuttGriff, eine DolchSpitze richtete sich nach unten, senkte sich über seine Brust –

„Was soll das, sind Sie verrückt?"

„Nein, ganz klar bin ich. Keine Sorge –"

„Was machen Sie da – hören Sie auf! Was hab ich Ihnen denn getan!"

„Das weißt Du genau. Kapital-Agenten werden tätowiert. Und wenn Du schreist, dann total. Wenn Du's überlebst, dann vergißt Du wenigstens nie, wer hier in Wahrheit auf Raub aus ist. Nun krieg ich Deinen Skalp – Widerling –"

Der drückte jetzt die Messerspitze zwischen den Revers seiner Jacke auf das Hemd, ritzte das Hemd, fuhr mit der Spitze unter die KnopfNaht, in die Hemdentasche, ritzte tiefer.

„Au! Sind Sie völlig verrückt?"

„Halts Maul, Waschlappen. Wenn Du schreist, mach ich Dich alle."

Er sah noch, wie der das Unglaubliche tat. Wie der zustach. Die Dolchspitze in die Brust.

Der Schmerz folgte Sekunden später. Erst Sekunden danach. Dann die Schwärze, gleich nach dem Schmerz die völlige Ohnmacht.

Als er, sehr schleppend, quälend langsam zur Besinnung kam, quietschende HupSchreie im Ohr, rumpelnden Lärm, Getöse, das ihm den HirnKasten durchquerte, halbierte, da arbeitete er seltsamerweise an einem Verb, an einem TuWort. TatWort. MordWort. An einer Konjugation. Aus dem Wort ‚Hiebe' wollte er ein Verb bilden. Wollte unbedingt zurückschlagen, wollte den, der da hieb und stach, zurück- – ja was nun – -hieben?

Was in der Vergangenheitsform ganz einfach war und hieb- und stichfest als klares Wort durch's Hirn hieb, das mißlang ihm im Präsens. Und auch in allen anderen Zeiten und Formen. – Ich hiebe? hebe? habe? – vergebliche Versuche mit diesem mißratenen Wort. Diese Anstrengungen schmerzten ihn sehr, das quälte, das bohrte, er rotierte, versuchte sich herauszuwinden aus dieser Sackgasse –

Da kam wieder der Stich. Stechend spitzer Schmerz fuhr durch die Lunge. Er begriff, daß er nicht zu tief atmen durfte, wollte er diesem Durchstich einigermaßen ausweichen, wollte er ihn erträglich halten. Es war kalt. Gegen den Schmerz und gegen die Kälte stemmte er einen Versuch, die Augen zu öffnen –

Er sah nichts. War es dunkel? Er glaubte zu begreifen, daß er saß. Er hockte in einer kalten dunklen Ecke. Auch mit geöffneten Augen war fast nichts zu erkennen. Nur so viel, daß er in einer düsteren Ecke lehnte, gegen eine kalte Fläche, in einer Gasse? Unter einem Balkon? In einem Hof? Auf einem Blech, in einem Schacht?

Direkt vor ihm eine hohe schwarze Wand. Hockte auf kaltem Metall. Auf einem Kasten. Mülltonne? Kanister? Hiebe bezogen, Stiche. Hielt die Arme vor die Brust, verschränkt. In Abwehr? Zum Schutz? Er umklammerte seine Ellenbogen.

Wollte diesen Klammergriff nun lösen und bemerkte, daß seine Arme befestigt waren. Aneinandergefesselt. Bei jedem tieferen Atmen dieser widerwärtige Schmerz. Bruststich. Es war alles kalt. Tat alles sehr weh. Als hiebe es ihn mittendurch.

Ihm wäre gar nicht die Idee gekommen, daß jemand neben ihm sitzen könnte. Erst als er die Stimme hörte. „Bewegen Sie sich nicht", sagte die Stimme. Englisch redete die. „Bitte nicht bewegen. Sie verletzen sich nur noch mehr. Ich hab Ihnen die Arme zusammengebunden, damit Sie sich die Wunde nicht wieder aufreißen. Ich mach Ihnen aber jetzt die Fessel ab. Nur lassen Sie dann möglichst Ihre Arme so, wie sie jetzt sind. Eng auf der Brust. Die Hände weiter schön an den Ellenbogen festhalten, fest an die Brust drücken."

Er nickte. Krankenschwester? Es wurde genestelt, von rechts einige Griffe, er spürte den Schmerz, begriff, daß er jeden Augenblick wieder ohnmächtig werden könnte.

Drehte den Kopf mehr nach rechts, sah nun, im Dunkel, rechts neben sich, die Umrisse einer Verhüllten. Sitzend, eine menschliche Figur, mit seinen Ellenbogen beschäftigt. Die ihn auf Englisch bat, nun, wo er die Arme wieder bewegen könnte, die Arme auf keinen Fall zu bewegen. Oder höchstens sehr vorsichtig. Die Wunde würde sich sonst wieder öffnen.

Die Verhüllte beugte sich vor, löste auch an seinem linken Ellenbogen die Behinderung. Löste Klebeband, breiten ratschenden Klebestreifen, mit dem man Päckchen verklebt, Juwelierspakete. Den Ratsch hörte er, die Figur warf das weg, ins Dunkel, unter die Tonne, das Blech.

Als die Umrisse für einige Momente vor seinem Gesicht waren, sah er, wie vollständig die Verhüllung war. Der Kopf ganz unter einem Tuch, Haar und Gesicht verborgen, Türkentuch, nicht mal für die Augen ein Sehschlitz. Die Hände in hellen Handschuhen. „Wie geht es jetzt?" fragte die Stimme.

„Es geht. Wenn ich ganz unbewegt bleibe, dann geht es."

„Passen Sie auf", redete die Englische. „Sie haben sehr viel Blut verloren. Starke Verletzungen auf der Brust. Eigentlich müßten Sie liegen. Sie dürfen jedenfalls den Oberkörper nicht bewegen. Das ist alles nur notdürftig verbunden, kann wieder aufreißen. Blutet dann sehr stark."

„Wer sind Sie."

„Wir sind hier hinter dem ‚Cecil'. Sie müssen nur noch diese Gasse entlang, bis zur Uferstraße, dann nach rechts, zweimal um die Ecke, dann sind Sie am Eingang, klar?"

„Ja, klar. Und Sie?"

„Ich gehe voraus. Wir haben nichts miteinander zu tun. Niemand darf sehen, daß wir miteinander reden. Ich bin eine Putzfrau im Hotel, ZimmerService, sonst nichts, klar? Sie sind in Gefahr."

Er versuchte zu nicken.

„Nicht wahr, das tut jetzt weh. Hier haben Sie Ihren ZimmerSchlüssel. Halt! Keine Bewegung. Lassen Sie die Hand, wo sie ist, ich lege Ihnen ja den Schlüssel hinein. So – bitte tun Sie, was ich Ihnen sage."

„Aber es ist der falsche Schlüssel. Ich habe Nummer 411, nicht 511."

„Tun Sie, was ich Ihnen sage. Es ist der richtige Schlüssel.

Sie sind umgezogen. Zu Ihrer eigenen Sicherheit, grad nur einen Stockwerk höher. Glauben Sie mir, es ist besser so. Haben Sie nicht begriffen, wie gefährdet Sie sind? Sie müssen verschwinden. Untertauchen. Aber erst mal gesund werden. Auf keinen Fall in 411."

„Noch einmal – wer sind Sie –"

„ZimmerService. Können Sie vorsichtig aufstehen?" Die Verhüllte, dieser Madonnen-Umriß in der Finsternis, hatte sich erhoben, hatte sich schon halb abgewendet. Erkundigte sich, ob er sich aufrichten könne, fragte und redete englisch.

„Ich versuche es. Sie können ja schon mal vorgehen."

„Erst zeigen Sie mir, daß Sie stehen können. Und nicht wieder umfallen. Und daß Sie auch langsam ein bißchen gehen können."

Er lockerte ein wenig die Verschränkung. Der Schmerz in der Brust zog quer hindurch, von Arm zu Arm. Hieb durchs Hirn. Aber wenn er seine Lage richtig beurteilte, dann war er jetzt aufgestanden. Nur kippte die schwarze Wand vor ihm, die sank zur Seite. Er spürte, wie er gestützt wurde, Schmerz und Hilfe zugleich. „Halt", sagte die englische Nachbarin. „Langsam. Lassen Sie sich Zeit. Es ist noch dunkel. Wahrscheinlich sieht Sie niemand, wenn Sie jetzt, Schritt für Schritt, bis zum Eingang gehen. Sie können sich viel Zeit lassen. Geht es?"

„Es geht. Muß ja wohl. Welcher verfluchte Kerl hat mich –"

„Lassen Sie das. Später erklär ich's Ihnen. Ich laß Sie jetzt allein. Gehe also jetzt voraus, wir sehen uns oben. Und nicht vergessen: Fünfter Stock, klar?"

„Klar."

Sie ging nach rechts weg, in die Dunkelheit. Der Muezzin rief. Sie ließ ihn hier stehen. Verschwand in der Dämmerung, zur großen Straße hin. MeerBrise wehte von dort, Seeluft. Darin die Rufe des Muezzin.

Er versuchte einen Schritt. Bewegen Sie jetzt nicht ihren Oberkörper. Gut gesagt. Geh mal und mach keine Bewegung. Er hielt weiterhin die Arme verschränkt. Drückte sie gegen die Brust, umklammerte sich.

So ging's. Einigermaßen. Sie müssen verschwinden. Untertauchen. Engel-Englisch. Darüber der Muezzin.

‚ZimmerService'. Ich bin nur eine Putzfrau, sonst nichts.

Es ging. Larry ging. Tat, als bummle er zum Ufer. Als schnuppere er Morgenluft. Lässig. Die Arme verschränkt. Typisch Kolonialpack. Die arrogante Haltung der Westler.

Wieviel Betrieb schon wieder, der Ufer-Boulevard, die Corniche als Rennbahn. Heulende WarnSirenen, Gedränge der Taxis, der Lieferwagen, auch eine Kutsche schon jetzt, Pferdedroschke. „He, Mister!"

Kopfschütteln, nein, keine Tour. Am lautesten die Busse, überfüllte Busse, müde Gesichter starrten durch verschmierte Scheiben, starrten ihn an, diese BusHupen prusteten wie SchiffsSirenen, schrien, die Fahrer verschafften sich brüllend freie Bahn, stießen in Lücken, hieben, übervoll mit Menschen, hieben sich Schneisen, randvoll mit ServiceMenschen.

In einen Neben-Eingang des Hotels huschten Frauen, verschwanden im ‚Cecil', verhüllt, unter TürkenTüchern.

Vorm Hauptportal der Wächter. Der grinste ihm entgegen, machte vertraute Äußerungen, englisch-arabische Grußworte. Auch auf deutsch, Guten Tag. Hielt Hitler für einen guten Mann. Wer Engländer, wer die Kolonialherren und wer die Juden zu Gegnern hatte, der konnte für ihn nur ein Guter gewesen sein, ein Held, egal, was der sonst – der Schmerz warf Libuda fast auf die Treppe.

Zu den Schmerzen in der Brust kam ein blöder Druck in der Blase, er müßte sich dringend erleichtern. Kein James Bond mußte je aufs Klo, hatte je Schmerzen, weder in der Brust noch im Unterleib. Aber den Bond gab's ja gar nicht. Nur ihn gab's hier, den als Libuda verkauften Claus-Ludger, ihn gab's, mitten in der Misere, in diesem miesen grandiosen Palasthotel.

In der Eingangshalle, so früh, noch das gedämpfte Licht. In

den Spiegeln schlich eine bleiche Gestalt vorüber. Er erschrak. Sehr viel Blut verloren –

Einer der Livrierten erkannte ihn, auch der hatte Bakschisch bekommen, der öffnete ihm, zum Glück, die LiftTür, schob das Sperrige, das MessingGitter zur Seite. „Vier?"

„Vier."

„Okay, vier." Der drückte den Knopf, schob das Gitter zu, schloß die Tür. Er schwebte im Käfig hinauf, im Holz- und MessingKäfig. Brauchte beim Schweben und dann auch noch oben, im vierten, lange, bis er die Hand so weit hochbrachte, daß er die ‚Fünf' berühren konnte, sogar drücken. Im Fünften bekam er das Gitter nicht auf, die Schmerzen, er spürte, er würde in die Knie brechen – plötzlich, aus dem Dunkel, griff eine der Verhüllten, eine vom PutzPersonal griff zu, half, schob ihm das Gitter beiseite, mit Handschuhhänden.

Er konnte, wollte jetzt weiter nichts fragen, nur das Zimmer erreichen, den Raum dort hinten, drüben in der Ecke, die Toilette dort, das Bett.

Die Tür zum 511er-Zimmer lag hinter einer Kante, in einer Nische, war verschlossen, als er sich dagegenlehnte und den Schlüssel eindrücken wollte. Da kam von hinten wieder die Handschuhhand, aus grüner Verhüllung, die half, öffnete, die Lindgrüne ging voraus, schlug die Bettdecke zurück, half ihm aus der Jacke, knöpfte das Hemd auf, hob auch das Hemd von seinen Schultern, von den Armen herunter, hielt es ihm dann vor die Augen, damit er sah, wie zerschnitten, wie verschmiert das Hemd war.

Öffnete ihm den Gürtel, die Hose, streifte sie herunter, bückte sich, öffnete ihm die Schuhe, „halten Sie sich fest an mir", er griff ihre Schultern, ihn schwindelte, sie zog ihm die Schuhe ab, die Hosen von den Füßen, sie erhob sich und, immer noch auf Englisch: „Bin gleich wieder zurück. Hol Ihnen Frühstück. Kaffee?"

„Kaffee."

Er schlich ins Bad. Sah im Spiegel die Brust, den Verband,

die stechenden Flächen unter breitem Mullverband. Erleichterte sich endlich, im Stehen, schlurfte zurück, ließ sich, sehr langsam, aufs Bett sinken, drehte sich, fiel zurück in die Kissen, hörte von draußen die brüllende AutoRennbahn, da erschien die Lindgrüne, trug ein Tablett, stellte das Frühstück neben das Bett, schenkte ein, strich Toastbrot – er, in dem Kissen, hatte sie noch dabei beobachtet, beim Service, hatte noch „danke" gesagt, auf deutsch, hatte sich dann aufgelöst, war zerfallen in hundertstündigen Schlaf –

Ob er einen Tag geschlafen hatte oder zwei, hätte er nicht sagen können. Das Telefon schrillte. Er wußte nicht, ob es Morgen war oder Abend, es war Dämmerung. Das Zimmerlicht leuchtete, die Straße lärmte, wie immer. Jetzt lärmte auch das Telefon.

Er griff zum Hörer, der Griff erinnerte an den Schmerz, der meldete den Stich, Larry nannte seinen Namen, ächzend.

„Was ist los, Larry. Über Baden-Baden lasten noch immer die finstersten Wetter, Nebel und nasseste Kälte, so daß ich Frau Steinel bereits den Schwur tat: ‚Die nächste Jahreskur nur – unter blauem Himmel an der Ruhr' – aber was das Finsterste ist: Wir hören nichts von Dir. Warum bist Du umgezogen? Dreimal hat dies miese Hotel in miesem Englisch behauptet, Du seist nicht mehr vorhanden, erst jetzt, in gutem Deutsch, verriet plötzlich eine Frauenstimme, Du wohntest einen Stock höher – was ist passiert –"

„Es gab Probleme. Ach Ömmes."

„Probleme?"

„Vergiß es. Sag mir lieber, wie RotWeiß gespielt hat. Es gab doch 'n Mittwochspiel, oder?"

„Verloren, Junge. Auf eigenem Platz, null zu eins. Laues Spiel."

„Mieser Verein. Traurige Stadt. Immer haben sie die besten Leute wegziehen lassen. Is nix mehr los in Essen. Essen kannze vergessen."

„So plötzlich? Du hast 'ne Krise, wie? Das paßt zwar nicht zu Dir, aber Du hast die Mieze aus'm Auge verloren, gib's zu. Was is – he, was läuft in Alexandria, will ich wissen – wo bleiben die Beweisstücke. Alles wartet hier auf die Anklage-Erhebung."

„Mein Gott. Fahr mit Deiner Gattin ausnahmsweise mal nicht rauf in Eueren dreckigen SchwarzwaldSchnee, sondern vielleicht mal nach Zürich. Ins Hotel ‚Tiefenau'. Im Safe Nummer siebzehn, unter meinem Namen, findeste Deine verfluchten Beweisstücke. Dein verdammtes Köfferken und die edlen Wertsachen, wenigstens die, von denen ich erzählt habe."

„Aber der eine ist doch nun ohne Stein, den hat doch dieser – wie hieß er – ?"

„Auch der Stein liegt längst wieder in der ‚Tiefenau'. Kannst ihn wieder fassen lassen. Oder so wie er ist, lassen. All diese Dinger, so oder so, genügen für Deine Klage-Erhebung."

„Nun ja, fürs erste, vorläufig, notdürftig. Aber es fehlt doch die größere Hälfte, Mann. Es geht schließlich um einige Werte –"

„Ich bin ja hinterher."

„Hört sich nicht so an."

„Rückschläge gibt es immer. Hiebe. Stiche."

„Was ist passiert?"

„Die Rache der Maulwürfe."

„Wie bitte?"

„Erklär's Dir später. Dieser Slogan macht nämlich auch hier die Runde. Sie sagen nicht ‚Maulwürfe', sie sagen hier ‚underdogs'. Und ‚Fußabtreter'. Haben es satt, auf ewig die underdogs zu sein. Okay, Einzelheiten später. Safe Nummer siebzehn, ‚Tiefenau'. Und geh mal aus Versehen von der reichsten Straße der Welt, von der Bahnhofsstraße unter dem Bahnhof durch: nur dreihundert Meter neben den Reichsten die Erbärmlichsten, geh aufs ‚Platzspitz', die Drogenwiese – hunderte junge Leute im Verrecken –"

„Du lenkst ab."

„Nein, ich lenk ins Zentrum. Besorg Dir die letzte Zürcher ‚Sonntagszeitung', eine tolle ExtraSeite ‚Schweizerische GerichsUrteile im Vorjahr': Die Statistik beweist, Eigentumsdelikte werden härter bestraft als Tötungsdelikte. Raubt dort einer tausend Franken, kriegt er fünf Jahre. Fährt er 'n Menschen tot, 14 Tage, mit Bewährung. Wär doch Lenin dort geblieben –"

„Aber ich höre immer wieder die Unterstellung, kein Land raube mehr –"

„Nur außerhalb. Innerhalb ist Geld hundertmal wertvoller als Blut."

„Was soll das alles, Du lenkst ab –"

„Noch ein Tip: Geh mal vom ‚Baur au Lac' dreißig Schritte in die Bahnhofstraße Nr. 5, ZKB, Schalter 5, ‚Kundentresor' –"

„‚ZKB'?"

„Zürcher Kantonalbank. ‚Change Edelmetalle' – aber bring Krawatte mit und des Kanzlers ‚schnelle Eingreiftruppe' –"

„Hör auf mit den Witzen und Ablenkungen, wo, zum Kukkuck, wo ist der Rest. Die Geschäftsleute, die Versicherung, die Presse, die Partei, alle rennen sie mir hier die MuffBude ein! Machen mich verrückt! Und wo, zum Geier, ist jetzt diese Zweitfreundin, diese Willuweit, wegen der bist Du doch dorthin – hast Du dort 'ne Spur?"

„Inshallah. So Gott will. Im Moment hab ich nur Probleme. Wo die schöne Leila blieb, weiß ich derzeit nicht."

„‚Schöne Leila'? Hab ja gleich gesagt, da is was faul –"

„Ömmes, hör auf. Damit auch 'n Hirni mal was kapiert: Der Panther Larry hat verschissen, die Kobra hat ihn lahmgebissen."

„Die Kobra?"

„Irgendeine Sau hat mich zusammengestochen. Frau Willuweits hiesiger JuwelierPartner, 'ne Gang, was weiß ich."

„Zusammengestochen?"

„Jau, zerbröselt und vadötscht. Im Ernst. Kann kaum den Hörer halten, liege seit Tagen im Bett –"

„– mach kein' Schrobbel –"

„– meine Brust hat der operiert. ‚Tätowiert'. Fast TotalOperation. Schönste Männlichkeit is hin, Haut und Haare."

„Wie bitte?"

„Ich mach jetz, wenn ich den Hörer aufleg, dann mach ich den Verband ab, kuck mir dat ma genauer an. Meine schöne RuhrBrust zu RührEi, wat weiß ich. Übbermorgn erzähl ich's Dir. Die sammeln hier noch immer Skalps, wenn De noch weißt, wat dat is."

„Brauchste Hilfe?"

„Den Kraftschick, den krichich auch alleine, den HundeSohn. Den machich zu Müll."

„Sieh Dich vor, Larry. Gib Bescheid, wenn Du Verstärkung brauchst. Willste'n Body-Guard?"

„Nein. Nur 'n paar Tage Zeit noch. Den mach ich färtich. Und in dieser StinkRichtung find ich auch die Odien. Die KleinOdien und die GroßOdien. Und hinterhär, Ömmes, vaklicker ich's Dir im einzelnen. Schamhaarklein."

„Mach keinen Zammel sachichdich."

„Schüsskes, Ewald. Im Grund alles paletti. Und bestell nu bitte mein aufrichtiget Beileid – RotWeiß im Allgemeinen – und Essen im Besonderen."

Vorm Spiegel riß er sich das Pflasterchen von der Backe und zog sich dann den Verband von der Brust, vorsichtig, Stück für Stück. Das Kneifen und Ziepen, der Schmerz der ausgerissenen Haare, wie gering im Vergleich zum StechSchmerz, zum Hieb. Schließlich lag alles frei. Unverdeckt. Aufgedeckter Detektiv. Dunkel verkrustete Fläche, von Warze zu Warze. In zwei Bögen geschnitten, ein kleiner Schnitt, darunter ein größerer. Zusammen eine Mondfläche. Roter Halbmond. Blutverschrammtes MännerVlies.

Am schwarzen Ausgangspunkt der tiefere Stich, die Schmerzgrube. Von dort aus die BogenSchnitte, die Bögen nur in die Haut. Die Verkrustung jetzt hart genug, daß der Verband unnötig geworden ist? Nur den Stichpunkt, den Hieb sollte nach wie vor ein Verband schützen. Schwindel erwischte ihn, er atmete tief, wusch sich die Hände, das Gesicht. Kaltes Wasser über den Hirnkasten.

Schlurfte dann zum Schrank, zum frischen Hemd. Dann zur Balkontür. Die Scheiben zitterten überm AutoGetöse. Die Bucht im Abendlicht. Drüben das türkische Fort, in den KunstStrahlen. Daneben das hohe Minarett, grün leuchtend. Unten, in der weiten Kurve der Bucht, das ununterbrochene Rennen und Lärmen, Lichtblitze, wütende Rempeleien aus Licht und Lärm. Die Kobra rasselt durch die Schluchten. Der Panther wittert dunkle Buchten –

Er drehte sich zurück. Auf dem Tischchen neben dem Bett stand Gebäck. Eine Thermoskanne.

Die Lindgrüne? Die Englische?

Schlappte zum Fernsehgerät, schaltete ein, schlich sich zurück, zum Bett, schenkte sich ein. Auf dem Bildschirm erschien ein BrillenHerr und beschwor ihn. Hob die Arme und predigte und rief und drang in ihn und wollte ihm ganz offenbar was klarmachen, ihn bekehren, zur Umkehr bewegen, zur Reue, zum wahren Glauben. Larry nickte, verstand kein Wort, vielleicht hatte er ‚Allah' herausgehört. Er trank Kaffee, aß Kuchen, achtete auf die Hände des Predigers, auf seine bewegende Mimik, fand diese Rednerleistung mimisch wie akustisch beachtlich und wünschte sich, deutsche Priester oder Fernsehsprecher servierten nur halbsoviel Schauspiel wie dieser hier, der war ein Könner, ein Meister der Rhetorik, der schien förmlich berauscht und wirkte sicherlich auf alle, die ihn nicht nur sahen und hörten, sondern auch verstanden, ebenso berauschend. Diesem hier ging's glaubwürdig um alles, um Leben und Tod, ums Erste und Letzte – zu seiner großen Verblüffung verschwand aber das Gesicht und es wurde, während die beschwörende Stimme weitersprach, nicht etwa Arabisch eingeblendet, keine KoranSuren, keine Gebete, sondern mathematische Zeichen, Gleichungen, Algebra. Larry erkannte WurzelZeichen, las x und y.

Oh großes schönes Arabien, wenn schon Eure Mathematiker so vehemente Begeisterung aufbringen, wieviel Schwung dann erst Eure Imane, Eure Scheiche, Eure Frauen, die Mütter, die Geliebten – wenn sie mir am Borbecker Gymnasium in Chemie oder in Mathematik die Formeln nur halbwegs so vorgetragen hätten, so engagiert, so begeistert – ich hätte keinen Banknachbarn Ewald benötigt, ich hätte sogar Chemisches aus eigenem Antrieb durchschaut – rationale Wahrheit beschwören sie Dir hier als Sein oder NichtSein, Aufklärung ist ihnen Rausch, Logik Grund zu emphatischen Predigten – oh ich merke, ich begreife hier nichts, sollte ganz still sein und die Schnauze halten vor so gewaltigen Sitten –

Er sank zurück, lag still, kaute Kuchen. Hörte zu, verstand nichts und lauschte begeistert, nickte. Hob den Kopf leicht, sah wieder den Mathematiker predigen, Du hast ja recht, murmelte Larry und stimmte dem Mann zu. Dachte noch, er würde, verstünde er diese Sprache, womöglich hinüberwechseln in diese begeisterte Kultur, übertreten in die andere Religion. Und war alsbald wieder zurückgefallen in die Kissen, in lang anhaltenden Schlaf.

Jemand schaltete das laut Rauschende aus. Er öffnete die Augen. Es war hell im Zimmer, sonnenhell war's im Raum 511. Beim Fernsehgerät, neben der hellen Balkontür, stand die Gestalt, die lindgrüne.

„Guten Morgen", sagte er.

„Guten Morgen", antwortete sie. Auf deutsch. Der Arm mit der HandschuhHand lag noch auf dem Ausschaltknopf.

Hob nun ihre Handschuh-Arme in Augenhöhe, löste dort mit den Fingern das Gesichtstuch, hob es ab, legte es auf den Sessel.

Im Gegenlicht hatte er Mühe, Genaueres zu unterscheiden. Erst als sie sagte: „Vorsicht, mein Herr. Keine voreiligen

Schlußfolgerungen. Ich bin kein ZimmerService. Und keine Krankenschwester. Im Gegenteil. Ich habe, wie gesagt, allerhand Fehler. Fürchterliche Fehler."

„Ja, schmerzliche Fehler. Vor allem den Fehler, daß Dein Verlobter ein Wahnsinniger ist."

„Pardon. Zwar hab ich Brüder in Berlin, in Istanbul. Daß ich verlobt wäre, war, wie Du richtig erkannt hast, Schutzbehauptung. Gegen den Herrn Libuda. Der rundheraus erklärt hatte, er folge mir, weil er sich in mich verliebt hätte."

In der Helligkeit erkannte er nun immer klarer dieses Viereck, den viereckigen lindgrünen Rahmen aus Tüchern. Und die dunkle Öffnung, aus der ihn dieses Gesicht ansah, lächelnd, madonnenhaft.

Sie kam zwei Schritte näher. Ging vom Fernsehgerät, am Sessel vorbei, kam näher, bis ans FußEnde des Betts. „Wie geht es Dir?"

„Bescheuert. Und zugleich ausgezeichnet."

„Wieso ausgezeichnet?"

„Muß ich das erklären? Deinen Service loben? Er war phantastisch – zugleich unheimlich. Scheinst also genau zu wissen, wer dieser Messerheld war."

Sie stand nun an der Bettkante. „Wieso geht es Libuda Sprickmann ‚ausgezeichnet'?"

„Seit ich weiß, wer mir geholfen hat. Denn die Behauptung, ich sei verliebt, war keine. Bei allen Frauen Arabiens, es ist die Wahrheit."

„Ihm ist kein Trick zu billig, dem Schnüffler aus Borbeck."

Er nickte. Bewunderndes Nicken. Respekt. Wie vorm Prediger auf dem Bildschirm. „Die Kobra läßt dem Opfer Zeit – der Panther liebt Frau Willuweit. So harmlos wie diese Reime, Frau Leila, so sind auch meine Tricks. Es sind die eines Ahnungslosen, einer Jungfrau vom Lande, aus Borbeck-Bergeborbeck. Wogegen Deine ganz schön penetrant sind. Reichen bis knapp unter den Rand des Erlaubten; bitterer Berlin-Frankfurt-Mix, mit Zutaten aus der Levante."

„Hör mal, Junge, bleib ruhig. Erregung schadet Dir nur, läßt alles wieder aufplatzen, ganz still jetzt. Bevor Du Dich unnötig aufregst, will ich Dir lieber genau erklären, was abgelaufen ist." Sie setzte sich auf die Bettkante. „Unter einer Voraussetzung."

„Welcher?"

„Daß auch Du mir erklärst, wieso Du mich nicht in Ruhe läßt. Und zwar erklärst Du das ohne hinterfotzige Dschungel-Reime, und ohne Gedichtchen vom Verliebtsein. Ohne Borbeck-Tricks."

„Hängt davon ab, ob Du in Deinen Erklärungen alexandrinische einsetzt. Städtische Tricks gegen meine provinziellen. Ich ersuche weder um welche aus Zürich oder Berlin noch aus Istanbul und Adana."

„Schade. Adana-Kebab ist das schärfste. Haut den Iman um. Aber gut, abgemacht; servieren wir's brav, Borbecker Bratkartoffeln." Sie wickelte den Kopfschleier ganz von ihrem Haar. Während sie das Tuch in den Händen faltete und glättete, sah sie ihn an, hatte zu reden begonnen.

„Schon in Zürich-Kloten, als ich von Frankfurt aus, bei der Zwischenlandung, die Kontrolle für den Weiterflug passierte, sagte mir eine aufgedrehte Dame der Deutschen Luftlinie, ich dürfe mich auf einen Verehrer freuen. Der habe darauf bestanden, den Platz neben mir zu bekommen."

„Prima. Also hatte ich von Beginn an gar keine Chance. Die Kobra feixt. Der Abend dämmert. Die Ziege petzt. Der Panther blickt belämmert."

Sie schien zu lächeln, hatte einen der Handschuhe ausgezogen, ließ den über seine Stirn gleiten, hin und her, als fächele sie ihm Luft zu. „Ganz cool bleiben, Freund. Und nicht ärgern, wenn die Borbeck-Tricks mit dem Verliebtsein danebengehen. Ich hatte mich in Zürich beschwert, wieso mir mein alter Bekannter weggesetzt worden war. Wir hatten von Frankfurt aus Sitzplätze nebeneinander gebucht. Und dann stellte sich heraus, daß sich ein BorbeckPanther dazwischendrängeln mußte. Das brachte meinen alten Bekannten ganz schön in Rage."

„Und das war der Herr, der mir dann –"

„Zumal dieser neue SitzNachbar sich überdies auffällig genug benahm – sagen wir nicht ‚belämmert', aber ‚auffällig'. Der wollte wie nebenbei Dinge wissen, die ihn unübersehbar als Schnüffler auswiesen. Als ihn dann bei der Landung der Anblick meiner schweren Ledertasche abwechselnd bleich machte und himbeerrot, war auch mir und meinem Zürich-Frankfurter Begleiter klar, wie sehr der Borbecker sich nicht in mich verliebt hatte. Sondern in meine Tasche."

„Damit gibst Du zu, daß in dieser Tasche die Provinz-Ernte transportiert wurde."

„Welche Ernte?"

„Die vom 28. Dezember, Baden-Baden, Kurhauskolonnaden."

Sie schlug sich den Handschuh in die Hand, mit der Rechten in die Linke. „Ich geb's zu. Da war nämlich vor Dir, in Zürich, ein anderer Deutscher gewesen, ebenfalls so ein ProvinzPascha. Dem hatte ich diesen Transport zu verdanken. Weil er ebenfalls, wild entschlossen, vorgegeben hatte, er sei verliebt, könne ohne mich nicht mehr leben. Ach je. Die miese Literatur in den Hirnen der Herren. Durfte für den Pascha aus Oggersheim diese düstere Ledertasche transportieren. Bis ich bemerkte, wie bei ihrem Anblick ein EmscherPanther bis in die Schnurbartspitzen zu zittern begann."

„Wo ist die Tasche jetzt?"

„Die Nummer des Taxis wird sich unsere ‚Detektei Ruhr, G.F.E.' notiert haben."

„Woher weißt Du –"

„Inzwischen weiß ich, der Fahrer, lieferte sie, samt Inhalt, bei einem mit mir eng verwandten Herrn in Istanbul ab, der es, falls Larry ihn besuchen wollte, bei bloßen Tätowierungen nicht belassen würde. Abgesehen davon, daß die Tasche, samt Inhalt, längst den Weg aller Bazare gegangen ist."

„Und wie kommt nun die rheinlandpfälzische Parteikasse zu ihrer wohlverdienten Füllung? Schließlich reist Mademoiselle Leila ja wohl auf höhere Weisung, als Vertreterin dieses Paschas aus Oggersheim, oder? Sollst Klunker zu Kohle machen. Und zum anderen: ‚samt Inhalt' – darf ich das für bare Münze nehmen? Gab die pfiffige Frau Willuweit dem Istanbuler TaxiFahrer die Tasche? Und wenn ja, dann tatsächlich samt allem Inhalt? Oder hat sie mitten in den Kreisverkehren zwischen Airport und Byzanz doch noch rasch ins Volle gegriffen? Und hat zielsicher diese oder jene Preziose ausgewählt, fix die drei oder vier besten?"

„Ganz ruhig bleiben, Mann. Nicht so heftig atmen."

„Zum Beispiel sehe ich jetzt, wo Du endlich beide Leinwandhandschuhe abgezogen hast, keine Brillantschlange mehr an Deinen Fingern."

„P!" rief sie, „‚P' wie ‚Provinz', wie ‚Pascha'! ‚P' möchte gern Panther sein – P!" Schlug ihm die Baumwollhandschuhe übers Gesicht. „Nicht nur Dein Brustbein scheint angegriffen. Bleib schön vorsichtig, die Haut über den Rippen spannt sich unnötig, bei allen längeren Äußerungen und Fragen. ‚P', ‚P', ich weiß, Du brauchst für Deine Reise-Kapriolen eine ordentliche Begründung, eine Entschuldigung. Nämlich die Gewißheit, die zu observierende Delinquentin habe aus der Beute das Teuerste nicht in Istanbul gelassen, sondern bei sich behalten und nach Alexandria verschleppt. Damit Deine Mittelmeer-Reise auch dem Dienste diente –"

„Und Du brauchst für Deine weiteren Reise-Kapriolen zwischen Orient und Deutschland, Import-Export, die Gewißheit, daß man Dich an der Grenze auch künftig so gut wie ungeschoren läßt. Ist doch so, oder? Dann hättest Du ein gewisses Interesse an dem Nachweis, daß Du mit dem Raub aus Baden-Baden nichts zu tun hattest. Obwohl sich nach Deinem Besuch im dortigen Knast plötzlich ein interessantes Schlüsselchen im Wintermantel des Parteichefs fand. Fischgrätenmuster."

„Nicht mal diesen Mantel dürfte dieser Windhund bezahlt haben."

„Du schätzt ihn richtig ein. Beamte mußten ihn abholen, den Mantel, weil er dem Herrn in der Tat nicht gehörte. American-Express wies die Zahlkarte zurück. Das Konto war inzwischen ungedeckt. Überhaupt erwies sich die American-Express-Zahlweise als überaus hilfreich. Quer durch die LuxusBoutiquen und EdelHotels unserer Republik war zu verfolgen, wie der gewesene Parteichef lebte, was er wann kaufte, wen er verköstigte und in welchen zwielichtigen Etablissements er Hof hielt. Mit welchen Presseleuten, mit welchen PharmaKritikern. Eine überdeutlich lesbare Spur legte Dein Pascha aus Oggersheim, lesbar selbst für ProvinzPolizisten – ‚P', ‚P'!"

„Schön, daß Du mich aufklärst. Soll nicht unerwidert bleiben. Was heißt eigentlich ‚G.F.E.'?"

Larry fand sich ertappt, ihm wurde heiß. Er wurde womöglich rot.

„Vorsicht bei zuviel Blutandrang, in der Brust wie im Kopf. Meine Frage war doch ganz einfach. Wieso verwirrt Dich das?"

„Du hast also meine Jacke gefilzt. Meine Papiere."

„Bevor ich ein zweites Mal einem ProvinzPascha aufsitze, binnen einer Woche, wollte ich wissen, woran ich war. Außerdem hast Du mich hier ziemlich mies unterhalten, zwei Tage lang. Deine Konversation bestand tagelang nur aus Schnaufen und Schnarchen. Also, was heißt ‚G.F.E.'? – der Panther blickt belämmert?"

„Denk Dir was aus."

„Auf Deinem Briefbogen las ich außerdem ‚Unternehmensgruppe'. ‚G.F.E.'. Sowas macht mißtrauisch. Könnte 'n Geheimdienst sein. EmscherMafia? Wo lauern die Komplizen. Wann landet die Befreiungs-Gang? Muß sowas wissen. Brauche Sicherheit. Also, wieviele Unternehmen gehören zu Deiner Gruppe?"

„Leila, bleib auch Du ruhig. Kein Aufstand bitte. Hab bereits angedeutet, wie provinziell die Mogelpackungen aus Essen sind. Im letzten Sommer, als absolut nichts lief, rief ich einen alten Freund an, von dem ich gehört hatte, daß auch er arbeitslos wär, daß auch der als Detektiv angefangen hatte. Ob wir nicht gemeinsam – er oben im Essener Süden, ich unten im Norden. Anfangs war er ganz Ohr, stimmte zu. So daß ich schon mal den Briefbogen in Auftrag gab."

„,Unternehmensgruppe' – zwei EinMannKlitschen. Und ,G.F.E.'?"

„,Gesellschaft für Eigentumssicherung'."

„Als Dichterling bist Du nicht schlecht. Gelegentlich machste auch mir 'n Briefkopf, klar?"

„Die Kobra schillert golden rot. Der Panther wünscht sein Abendbrot."

„Ich würde hier auf diesen Knopf drücken und beim Zimmer-Service was bestellen, wär ich nicht selber der Zimmer-Service."

„Im Kühlschrank gibt es irischen Whiskey. Falls Dich religiöse Überzeugungen nicht abhalten – unserer gegenseitigen Aufklärung hülfe er gewiß."

Sie war aufgestanden, ging, zeigte ihren Gang, machte den DreiMeterWeg zum Kühlschrank. „,Hülfe'", hörte er sie reden. „Der Dichterling ist auch noch im Verein zur Förderung des Konjunktivs."

„Ohne Konjunktiv keine Aufklärung, keine Demokratie, keine Rettung von Abendland wie Morgenland."

„Amen." Sie kam zurück, studierte das FlaschenEtikett. „Ohne Whiskey keine Rettung von Leila und Larry."

Sie verschwand im Bad, kam mit zwei Gläsern zurück, stellte die Gläser auf den Nachttisch, schenkte ein. „Eis?"

„Bitte pur. Mein Reiseführer sagt, das Wasser in Unter-Ägypten enthält kleine Lebertierchen, an die sich eine EmscherLeber auch nach Jahren nicht gewöhnen mag."

„Dabei würde gerade Whiskey diese Tierchen plattmachen." Sie hatte ihm das Glas gereicht. „Aber bitte, wie

Du willst. Kannste inzwischen Dein Glas halten, Schnüffler? Sogar heben? – oho – cherio!"

Sie tranken sich zu. Sie ließ ihn beim Schluck nicht aus ihren dunklen Augen und sagte, kaum hatte sie getrunken: „In der Tat, ich wär Dir dankbar, wenn Du mich über diesen windigen Herrn aufklärtest, den ich vor knapp einer Woche in Zürich traf und dummerweise profitabel fand –"

„Auch Dir gegenüber bezeichnete er sich als Parteivorsitzender. Und als Abgeordneter."

„Woher weißt Du?"

„Das tat er immer. Jedesmal, wenn er in prekärer Lage war. Und auch das war er fast immer."

„War er etwa *kein* Abgeordneter?"

„Weder dies noch Parteichef. Abgewählt war er. Als seine Extravaganzen mit der PharmaLobby allzu stark aufgefallen waren. Er hatte ohne Auftrag all das gekauft, was einer, der oben sein will, besitzen zu müssen meint. Diesen GlanzPlunder, den man in den Abendnachrichten sieht, wenn der eine Politiker mit spontanem Armkrampf den anderen in den Besuchersessel bittet. Dein Pascha hatte Käufe getätigt, die er nun rückgängig machen mußte. Geriet in Schuldenstrudel, so stark, daß er schließlich in Baden-Baden Selbstbedienung trieb."

Larry trank aus. „Abgeordneter? – Vormals, im Landtag von Rheinland-Pfalz. Auch das nicht mehr, seit seine Freisinnigen nicht mehr über die Fünf-Prozent-Hürde kamen. Er hatte im Wahlkampf immer wieder von Diamanten gefaselt – die Leute wußten nicht recht, was er meinte – hatten wohl andere Probleme als er –"

„Er tat in Zürich, als sei er in großer Not. Konnte das jedenfalls gut suggerieren."

„Er war es. Und Du, als hilfsbereite Person in allen Lebenslagen, konntest da wohl schlecht Nein sagen, wie? Der Kobra tat er leid, der arme kleine Panther. Die Ziege fraß der Tiger, ein Verwandter."

„Solchen Windbeuteln erliege ich immer mal wieder, jaja. Diesen knuddeligen kleinen ScheinPanthern."

„Gib's zu, konntest dem aus Oggersheim glaubhaft versichern, Du hättest im Orient gute Adressen. Das mußte ihn interessieren, um so mehr, als er einsah, daß er seine Beute im deutschsprachigen Gelände nicht mehr los würde oder weit unter Wert."

„Daß es sich um Beute handelte, begriff ich nur in Raten. Zunächst glaubte ich ihm sein Märchen, es ginge um Lufthansa-Fundstücke. Als erstes machte mich mißtrauisch, daß er einige Stücke veränderte – zerstörte. Er hatte enorme Probleme mit dem Verkauf, war drauf und dran, in die Zürcher Unterwelt abzutauchen."

„Da mußtest Du einspringen, klar. Orient statt Unterwelt. Er versprach Dir – halbe halbe?"

„Ist doch inzwischen Schnee von gestern. Der Mann ist erledigt."

„Männer, die mit Dir zu tun kriegen, laufen schnell Gefahr, erledigt zu werden. Nicht wahr?"

„Geht's Dir so schlecht?"

„Im Moment kann ich nicht klagen. Aber ich wär froh, ich wüßte genauer, was sich hier in Alexandria abgespielt hat. Von welcher Messerspitze ich hier eigentlich gehüpft bin, grad nochmal im letzten Augenblick, wenn ich das richtig überblicke. Weswegen bist Du überhaupt in diesem Zimmer 511, kümmerst Dich um mich – wer wenn nicht Du hat mich diesem alexandrinischen Frankfurter, diesem MesserTiger ausgeliefert."

„Offenheit gegen Offenheit." Sie schenkte neu ein. „Also gut, Larry. Ich wollte Dich loswerden. Diesen mühsam getarnten Bullen schleunigst loswerden. Allein deswegen bin ich in Istanbul zurück zum Flugplatz zur Egypt Airway."

„Warum nach Alexandria?"

„Das ist das einzige HändlerRevier, das in NahOst noch funktioniert. Mein Bruder hatte schon immer davon geredet, daß man, wenn schon nicht in Beirut, dann in Alexandria ungestört ist."

„Bei welchen Geschäften? Red nicht von Deinem Bruder. Wer war dieser Frankfurter, den ich in Zürich vom Nebensitz wegbuchen ließ."

Sie sah ihn fragend an. „Vergiß den ‚Goethe'-Bruder. Der Libanese, den Du mir weggebucht hast, hatte schon vorher, vorm Flug nach Zürich, geraten, ich sollte mit ihm weiterfliegen, nach Alexandria. Hatte mir seine Adresse gegeben, für alle Fälle."

„Südlich von Gumrok wohnt er?"

„Wenn Du meinst, dann südlich von Gumrok."

„Du willst diesen Messerhelden etwa noch decken, diesen Sauhund? Na gut, das läßt sich ermitteln, auf welchen Namen damals gebucht worden war, neben Dir –"

„Laß mich ausreden und bleib ruhig. Sonst laß ich Euch beide tatsächlich nochmal aufeinander los. Warum nicht. Das würde dann wohl endgültig schiefgehen. Aber ich freu mich über Deine Naivität. Alexandria ist so groß wie's Ruhrgebiet und Du meinst, weil Dich südlich von Gumrok einer aus deinen Träumen holte, müßte Dir auch südlich von Gumrok dein Brustfell geschlitzt worden sein."

„Der Schlitzer wohnte also wo?"

„Bleib diszipliniert, Mann. Ist doch völlig wurscht, wo der Wirrkopf wohnt."

Larry Libuda eilten nun so viele Widersprüche durchs Hirn, daß er sich an den Kopf faßte, die Stirn rieb und schließlich, zwischen den Fingern hindurch, diese Frau ansah, diese so schwer zu durchschauende. „Ich dachte, wir wollten uns gegenseitig aufklären."

„Über das Entscheidende."

„Was wäre das?"

„Das, was uns weiterhilft. Nicht über Nebensächliches. Nur soviel: Dein Schlitzer wohnt in einer phantastischen alten Villa. Jeder der hier Geld hat, wohnt in einem der alten Paläste.

In Herrschaftsbunkern aus der Kolonialzeit. Wenn Du was über die Geschichte der Stadt gelesen hättest, statt hier tagelang rumzuschnarchen, wüßtest Du, wie berühmt schon zu Kleopatras Zeiten die Paläste von Alexandria waren."

„Schönen Dank für diese Art ‚Weiterhilfe'. Kobra Kleopatra. Soviel ich in Erinnerung habe, war ich in einem ekelhaft engen Raum, ohne Fenster, vollgehängt mit Tüchern. Mit einer grinsenden Visage über mir, aus der das übliche Politische kam, Dünnschiß. Aber egal, ob in einer Villa oder in einer Spelunke, dieser Libanese hatte ja wohl einen Hirnriß. Etwa nicht?"

„Ganz ruhig, Männeken. Der Mann hatte den gut begründeten Verdacht, daß Du inzwischen im Besitz eines Hundertzwölfkaräters warst."

„‚Gut begründeter Verdacht'?"

Larry hätte sich in diesem Augenblick gerne aufgerichtet, wenn das möglich gewesen wäre, hätte sich unter normalen Umständen ruckartig in die Höhe geworfen und einen scharfen Blick auf sein Gegenüber gerichtet, einen panthermäßigen. So blieb ihm nur eine kleine, eine klägliche Wendung des Kopfes und schließlich die Bemerkung: „Offenbar warst Du dieser ‚gute Grund'. Hast ihn von Dir abgelenkt, hast ihn von Dir auf mich gehetzt, wie?"

„Ich geb's ja zu. Das war mein dritter Fehler, innerhalb einer Woche. Zuerst die Null aus Oggersheim, dann der Libanese aus Alexandrien. Und nun Du. – Aber das hab ich ja nie verschwiegen, daß ich Fehler habe, allerhand Fehler."

„Langsam. Wenn ich diese politischen, also hirnrissigen Einlassungen Deines Libanesen deuten müßte, nachträglich, dann ging es ihm darum, mir nicht bloß einen Denkzettel zu verpassen. Ich sollte verschwinden. Wie alle Kolonialherren. Wenn hier einer ausbeutet, dann er und nicht ich. Die ‚Detektei Ruhr' sollte Euch beide den Raub in Ruhe auswerten lassen. Das, wenn da überhaupt einer war, war der reale Kern seines Gequatsches."

„Geb ja längst zu, daß ich zunächst versucht hatte, Euch gegeneinander auszuspielen. Zum einen wollte ich Dich loswerden. Zum anderen – sowie er sah, wie groß die Nachfrage war – sollte der Preis für die Steine angemessen steigen. Als Du dann aber ohnmächtig wurdest und der seine Schweinerei machte mit dem sogenannten Tätowieren, mit dem Stich, der mehr war als nur ein Denkzettel, da bin ich dazwischen. Er sollte Dich natürlich nicht umbringen."

„,Natürlich nicht'?" Larrys Pantherblick aus der KissenEcke mißlang auch jetzt. Die Ausleuchtung der Augen war zu schwach, das schuf keine Brillanz. Obwohl PantherAugen, soviel wußte man ja, auch im Urwald blitzen konnten, glimmen, leuchten, brillant funkeln.

„Nun ja," sagte sie, in singendem, in zwitschrigem Tonfall, „was heißt ,natürlich'. Schon aus kühler Berechnung sollte er Dich nicht zerbröseln. ,Du und ich, wir sind längst in der Fahndung', schrie ich ihn an. ,'n Bulle is das,' rief ich, ,daß der hier ist, ist in Deutschland längst gemeldet' – die Spur sei nicht mehr zu verwischen, er solle aufhören mit dem Schwachsinn. Außerdem sei er doch wohl interessiert an dem Geschäft mit den Steinen, die kriegten wir nur über diesen Deutschen, die habe er nun mal nicht in seiner Tasche. Erst als ich das mit den Steinen sagte, ließ er die Tiefbohrung sein. Der hätte Dich glatt tranchiert."

„Er hatte doch geglaubt, die Brillanten hättest Du und ich Widerling sei hinter denen her –"

„Als der Dich zu Mus machen wollte, hab ich, in meiner Not, die Sache umgedreht. Hab behauptet, wenn ihn das Geschäft interessiere, die Steine lägen längst in Deinem HotelSafe –"

„,In Deiner Not'?"

„Er sollte nicht die deutsche Fahndung auf den verschwundenen Herrn Libuda hetzen."

„Das half?"

„Erst die ProfitNachricht half. Beim Stichwort Steine vergaß er auf der Stelle, daß er Dich soeben noch für die Spitze aller westlichen Ausbeutung hielt und unbedingt massakrieren mußte."

„‚In meiner Not'", wiederholte Larry und wußte bedenklich zu nicken. „Also hab ich es Dir zu verdanken oder vielmehr Deiner Not, daß ich –"

„Meinem Egoismus. Meinem fehlerhaftem Egoismus hast Du zu danken, daß Du lebst. Hm." Sie schlug ihre Handschuhe. „Wußte doch, daß Du 'n schlaues Kerlchen bist."

„Wie ging's weiter?"

„Seine Leute mußten mir helfen, Deine Verletzungen zu verbinden. Und Deinen Kadaver noch in derselben Nacht hierher zu karren, hinter's Hotel."

„Das heißt, daß sie jetzt wie die Windhunde hinter meinem HotelSafe her sind."

„Sind sie. Wie die Kobras. Hinter Dir her, Deinem alten Zimmer und Deinem HotelSafe. Nur, zum Glück, hab vorerst *ich* diese Aufgabe übernommen."

„Welche ?"

„– das für sie zu erledigen. Die Steine ranzuschaffen."

„Interessant. Die Kobra ist in lindgrünes Tuch gehüllt. Und soll die Geschmeide, die Du selber besitzt, mir aus der Tasche zaubern. Mir, der ich umgekehrt den Auftrag habe, sie Dir abzujagen."

„Schlaues Kerlchen."

„Und die LibanonLeute glauben nach wie vor, die Unternehmensgruppe G.F.E. habe Zimmer 411 gemietet."

„Glauben sie. Nur ist diese Firma dort seither nicht mehr aufgetaucht."

„Aber das ‚Cecil'-Personal – ?"

„Hat Dich seit Deinem Verschwinden nicht mehr gesehen. Seit fast einer Woche nicht."

„Ausnahme ist der Portier. – Und wer hat seit zwei Tagen das Zimmer Nummer 511 gemietet?"

„Claus-Ludger Sprickmann."

„Sieh an, schlaue Leila. Mit allerhand Fehlern. Und nun?"

„Ja, was machen wir nun. Wir haben in der Tat den Auftrag, uns wechselseitig auszutricksen."

„Kobra ist eindeutig im Vorteil. Versteht die alexandrinische Sprache. Kennt hier Leute, hat Helfer."

Sie hielt plötzlich die BrillenSchlange zwischen ihren FingerSpitzen. „FriedensAngebot."

„Wie?"

„Diesen Ring hier, den hat er mir geschenkt, diese Oggersheimer Null."

„Behalt ihn. Geschenkt ist geschenkt."

„Will ihn aber nicht mehr."

„Wieso nicht. Kostet laut Liste mehrere zehntausend."

„Das wäre das Kapital, das ich einbringe. In unsere gemeinsame Unternehmensgruppe. Zur Sicherung unseres Eigentums."

„Wie bitte? Unternehmensgruppe?"

„L & L. Larry und Leila. Oder, wenn Dir das lieber ist, Kobra und Panther. Was hältst Du davon?"

„Die Kobra zeigt sich plötzlich friedlich. Dem Panther, dem wird's ungemütlich."

„Du müßtest doch überaus interessiert sein."

„Woran."

„Zum Beispiel an diesem Stück. Benötigst doch dringend irgendwelche Mitbringsel. Beweisstücke. Für Euern Prozeß. Beleg dafür, daß Deine Reise sinnvoll war. Dieser Ring gehörte immerhin zu dem, was der Oggersheimer am 28. Dezember mitgehen ließ –"

Er schüttelte wieder den Kopf. „Der Panther wittert eine Falle. Hält nur den Ziegenfuß in seiner Kralle."

„Hör auf zu dichten. Red' konkret."

„Den Ring nehm ich nicht."

„Warum nicht?"

„Ablenkungsmanöver. Der Panther filetiert die Ziege – die Kobra schleicht zur Kinderwiege."

„Wie bitte?" Sie lachte. „Der Dichter ist nicht zu bremsen.

Und soweit ich seine Werke deuten kann, will er mir sagen, ich überließe ihm die kleinen Aufmerksamkeiten, nur damit ich derweil –"

„So ist es. Selbst dann, wenn ich die Ziege kriege, die Kobra schleicht zur – und so weiter, wie gehört."

Sie hatte den Ring abgestreift, hielt ihm die blitzende, die BrillantSchlange vor die Augen. Er nahm den Ring kurz in die Hand, gab ihn zurück. „Nein."

„Warum nicht?"

„Find ich zwar generös, daß Du dies famose Kleinod rausrücken willst. Wie ich überhaupt noch immer kaum begreifen kann, warum Du mir dermaßen geholfen hast. Mag sein, wäre ich hier verreckt und verschwunden, hätte das eine ungemütliche Fahndung gegeben, eine breite Spur war gelegt – aber trotzdem – will nicht verschweigen, wie mulmig im Moment meine Gefühle sind, die Empfindungen hier, unter diesem geschlitzten Brustfell – ich war Dir, *bin* Dir ganz schön ausgeliefert. Hättest mich längst abschieben können, ausklinken. Stattdessen diese sympathische Pflege, diese sorgfältige Zuwendung? Warum? Kannst Du mir das irgendwie erklären?"

Nun war sie es, die eine bedenkliche Pause machte. Die ihn madonnenhaft anlächelte, aus ihrem VierecksFenster, aus ihrer lindgrünen Umrahmung heraus. „Warum wohl", hörte er. Und sah dann, wie sie sich zu ihm herabbeugte. Ziemlich nahe kam sie seinen Augen, so nahe, wie zuvor der Ring. Jetzt das Madonna-Kobra-Gesicht.

Und dann bildete sie wieder, mit diesen großen Lippen, so etwas wie den Buchstaben ‚P' und sah ihn an, aus großer Nähe. „Warum?" wiederholte sie. Und wiederholte nochmal das ‚P'. Spuckte dabei leicht. Tat das noch einmal. Bespuckte ihn, den Benutzer des Zimmers 511. „Larry Libuda, Unternehmensgruppenleiter Libuda – die da ganz unten, ja?, also so welche wie wir beide, die sollten zusammenhalten. Oder?"

„Sollten sie. Aber wer tut das im Ernst."

„Wie wär's mit einer Ausnahme? Wie wäre es mit uns zwei Ausnahmemenschen?"

„Das heißt?"

„Das heißt: Wir geben ein bißchen dem Staat und behalten das größere Bißchen für uns. Ich habe in der Tat weder ein Interesse, mir die deutschen Kontakte zu verderben, noch die levantinischen. Ich werde heute abend bei Deinem Schlitzer auftauchen und ihm zwei ungewöhnliche Stücke aus dem rheinischen Hort zeigen. Vor allem den Hundertzwölfender. Den hätte ich Dir entsteißt. Und werde den angemessenen Preis erhalten."

„Anderthalb Millionen."

„Könnte der Preis sein. ‚Deutsche Mark'. Woher weiß das unser Mann aus Borbeck?"

„Die da ganz unten, gerade die in Borbeck und drumherum, die achten auf Preise. Die Emscher ist die deutsche Levante. Marktfreudig."

„Um so besser. Um so lieber wiederhole ich mein Angebot. ‚L & L'."

„Den HortRest, diese anderthalb Millionen, die sollten wir uns teilen?"

„Halbe halbe."

Er drehte sich auf die andere Seite, fühlte, wie sie ihm half. Wie sie ihm die Schulter stützte. Nun beugte sie sich sogar über ihn, hielt ihm das neu gefüllte WhiskeyGlas vor.

Er trank. Schluckte. „Das Ruhrgebiet fühlt sich irgendwie überfordert. Vielleicht überschätzt. Obwohl – dieses Ruhrgebiet ist klammheimlich nicht nur Levante. Sondern sogar Manhattan. Das deutsche Manhattan. Nicht nur der Geschäfte wegen. Sondern weil Du an den Ufern der Emscher alle fünfzig Meter über 'ne Spelunke stolperst. Über Zocker- und DealerZentren. Alle fünf Kilometer auch über Theater und Opernhäuser."

„In Alexandria gibt's kein einziges mehr."

„In der größten Stadt am Mittelmeer keine Oper? Unmöglich. Mafiosi waren seit je Freunde der Oper. Aber da siehst Du's: das RuhrRevier ist das deutsche New York. Nur weiß das bis heute niemand. Nicht mal das Ruhrgebiet. Zumal das Wissen um den grandiosesten Standort der Deutschen von der dümmsten Zeitung der Deutschen systematisch verhindert wird."

„Was darf ich aus all diesen Gleichnissen schließen? Macht Larry Libuda nun seinen Emscherpott zum Manhattan und macht mit? Halbe halbe?"

Er stöhnte leise vor sich hin. Das genaue Denken strengte ihn hörbar an. Er hatte leergetrunken, hatte das Glas vor sich aufs Bett gestellt, blickte hinein.

„Was ist los? Tut's weh?"

„Ja. Das Denken. Laß mir Zeit. Unsittliche Anträge muß man sich gut überlegen. Gib Bedenkzeit."

„Wieviel?"

„Zwei Tage."

„Dann erfüll mir jetzt, statt vernünftig zu antworten, einen Wunsch."

„Welchen?"

„Zeig mir Deine Wunde – ich seh so gern Blut."

Sie beugte sich wieder über ihn, öffnete die Pyjama-Jacke und vertiefte sich in den Anblick. Tastete schließlich mit den Fingerspitzen. Glitt sanft über die krustige Fläche. „Weh?"

„Juckt."

„Recht so. Es heilt." Leckte sich mit der Zungenspitze Fingerspitzen und Lippen. Und fügte hinzu: „Es juckt. Cläuschen-Ludger hat also eine echte ÜberlebensChance."

„Laß mich's selber sehen."

Sie stützte ihn wieder, er ließ sich's gefallen, nahm ihre Schulter, benötigte ihre Hilfe beim Aufstehen. Einen Moment lang standen sie einander dicht gegenüber, reichlich spöttisch schien sie ihn anzusehen. Er streckte beide Zeigefinger aus, zielte und zeigte mit dem linken zwischen ihre Augen, mit dem rechten auf ihr Ohr und murrte: „Wenn ich nur halbwegs wüßte, wer das ist – der genau dort ist, wo diese beiden Linien sich schneiden. Die treffen sich in Deinem Kopf. Exakt dort, wo ja wohl Du – existierst –"

Sie sah ihn ebenso interessiert an. „Warum willst Du das wissen?"

„Geschäftspartner sollten sich kennen. Genauestens. Oder nicht?"

„Manchmal gäb ich was drum, ich kenn einigermaßen mich selber."

Eine Weile noch schauten sie sich in die blinkenden funkelnden Fenster, dann griff sie ihm an die Schultern, drehte ihn herum – sie standen vorm großen Spiegel.

Zog ihm die Jacke ganz über den Rücken, über die Arme. „Na bitte, siehst endlich aus wie'n Kerl. Wie ein Mann. Hast Ecken und Kanten bekommen, Profil. Schau Dir das an. Wie der Bürgermeister von Manhattan. Oder der von Amsterdam. Bei Staatsbesuchen erscheinen auch die im vollen Ornat. Haben dann immer so einen Halbmond auf der Brust, 'n Rest RitterRüstung, 'n blechernen. Versilbert, oder vergoldet."

„Seh ich anders. Mir hat der Schlitzer ein RiesenWeihnachtsPlätzchen geschnitten. Aus dem BrustTeppich brutal rausgeschnitten. Wie mit'm Zackenrädchen rausgerädert."

„Stimmt. Ein Plätzchen. In Mondform."

„Was darf ich davon halten? Bin ich nun – mit Mond – Moslem? Türke?"

„Erst wollte er viel tiefer rein. Hier. Richtig reinbohren wollte er. An dieser Stelle, wo's noch so schwarz ist, da drehte er die Spitze rein, bis ich dazwischenfuhr – Du warst schon weg – dann hat er grad nochmal die Kurve gekriegt, ins Geschäftliche."

„Hast mich gerettet, ich weiß."

„Hat Dir bloß noch Deine Männlichkeit verziert. Das Pantherfell. Den TestosteronWald hat er Dir gelichtet."

„Bin wahrscheinlich für immer unfruchtbar. Mindestens impotent. Klar."

„Deinen wandernden Händen entnehme ich, daß Du mir jetzt das Gegenteil beweisen willst. Ich warne Dich. Ich habe Dich wiederholt gewarnt und gemahnt. Und im Augenblick darfst Du sowieso auf keinen Fall Erregungen auf Dich nehmen. Die kämen jetzt einfach zu früh. Wären in diesem Stadium viel zu gefährlich."

„Nur in diesem Stadium?"

„Mit einer ostpreußisch-levantinischen Mischfigur immer. In jedem Augenblick. Viel zu riskant. Wann wird Dir das endlich klar, StaatsSchnuffi."

„Danke für den Tip. Und für die Erinnerung an meinen Auftraggeber. Aber wieso ‚gefährlich', ‚riskant'?"

„Ich meine das rein gesundheitlich. Könnte wieder zu Blutverlusten führen. Ist das so schwer zu kapieren?"

Als er noch in ihre DunkelAugen schaute, um herauszukriegen, wie sie auch dies gemeint haben könnte, ‚Blutverluste', plärrte das Telefon.

Er nahm ab. Am anderen Ende hörte er Baden-Baden. Frau Steinel, die Vorzimmerdame; dann seinen Ewald.

„Junge, wat is gätz – wir waatn hier seit fünnef Tage und ringen die Pfoten! Also wat is! Gibt dat Böcklein nu allmählich Milch?"

„Ewald. Bevor ich Dir meine neuesten Erkenntnisse durchgebe," – er setzte sich aufs Bett – „befreie *mich* von einer bohrenden Unruhe. Beim letzten Mal hast Du behauptet, unser Fall sei nichts anderes als eine ‚Rache der Maulwürfe'. Okay. Wenn ich dabei aber an die Wühlmäuse von Oggersheim denke, auf die unser Parteibonze ballerte, dann muß doch dies Geknalle seinen Nachbarn in der Marbacher Straße zutiefst verschreckt haben. Womöglich irritiert. Obwohl den sonst fast gar nichts irritiert –"

Er bemerkte, daß Leila sich wieder ihr Gesicht osmanisch verhüllt hatte und wie sie nun, die Lindgrüne, vor der Zimmertür stehenblieb, ihn beobachtete.

„Junge, mach Dir doch solche Sorgen nich. 'türlich hat unsern flotten Freund mit Schalldämpfer gebumst. Hätt' er echt geknallt – unserm Kanzler wär der Pudding aus'm Gesicht geglitten. Oder seine sieben ständigen Bewacher hätten im Nu zurückgeballert. Nee nee, wo denkße hin, auch Maulwürfe werden natürlich stiekum erledigt. In aller Stille, hinter den Büschen, mit DumpfTon, dattat niemand hört. Abba hömma, wenn Du gätz sowat in die Debatte wirfs, dann schwant mich Schwermut."

„Wie bitte?"

„Der Argwohn, Du wolltest wieder bloß ablenken."

„Wovon?"

„Davon, daß Du noch immer nicht die Klunker in Deinen Händen hast, in Deine staatlich gemieteten."

„Alten BankNachbar, schon widder muß umgekehrt ich Dir Hirni eine höhere Erkenntnis vermitteln. Und zwar eine übert Leben. Muß gätz unbedingt ma wat Grunzsätzlichet rübberschieben übbert Mittelmeer. Du früher, als Ömmes, ja immer ma widda wat übbere Bücher, die ich nich gelesen hatte. Ich gätz über't Rcelle un seine praktischen HauSpizien – dat is unsan Ausgleich, klaa?"

„Ich höre."

„Ach Ewald. Weißat noch, wie mutich wir zwei seinerzeit in die Stahlstraße drangen? Endlich ‚dat ärstemal'? Und wie die kesse Dame sich meiner annahm, ‚laß kommen, Larry'. Und wie mich der Mut verließ und sie schließlich erklärt hat: ‚Und bist Du nich willich, gebrauch ich Ewald'- weißat noch?"

„Was hat das mit Deinen Problemen in Alexandria zu tun?"

„Zwei komma fünnef Millionen – für diesen Wärt die entsprechenden Stücke oder GegenWärte zu angeln oder rauszuhauen aus'm Mittelmeer, im östlichen Mittelmeer, dat erfordert mindestens so viel krimmenelle Energie wie dafür auch sonst erforderlich wäre, zum Beispiel im abeitsamen Ruhrgebiet, vornehmlich im alltäglichen nachbarlichen BankLeben."

„Manchmal weiß ich wirklich nicht, was Du meinst. Also welches ‚BankLeben' jetzt – unsere Schulzeit? Allgemein unsere ökonomische Gegenwart? Oder unsern Kriminalfall aus den Kolonnaden von Baden-Baden?"

„Suchet Dir aus. Aba gut, meinzweegn in Hochdeutsch: Was ich Herrn Staatsanwalt Isenbügel mitteilen möchte, ist, daß die Zeit, in der ich melden könnte, die Regierung soll in Frankfurt zu meinem Empfang Spalier bilden und die Glokken in den Kirchen hätten zu läuten, daß diese Stunde bis jetzt noch nicht gekommen ist. Denn zweieinhalb Millionen kassieren auch die genialsten Schweine nur selten in anderthalb Wochen."

Er sah, wie Leila dabei war, das Zimmer zu verlassen, verhüllt; mit winkender Handschuhhand.

„Ergo, Ewald, faß Dich in Geduld und meinetwegen in Platin. Gib acht auf RotWeiß und auf die Maulwürfe in Nachbars Garten und fahr mit Deiner Gattin am Wochenende unbedingt nach Zürich. Glaub mir: Alles wird gut. Bis die Tage."

ALEXANDRIA-KAIRO

Larry Libuda durchlitt nun zwei seiner kompliziertesten Tage. Nicht, weil ihm der heilende Brustpanzer allzu juckend zugesetzt hätte. Auch nicht, weil er gewisse Erinnerungen aus seinen Fingern und Schultern nicht mehr verbannen konnte, gleitende wie handfeste Eindrücke, die er bei der stützenden Hilfe von ihrem Leib gewonnen hatte, von ihren Armen, ihren Schultern. Nein, am kompliziertesten schienen ihm die Überlegungen, die er in seiner ‚Bedenkzeit' anzustellen versuchte. Angebote lockten da, von denen er bisweilen nicht recht wußte, wieviel Karat sie hatten und wie echt sie waren, wie zuverlässig in der Mischung. Leila Willuweit lastete auf seinen Träumen, seinen Berechnungen, seiner Berufsehre, seiner Zukunft, seiner Gegenwart.

Es war fast Mitternacht, wieder hatte er einem Bildschirm-Redner zugeschaut, offenbar in der Hoffnung, dieses schön dröhnende Bescheidwissen der Muselmanen könnte ihn vorm Versinken retten, ihm Klarheit verschaffen, ihn auf die rechte Spur führen und auf die gerechte Bahn, wieder faszinierte ihn dieses Mienenspiel, diese so sicheren wie freundlichen Handbewegungen, und auch diesmal hatte er keine Gewißheit, ob sich's nicht doch um einen Priester handelte oder nur wieder um einen Mathematiker oder Physiker – da erschien sie neben ihm: „Schluß! Weg hier!", sie schaltete das Gerät aus. „Wir haben knapp fünf Minuten, greif Dir Deine Zahnbürste, Deine zwei Tangas, komm mit!"

„Wohin?"

„Weg hier, aus dem Raum 511, aus dem Hotel, aus diesem Gebäude raus, nur weg, am besten weg aus Alexandria, sie sind Dir auf der Spur, haben's durchschaut, komm, keine langen Erklärungen jetzt, oder willst Du wieder unters Messer – immerhin glauben die, Du besitzt die Steine."

Sie sprach aus der vollen türkischen Umhüllung, Debatten schienen jetzt unmöglich, er stopfte seine Mitbringsel in sein Hänge-Täschchen und folgte ihr. Im Vorraum wollte er das Zimmer abschließen. „Laß!", sie zog ihn mit, eilte vor ihm über den Flur, nicht zum Lift hin, sondern zur Treppe fürs Personal, „ich hab die letzten zwei Übernachtungen noch nicht bezahlt" murmelte er, „auch den Whiskey aus der MiniBar nicht", „vergiß es, komm hier runter". Sie bog in den Notabstieg, ins Treppenhaus für die Lieferanten, unter Funzellichtern, im geschabten Beton sprangen sie enge fünf Stockwerktreppen hinunter, unten in die schwarze Gasse hinterm Palast, von dort zur Ufer-Promenade, eines der gelben windigen Taxis wartete, auf der Rückbank ein riesiger Koffer, sie hockte sich daneben, ließ ihm den Todessitz vorn, raunte ihm beim Anfahren ins Ohr „Schau jetzt nicht nach rechts, nicht zum Portal, ich bitte Dich!" Er wendete sich nach links, zur dunklen Meeresbucht, die Caesar unter Kleopatras Augen durchquert hatte. Aus Leilas arabischem Gespräch mit dem Fahrer konnte er immerhin ein Wort deutlich heraushören: ‚airport'.

Er drehte sich um, wollte ihr Gesicht sehen, es war noch immer verhüllt. „Hey, Partnerin, was hast Du vor, was machst Du mit mir."

„Wart's ab."

Sie schien alle Aufmerksamkeit für den Taxifahrer zu benötigen, dann wieder für den lebhaften AutoVerkehr, der Taximann vertrat offenbar über den ‚airport' oder über den besten Weg dorthin seine eigene Meinung, Leila hatte mit dem zu diskutieren, das ging heftig hin und her.

„Ist dies Monstrum Dein Koffer? Bislang hattest Du nur –"

„Geduld, Geduld – alles später –"

Inzwischen fuhren sie auf einer größeren Straße, an einem

antiken Stadtmauerrest vorüber, der bleiche Stein in Orange-Licht getaucht, wie das Türken-Fort am Ende der Bucht, Leila und der Fahrer diskutierten noch immer lebhaft, gestikulierten, plötzlich drehte der Fahrer, wendete quer über die Straße, mißachtete alle wütenden Hupsignale, schwamm plötzlich im Gegenstrom, zurück zum Hotel.

„Darf man erfahren, was hier abgeht?"

„Er behauptet, die letzte Maschine vom Flughafen sei um 23.00 Uhr gestartet, jetzt gebe es vom airport null Start-Möglichkeit, erst um 7.00 Uhr wieder – bis dahin könnten die Rabauken uns dort in Ruhe abfangen."

„Also was statt dessen?"

„Dies hier." Sie verpaßte ihm plötzlich etwas auf seinen Hinterkopf, setzte ihm was auf seine lichte Höhe, was Textiles, er griff danach, hielt ein Käppchen in der Hand, die runde Moslem-Bedeckung fürs Hinterhaupt, Spitzenwerk, handgehäkelt. „Was soll das?"

„Setz es wieder auf. Fürs erste lenkt das gut ab. Zum Glück bist Du kein Blondie, sondern kohlenpottschwarz. Los, setz es auf. Tarnkappe."

Er tat's. Sah, wie der Fahrer angestrengt auf den Verkehr achtete. Unter dem inneren Rückspiegel schaukelte ein großes blaues Auge, ein Auge aus Messing und blauem Glas. Gegen den bösen Blick, gegen Ungläubige. Nun schaltete der das Radio ein, aber nicht, um die ortseigene, um *musique arabesque* zu hören, sondern nun jaulte ein Imam, heulte die klagende, die mahnende Stimme eines Priesters.

„Was soll das alles, ich bitte Dich."

„Bleib cool, Staatsgauner. Hast Du nicht eine besondere LufthansaBeziehung? Für verbilligte Flüge?"

„Du verwechselst mich. Die hatte der vermeintliche Abgeordnete. Aber auch der hatte die längst verspielt. Also jetzt rück raus, was geht nun ab."

„Aber Du hast eine Kreditkarte. Mit staatlichem Konto."

„Woher weißt Du das."

„Wer zwei Tage lang im Zimmer rumliegt und keine Auskünfte geben will, den muß man ein bißchen ausforschen."

„Und warum fragst Du das?"

„Weil ich so gut wie blank bin. Ich hab eingekauft." Sie klopfte auf den großen Koffer.

„Ich dachte, Du wärst inzwischen Millionärin. Besitzerin von interessanten Gesteinen."

„Und eben deswegen Besitzerin von null Pfund und anderthalb Dollar. Ich muß als Deine Gattin reisen. Ist Dir das klar?"

„Mir ist überhaupt nichts klar. Vor allem nicht, wieso wir wieder vor dem Hotel-Portal halten, das wir vor fünf Minuten noch fluchtartig verlassen mußten – das ich soeben nicht mal anschauen durfte."

„Das darfst Du auch jetzt nicht. Gesicht weg, nach unten, nach rechts bitte. Niemand darf Dich erkennen. Dieser blöde ‚Cecil'-Portier, wenn der Dich erkennt, holt der sofort die Tätowiergruppe – los, wir steigen nach rechts raus, zum Bus-Bahnhof, nehmen den ‚SuperJet'. Gib ihm drei Pfund. Dann trägt er Dir den Koffer. Und wenn Du aussteigst, paß auf, daß Du dem Hotel nichts anderes zeigst als Deinen neuen frommen Hinterkopf."

Er nestelte vier Pfundlappen aus seiner Hosentasche, gab sich Mühe, dabei nicht zum Fahrer zu schauen, das Gesicht also nicht nach links zu wenden, zum hellen Hotelportal, sondern er drückte und reichte das Handgeld ohne Blick neben sich, hinter sich, der Fahrer hatte die Scheine allerdings eher an sich genommen, als Larry irgendwas wahrnahm.

Sie war ausgestiegen und mit dem kleinen braunen Koffer davon, ebenfalls in Fahrtrichtung nach rechts, auf den düsteren Platz wollte sie, er sah, wie sie zwischen vier Reihen Hup- und Heul-Taxis hindurchtrippelte, davonwippte, auf die dunkle Fläche zu, zu dem Platz hinüber, wo in der Tat Busse warteten.

‚SuperJet'? Neben ihm stand der Taximann, der reichte ihm ihren Koffer, das Monstrum. Er griff sich das, diesen schwerwiegenden Klotz, einen Moment spürte er nochmal den Stich in der Brust, blieb stehen, versuchte in großer Ruhe zu atmen und manövrierte dann die Ladung ihr nach, durch vier Reihen dicht drängenden Fahrblechs, wurde blechern angeherrscht, wie von Tubatönen des Weltgerichts, jonglierte vor und zurück, doch die sichtbare Schwere des Koffers verschaffte ihm offenbar Respekt, ein mühevoll schleppender Mensch, zumal einer mit bedecktem Hinterkopf, das war wohl einer ihresgleichen.

Sie erwartete ihn vor einem der Busse. ‚SuperJet' hatte er von außen gelesen. Er keuchte, las über der Frontscheibe ‚Alexandria-Kairo'.

„Kairo?"

„Wieviel Pfund hast Du noch?"

„Ungefähr hundert."

„Das wird knapp."

„Wieso Kairo."

„Frag später, steig ein."

Jemand nahm ihm den Koffer weg, er wollte nachsetzen, einschreiten, der war aber vom BusPersonal, der staute Gepäck.

Larry stieg also ein, vor ihr.

Ein Mann mit schweren Bündeln aus Pfundlappen und Fahrscheinen stellte sich in den Weg, stand über ihm auf der Treppe. Sie, dicht hinter ihm, verhandelte an Larry vorbei, diskutierte mit dem Kassierer über Libudas Schulter hinweg, das ging wieder so heftig wie mit dem Taximann, aber das Ende dieser Verhandlung schien positiv zu sein, seine hundert Pfund, die er tapfer hochgehalten hatte, reichten plötzlich.

Larry bekam zwei Fahrscheine, auf denen er neben den arabischen Zeichen auch je eine 35 erkannte – zu zahlen waren also siebzig, sie zischelte ihm zu, er müsse achtzig geben. Er verstand nicht, wieso auch Staatsangestellte auf Bakschisch beharrten. „Gerade die", knurrte sie, also gab er's.

Beim Sitz angekommen, erklärte sie ihm, der Kassierer habe ihn, Larry, für einen Türken genommen, Türken gelten hier nicht als West-Touristen, bezahlten einheimische Preise, also nicht den dreifachen Tarif wie Engländer, Deutsche, Japaner, Amerikaner.

Der Bus startete, fuhr am Hotel vorbei, mit Schiffssirenentönen. Der Schein der ‚Cecil'-Lampen wanderte durch den Bus wie ein sorgfältig suchendes Fahndungslicht, glitt langsam über die Gesichter der Fahrgäste, über das ihre.

L. und L. saßen in der vorletzten Reihe. Nur wenige Plätze im Bus waren frei geblieben. „Gesegnet sei Dein Käppi. Natürlich hat der Kassierer gesehen, daß Du kein Türke bist. Dafür, daß er den Schmu mitmachte, hat er die fünf Pfund verdient. Ist Dir das etwa nicht klar?"

Larry nickte. „Ist klar."

„Den imperialen Herren dagegen knöpfen sie – weiß Allah, sie tun es zu recht – soviel ab, wie es eben geht. Wenn Du das, was Du von Deinem Hotelzimmer sehen konntest, das große Fort draußen im Meer, wenn Du das besichtigt hättest, dort, wo einst der riesige Leuchtturm stand und wo er, so Allah will, in Zukunft wieder stehen wird, dann hättest Du, jedenfalls ohne meine Hilfe, zehnmal soviel zahlen müssen wie ein Araber."

„Und das findest Du gerecht?"

„Göttlich gerecht finde ich das. Seit eh und je hat man sie ausgenützt, die Maulwürfe Europas."

„In meinen Erinnerungsbildern – Fernsehbildern – seh ich Ölscheichs und Emire."

„Die feisten NullKommaZwei Prozent siehst Du. Der Rest, ausgenützt und betrogen, blieb im Dreck. Immer wieder übers Ohr gehauen. Nun endlich kommt die Zeit der süßen Rache."

Er schaute sie an. Im wechselnden Halbdunkel funkelten ihre großen Augen. Natürlich nur, weil sich die Lichter der Kleopatra-Stadt darin spiegelten, brillant brachen.

„‚Rache' sagst Du? Das klingt vielversprechend", murmelte er. „Machst mir Mut, Compagnon."

Sie kraulte ihm das bedeckte Hinterhaupt, zwischen Kragen und neuer Kappe wußten ihre Fingerspitzen interessante Wege. „Keine Sorge. Du gehörst ja nun zu uns."

„Darf ich endlich erfahren, was Du mit mir vorhast. Und was da plötzlich passiert ist?"

„Darfst Du." Der Kassierer kam in ihre, in die vorletzte Reihe des Busses und verlangte die Fahrkarten zu sehen. Obwohl er sie doch soeben selber verkauft hatte.

Larry gab ihm die Scheine, der Mann prüfte sie gründlich, zerriß sie, wollte sie auf den Boden fallen lassen. „Halt!" rief Libuda, der um seine Reise-Belege bangte, von denen er zweifellos den oder jenen noch kleinlichst würde vorweisen müssen, in der Staatsanwaltschaft zu Baden-Baden.

Der Kassierer, der ebenfalls ein Käppi trug, eins mit grünem Rand, hob einen der Papierfetzen, der schon ins Dunkle weggetrudelt war, wieder auf, gab ihm den, zog dazu aber die Schultern hoch, überreichte ihm den Staatsbeleg mit Verachtung. Ging weiter, zur letzten Reihe.

„Also, KriminalSchnüffler. Dein Schlitzer und seine Leute, das sind keine Irren und keine Plumpsäcke, sondern sie haben soeben durchschaut, wo Du geblieben bist. Sie haben natürlich Beziehungen zu den Bullen, mit denen sie eh, von Fall zu Fall, gemeinsame Sache machen. Die Bullen hatten ihnen gemeldet, daß an keinem Flughafen und keiner Grenzstation Deine Ausreise registriert worden war und konnten ihnen nur bestätigen, daß Du nach wie vor in Alexandria polizeilich gemeldet bist, weiterhin im Hotel ‚Cecil'. Von da an, von heute abend an, haben sie mir nicht mehr getraut, Mister Libuda. Haben eigene Inquisitionen getrieben, haben beim Hotel-Personal geschnüffelt, hinter meinem Rücken. Vielleicht beim Portier. Und wußten plötzlich Bescheid. Nur die Zimmer-Nummer kannten sie noch nicht. Was Du so ekelhaft gefunden hast, den engen Raum, in dem Du aufgeritzt wurdest, diese Sitte, größere Räume mit Tüchern und Teppichen zu unterteilen in kleinere, diese Gewohnheit hat auch

Vorteile. Das läßt nämlich durch, was in anderen, in gut gemauerten Ländern, geheim bleibt. Ich bekam ein Telefonat mit. Am Telefon haben sie für heute Nacht beschlossen, in größerer Besetzung das Hotel zu besuchen –"

„Dann warst auch Du in Gefahr."

„Schlaues Cläuschen. Dann war zu erwarten, daß auch mein Service beendet war. Gewogen und zu windig befunden. Spätestens jetzt wurde ihnen klar, auf wessen Seite ich serviere. Das heißt jetzt für Dich wie für mich, auf schnellste Tour off and away. Wir verschwinden nunmehr per ‚SuperJet'. Ich bekam mit, wie Deinem Schlitzer Dein richtiger Name genannt wurde, Claus-Ludger. Er ließ sich das buchstabieren, zum Mitschreiben. Dann wollte er auch noch die Paßnummer haben von dem Bullen. Das verschaffte mir einen winzigen Vorsprung. Zum Glück war der Riesen-Koffer reisefertig, hatte ihn gerade gefüllt."

„Was ist drin?"

„Neuerwerbungen aus Ägypten."

Der ‚SuperJet' war auf eine Autobahn eingebogen, überholte einen Personenwagen, hupte einen weiteren zur Seite.

„‚SuperJet'," murmelte er, anerkennend.

„‚SuperJet' ist die schnellste Verbindung zwischen den größten Städten Ägyptens."

„Was hätten die gemacht, wenn sie mich gefunden hätten? Mich oder Dich oder uns beide –"

„Zum einen gierten sie ja noch immer nach den Steinen. Zum anderen glaubten sie, daß Du sie hättest, im Hotel-Safe. Nunmehr unterm Originalnamen Sprickmann. Der Libanese hat sich womöglich einen Bullen gekauft oder mehrere, mit denen Safes ‚aus Sicherheitsgründen' geöffnet werden dürfen. Und dann auch, sobald er die Nummer raushatte, das Zimmer 511. ‚Devisen-Vergehen', ‚Staatliche Sicherheitsinteressen'."

„‚Zuwiderhandlungen gegen Zoll-Bestimmungen'. So heißt das in Deutschland." Er betrachtete seine Nachbarin, sah sie aufmerksam an. „Du zuckst nicht mal nervös? Zuletzt hörte ich diese Formel als Zitat. Und zwar aus den Personalpapieren der Leila Willuweit."

Sie nahm ihr Türkentuch ab, sah ihn nicht an, legte das Tuch zusammen. „Wir tun Euch nicht den Gefallen. Zucken nicht sofort wehleidig und sentimental wie Ihr. Wenn Euch wieder mal Euer Profit geteilt wurde."

„Danke für diese Aufklärung. Trotzdem wüßte ich gern, wohin's nun geht. Nach Kairo?"

Statt zu antworten, sah sie ihn neugierig an.

„Dorthin, wo Frau Willuweits PersonalAkten keine weiteren Eintragungen kriegen?"

„Die Intelligenz unseres Kerlchens wächst mit zunehmender Entfernung von Borbeck. Kann aber auch sein, das liegt an Aladins Wundermütze. Vielleicht solltest Du die besser wieder abnehmen. Sonst bekäm ich Angst, am Ende bist Du es, der mich austrickst."

Er nahm die Kappe ab, betrachtete, betastete das Gehäkelte. „Gibst also zu, daß in den letzten Wochen Du die Kobra warst."

„Nein, Du ScheinPanther. Du Unternehmensführer. Ich glaube, wir beide sind wohl eher die Maulwürfe."

„Wieso?"

„Auch ich hab wenig Lust, mich mit Schalldämpfern abknallen zu lassen. In aller Stille."

Er nickte. „Grundsätzlich einverstanden. Das heißt konkret: Wir fahren also nach Kairo. Hm. Und wohin dort? Flughafen?"

„Grundsätzlich."

„Und dann?"

„Fragt een Voyeur den andern: Na, Ede, wat tuste'n heut abend? Antwortet Ede: Ma kieken."

„Die Dame erzählt zweifelhafte Witze. Wird verfolgt von aggressiven Gangstern. Aber kein Geld besitzt sie. So behauptet sie jedenfalls. Besitzt statt Geld einen unförmigen Koffer. Und dieser oder jener Klunker, im Wert einer Million. Die ich, aufträgsgemäß, nach Deutschland zurückzubringen hätte. Und sie? Erklärt, sie müsse ‚als meine Gattin' reisen. Und erwartet von mir, daß ich, statt meinen Auftrag zu erfüllen, sie in irgendein fernes Land bringe. In Sicherheit vorm Staat, auf Staatskosten. Was darf's denn sein? SüdAfrika? Indien? Überall hin, nur nicht nach Deutschland?"

Sie blickte ihn an, lächelnd. „In allen Punkten hast du recht. Allah hat Dich erleuchtet, Larry."

Er sah sich satt an ihrem Gesicht, so gut das in der wechselnden Dunkelheit möglich war; nahm seine Träume zu Hilfe, seine Wünsche, seine Verwirrungen. Und versuchte mit seinem Blick auf diese faszinierenden Bögen und Wölbungen wieder jenen Schnittpunkt hinter ihren Augen zu treffen. Ließ sich Zeit, Bedenkzeit. Bis er kühn genug war zu sagen: „Die Kobra träumt vom fernen Himalaya – die Ziege tritt dem Panther in die –"

„Weia! – Halt's Maul, Maulwurf."

„Wie lang dauert die Fahrt nach Kairo?"

„Drei Stunden. Durch die Wüste nur drei Stunden. Durchs Nildelta wär's umständlicher und hindernisreicher. Der ‚SuperJet' nimmt die Wüstenstrecke. Wär's hell, würdest Du kurz vor Kairo die Pyramiden sehen."

„Es genügt mir, Dich zu sehen. Bist für mich die Spitze der Spitzen."

„Vorsicht, Pantherchen. Ich habe, wie gesagt, allerhand Fehler."

„Du bist tatsächlich blank? Null Piepen?"

Er sah, wie sie nickte, wiederum lächelnd.

„Die Steine hast Du in diesem Riesenkoffer?"

„Natürlich. Liegen obenauf. Aber beruhige Dich, ich hab sie bei mir. Wo, wird nicht verraten."

„Da habe ich ja eine echte Aufgabe."

„Ich warne Dich."

„Wovor?"

Er spürte, daß im Dunkeln ihre Hand hinter seinem Rücken hinaufkroch, in seinen Nacken. Daß ihre Fingerspitzen dort abermals leicht kreiselnde Bewegungen ausführten, dabei immerzu weiter aufwärtsstiegen, in die Nackenhaare hinein. Zum Ohr hin auswichen. Und bemerkte, wie dort, am Ohr, plötzlich auch ihr Mund war. „Also gut," hörte er. „Du weißt jetzt alles über mich. Ich weiß alles über Dich. Machen wir gemeinsame Sache. Halbe halbe."

„Käme drauf an, was Du im einzelnen darunter verstehst."

„Kann sein, Du verstehst noch immer was Unpassendes darunter."

„Wieso wäre das unpassend?" Er drehte sich nun so rasch zu ihr, wie er das gern tat, überraschend plötzlich, pantherartig. „Du reist doch, sagst Du, ‚als meine Gattin'."

Sie lachte, schlug ihm den Zeigefinger auf den Mund.

„In Ägypten wäre das, mit unseren Pässen, unpassend."

„Was meinst Du dann mit ‚gemeinsame Sache'?"

„Die Steine verhökern."

„Das scheint ja wirklich nicht einfach zu sein. Jetzt soll Dir auch noch ein Bulle dabei helfen?"

„Das ist auch hierzulande üblich. Aber im Ernst – Leilas Compagnon wirst Du nur, wenn Du keiner bist. Oder bleibst."

„Du verlangst allerhand. Vergiß nicht, ich soll, ob als Panther oder als Bulle oder als Maulwurf, diese GroßOdien heil zurückbringen. Heil und vollzählig."

„Warum eigentlich. Zwei Klunker habt Ihr doch schon. Ich hab den SafeSchlüssel vom Zürcher Paradeplatz so auffällig abgeliefert, daß das sogar die Wächter in Baden-Baden merken mußten."

„Die bemerkten das nur, weil der unbezahlte Mantel im Ladengeschäft der Firma R., Lichtentaler Straße, abgeliefert werden mußte."

„Also nur deshalb. Sieht ihnen ähnlich. Wurde also mein Service gar nicht registriert. Aber vielleicht bemerkst Du doch noch den Umstand, daß ich nach wie vor den SchlangenRing anbiete. Wert: fast zwanzigtausend. Das muß doch beeindrucken. Und müßte reichen für Deinen Staatsanwalt."

„Und mit dem Rest?"

„Machen wir uns –"

„– ja? Was machen wir uns?"

„– ein prima Leben. Vielleicht nicht gerade auf dem Himalaya – aber –"

„Wenn in der Dämmerung die Kobra hämisch rasselt, hat sie die ZiegenTour dem Panther längst vermasselt."

„Bravo. Schon wieder fühle ich mich restlos durchschaut."

„Nichts gegen jede Art von ‚prima Leben'. Ob im Himalaya oder im Dschungel. Nur – wenn wir zurückkommen nach Frankfurt, was meinst Du, wie dann unser Empfangskomitee aussieht?"

„Jesses. Weil er nicht für alle Reisekosten Belege mitbrachte, wird unser Cläuschen deswegen verhaftet? Ach, der Süße."

„Dir wird es kaum anders gehen. Bei Deinen Kontakten und Sprachkenntnissen wird Deutschland immer Dein Operationsgebiet bleiben. Willst Du Dir das versauen?"

„Das PantherKerlchen sieht exakt den Punkt, auf den's mir ankommt. Wohl doch auch Dir, oder? Für uns *beide* muß nicht nur ‚prima Leben' herauskommen, sondern am Ende auch Sicherheit – ‚danach'."

„Und wie dachte sich Frau Willuweit das?"

„Wieviel wirst Du verdienen – an Deinem staatlichen Auftrag?"

„Verdienen? Nicht viel. Das Interessante bei solchen Jobs ist die Abwechslung. Die Reisen, die seltsamen Menschen, die man kennenlernt. Rein rechnerisch solltest Du nicht argumentieren. Wenn wir die letzten Supersteine angemessen loswürden und dann die Hälfte vom Erlös mit dem verglichen, was ich vom Rechts-Staat bekomme, säh das Staatsgeld mies aus. Klar. Aber geht diese prima Rechnung auch auf, wenn man zuenderechnet? Bis untern Strich?"

„Bis nach Frankfurt?"

„Für die Zeit ‚danach'."

„Dann ist der steile Aufstieg, die Karriere von Larry Libuda und seiner Unternehmensgruppe G.F.E. baden gegangen, in der Ruhr."

„In der Emscher, sang und klanglos", knurrte er.

„Klanglos? Soviel ich weiß, klingt auch außerhalb von Borbeck irre Musik. Blues und RockJazz in New Orleans, irre Sambas an der CopaCabana, in Argentinien dramatische Tangos – je weiter wir uns ‚nach Süden vorarbeiten', desto sang- und klangvoller der Sound, geradezu göttlicher JuwelenJubel –"

„Tröstet mich alles wenig, wenn mich am Ende der Knast zu Essen-Borbeck einlocht."

„Ich merke, Du hast noch immer kein Vertrauen zu mir. Und der Grund: Deine Gleichung Leila gleich Kobra stimmt nun mal nicht."

„Wie soll ich Vertrauen finden, wenn Du so windige Pläne machst. ‚Halbe halbe'. Mit Sachen, die uns nicht gehören –"

„‚Gehören'. Ich hör nicht richtig. Wer immer das gebraucht, dies Wort ‚gehören' – dem gehört was hinter die Löffel. Gehören gehört gehörig abgehört und aufgehört. Auch und gerade durch den Chef einer ‚Gesellschaft für Eigentumssicherung'."

„Mir wird immer klarer, daß Du –"

„– daß ich – was?"

„– nichts weiter bist als 'ne Räuberbraut."

„Vorsichtig mit Deinen Erregungen. Und mit Deinen Urteilen. Zum Beispiel solltest Du mir Genaueres über die Null aus Oggersheim erzählen. Ich hab von Dir nur mitbekommen, daß da auf Maulwürfe geballert wurde. Über den Raub vom Ende Dezember weiß ich noch so gut wie nichts."

„Was hat er Dir erzählt?"

„Hat mir immer nur vom Besitz der Lufthansa vorgesäuselt. Für erstaunliche Werte habe er einen Beratervertrag. Fundstücke hätte er zu Geld zu machen."

„Beachtlicher als seine Märchen scheint mir, daß auch diese, wie Du sagst, ‚Null' aus Maulwurfverhältnissen kam. Der Vater war Arbeiter. Der Sohn sollte schaffen, was in der Familie nie gelungen war, weder im Krieg noch im NachKrieg. Er aber erreichte es. In erstaunlichem Tempo die höchsten Ziele, machte Abitur, studierte, bestand Examen, promovierte, wurde angesehener Politiker, schließlich Beauftragter der potentesten Industrie seines Landes, der Pharmabranche."

Larry berichtete, was er wußte vom Kanzler-Nachbarn. Der Bus hielt, ‚zwanzig Minuten Pause', hieß es. Sie gingen durch kalte Nachtluft, unterm Sternhimmel, zu einem Gasthaus, Kaffeepause in der Oasenschenke.

Larry erzählte weiter, was er aus Protokollen und Presse über den 28. Dezember wußte, über jenen mysteriösen Nachmittag im winterlichen Baden-Baden. Aus dem Köfferchen des Staatsanwalts hatte er die Liste der Raub- oder ‚Fundstükke' mitgenommen. Die steckte in seiner Jacke.

Saßen dann wieder im Bus, fuhren weiter nach Süden. Nachdem er wiederholt gefragt hatte, warum sie all diese Einzelheiten so genau wissen wollte, erklärte sie: „Einzelheiten sind entscheidend. Wintermäntel mit grauem Fischgrätenmuster. Das Verpacken eines Liebespaars mit Klebeband. Maulwürfe haben halt selten die große Freiheit. Schon gar nicht bei der Wahl ihrer Mittel –"

Er sah sie an. Nickte. „Manchmal muß halt Kordel helfen. Bindfaden und Klebpapier."

„Oder eine Kreditkarte," sagte sie, „wenn nicht ‚American-Express' von der Lufthansa, dann eine vom Staat."

Er tat erstaunt. „In meinem Geldtäschchen sind jetzt nur noch 20 Ägyptische Pfund. Umgerechnet zehn Mark."

„Außerdem die staatliche Kreditkarte aus Baden-Baden."

„Auch die. Der Blick der Kobra dringt in jede Ecke, der Panther bringt vor Blindheit nichts zur Strecke." Er spürte ihren Mund an seinem Nacken. Hörte sie flüstern. „Bringt nichts zur Strecke? Am Ende also eine wie mich?"

Er atmete tief, faßte sich rasch wieder und konnte fragen: „Hast Du nun aus all dem, was ich Dir über Deine Zürcher Bekanntschaft mitteilen konnte, eine Erkenntnis gewonnen? Womöglich irgendeine Strategie? Für Deine Pläne, Dein künftiges ‚prima Leben'?"

Sie schaute ihn an. Es kam ihm vor, als balancierten beide auf einem Seil aufeinander zu – das ging nur gut, wenn einer von beiden absprang – nicht wahr? Oder aber abstürzte –

Lange und eindringlich schaute sie ihn an, prüfend. So schien es ihm. Schien dann zu nicken. Vielleicht waren es nur die Rüttel- und Schleuderbewegungen des ‚SuperJet', die dies Kopfnicken verursachten.

Schließlich sagte sie: „Laß mich darüber nachdenken. Und zeig mir mal bei nächster Gelegenheit die Liste der Stücke, die als geraubt gemeldet wurden. Könnt' sein, auch daraus gewinne ich Einzelheiten. Anhaltspunkte – für meine ‚Strategie'".

„Du machst es spannend. Deine Pläne scheinst Du also nicht aus Grundsätzen zu basteln, sondern aus Einzelheiten."

„Wir teilen uns die Arbeit. Die Kobra beißt den Maharadscha. Der Panther lockt die Ziege in die Datscha."

„Bravo, auch beim Dichten krieg ich einen prima Partner. ‚P' wie ‚Partner'."

„Nicht nur beim Dichten."

„Wirklich?"

„Auch bei – Erkenntnissen."

„Aha. Dabei sorgst Du für die Einzelheiten, ich für die Grundsätze?"

„Ich hasse Grundsätze. Daß die Branche dieses Oggersheimers zu den ungehörigsten WeltVerbrauchern gehört und zu den übelsten Ausbeutern sowieso, für solche Erkenntnisse benötige ich keine Grundsätze. Brauche ich also nichts nach Art unserer Kanzler, sondern schlichtes Beobachten. Der Einzelheiten. Ob in Borbeck oder in Oggersheim. Ebenso wie in dieser verwüsteten Wüste. Zwischen Alexandria und Kairo."

Er schwieg. Mochte eine Weile nicht weiterreden. Genoß

die wechselnden Lichter, die immer wieder vorüberglitten, über die Scheiben huschten, über ihr Gesicht. Müdigkeit und ein bißchen Kälte kamen auf. Sie hatte ihren Kopf angelehnt, an seine Schulter. Hielt ihre Augen geschlossen. Er konnte jetzt unmöglich die Augen schließen. Woher nahm sie ihre Sicherheit. Er sah hinaus, mit weit geöffneten Augen, unruhig und müde zugleich, verwirrt. Versuchte zu erkennen, ob das draußen noch oder schon wieder Stadt war oder Wüste oder was nun eigentlich. Erkannte schließlich LeuchtSchriften, große europäische FirmenNamen. Sie bewegte sich sanft. Mit geschlossenen Augen. Schlief also nicht.

„Sag mal, ist das jetzt schon Kairo?"

Sie sah hinaus. Beobachtete eine Weile die Neonbilder, die Schatten, Umrisse. Sah zur Uhr. Dann wieder hinaus. Sagte dann leise: „Wär's jetzt nicht drei Uhr, sondern sieben, dann sähst Du, in der ersten Morgensonne, das Erstaunlichste, das Größte, was das Morgenland zu bieten hat. Wenige hundert Meter von hier. Die gewaltigen schrägen Mauern. Leider ist nicht mal Dämmerung. Und derzeit auch kein Vollmond. Aber trotzdem" – sie wendete sich vom Fenster ab, griff ihm mit beiden Händen in den Nacken – „eins sag ich Dir, Du ReservePanther, blind, stumm und untauglich wie Du nun mal bist: wir Ausländer, wir sollten zusammenhalten. Grundsätzlich. Ist Dir das klar?"

„Wir ‚Ausländer'?"

Sie beugte sich vor und ließ ihm zum Antworten oder Weiterfragen keine Redefreiheit.

In der Abflughalle eilte sie voraus, zwischen schlafenden Reisemenschen sah er sie gehen; auf Bänken, in Sesseln schliefen diese Menschen, deren Ruhe und Gelassenheit erschienen ihm vollkommen unpassend. Wie konnten, wo er vor Aufregung vibrierte, fast alle anderen in gepolsterten Winkeln liegen, auf Plastikschalen, wie konnten die träumen und schlafen, wenn ihnen eine Kobra so nahe kam; er schob die

GepäckKarre mit ihrem Riesenkoffer hinterher, durch lange Hallen. Sie betrachtete an den Schaltern die ausgehängten Flugziele, einige Abfertigungen waren in Betrieb, an einem wurde gerade das Licht eingeschaltet, an den meisten gab es keinen Dienst.

‚Los Angeles' war da zu lesen. ‚San Francisco', aber auch ‚Frankfurt', ‚New York', ‚London'. Dann wieder ‚Rio de Janeiro'.

„Na bitte", hörte er sie. „Wie wär's – von hier aus, via Genf, zur ‚Copa Cabana'?"

„Wahnsinn wär das."

„Was ist?"

„Meinst Du sowas im Ernst?"

„Nur sowas meine ich im Ernst. Oder sollen wir etwa nach Frankfurt?"

„Aber doch nicht nach Rio – wie soll ich das begründen – wie glaubwürdig wäre das. Überleg doch mal. Ich muß ja meiner staatlichen Stelle jeweils klarmachen, daß ich hinter den Preziosen her bin. Und zwar erfolgversprechend."

„Bist Du ja auch. Auf geradezu unheimliche Weise erfolgversprechend. Ich sehe, ich muß es Dir irgendwann doch mal erklären, genauestens." Sie hatte ihren Arm unter seine Jakke, sein Hemd getan, an eine Stelle, die er für unzugänglich gehalten hatte. Löste sich ebenso plötzlich aus dieser Verbindung, steuerte unter dem Ruf „heiliger BimBam" auf einen der Schalter zu, ging mit einer Entschlossenheit, die Larry erschreckte, auf diesen Schalter zu, und zwar auf den, auf dem ‚Rio' angezeigt war. ‚Genf – Rio'.

Einen Augenblick stand er wie gelähmt. In seiner Borbeck-Welt war ‚Kobra' immer der Gegner gewesen. Niemals der PantherPartner. Gegen diese Verkehrung halfen ihm auch KobraVerse wenig. Plötzlich tat er seinen berühmten Ruck, seinen PantherRuck, stieß den KofferKarren voran, und im Nu stand er neben ihr, bat um eine Erklärung. „Warum stellst Du Dich hier an?"

„Weil ich bemerkt habe, daß unter dem Genf-Rio-Schild auch ‚Buenos Aires' zu lesen ist. Siehst Du? In kleinerer Schrift."

„Sag bloß, Du willst – verrückter geht's ja wohl nicht –"

„Argentinien ist der Welt zweitgrößtes SchieberParadies, nach der Schweiz. In Argentinien habe ich einen Onkel. Der Bruder des Herrn Willuweit lebt in Buenos Aires und kennt dort sämtliche OdienSpezialisten und Gauner und Gangs –"

„Schön und gut, aber es ist Wahnsinn. Das ist auf der Südhalbkugel. Ist Dir klar, daß wir um die halbe Erde herumfliegen würden? Die haben jetzt Hochsommer –"

„Um so besser. Wunderbar. Nichts wie hin. Nur im Dschungel, Du DschungelPanther, gelingt ‚prima Leben' – klar?"

„Mir ist nur klar, ich gerate ins Schleuderprogramm."

„Mich schleudert diese Nordhalbkugel. Diese trübe pharmazeutische Nordhalbkugel. Die nervt mich seit langem." Sie rückte um eine Position nach vorn. In der Schlange, die sich vor der Swissair-Abfertigung gebildet hatte.

Er stellte sich hinter sie, hielt sich an den Kofferkarren. Und murmelte. Die Kobra lockt nun ein Verwandter. Von seiner Ziege träumt vergeblich unser Panther.

„Hast Du was gesagt?" Sie drehte sich um, sah ihn spöttisch an. „Trägst schon wieder Deinen Testosteron-Wärmer? Tu ihn besser ab."

Er steckte das Käppi in die Jackentasche.

„Du siehst irgendwie bedrückt aus, Larry. Hattest Du nicht vor, Dich immer weiter nach Süden vorzuarbeiten? Damals, als Du noch im Preisausschreiben gewonnen hattest? Du leidest offenbar an einem geheimen feinen Kummer. Ist Dir gar schlecht?"

Er ließ den KofferKarren los, stützte sich dann aber doch wieder auf das Eisen, um sagen zu können: „Ehrlich gesagt, es kommt mir vor, als würde ich jetzt dem Gauner, statt ihn zu jagen und festzunehmen und ihm die Beute abzuknöpfen, die Fluchtreise finanzieren."

„Richtig, exakt so ist es. Diese Gauner von heute kennen kein Pardon, selbst den seriösesten Landesvater tricksen sie aus. Man sollte, bevor man sie jagt, eine Versicherung abschließen. Möglichst in der Schweiz. Denn was Du beschrieben hast, ist bittere Realität, selbst cleverste Herren fallen drauf rein."

Er starrte sie an. Und stotterte. „Die Kobra feixt. Der Morgen dämmert. Die Ziege zetert."

„Und der Panther blickt belämmert. Ich höre und sehe es."

„Weil Du den Panther tatsächlich zur Minna gemacht hast. Zum Maulwurf. Zur Duckmaus."

„Wart's ab, Schnuffi. Wenn wir hinterm großen Teich sind, dann, in aller Ruhe, werde ich Dir vorrechnen, wie unsere Bilanzen aufgehen. Deine wie meine. Das Ganze ist nunmehr reine Vertrauenssache. Nicht wahr? Es war schon immer überaus riskant, sich zu verlieben. Und das auch noch öffentlich einzugestehen."

„Ich brauche einen Kaffee."

„Ich bin sicher, im Flugzeug bekommst Du einen. Setz Dich bitte auf diese Karre, meinetwegen auf den Koffer, der ist stabil. Willst Du ein Pfefferminz? Ich hab noch zwei in meinen Kostüm-Täschchen. Du siehst kreideweiß aus – daß ich das noch erleben durfte – ich dachte, die wären ausgestorben – die echten Panther, die weiß gebleichten –"

Im ersten Frühlicht schob sich der Swissair-Jumbo aus dem Dunst, hob sich über Kairo, sie hatte ihm den Fensterplatz gelassen, behandelte ihn mit verwirrenden Freundlichkeiten, überschüttete ihn geradezu mit Geisha-Fürsorge, blieb freilich nie ganz ohne Spott. „Da siehst Du sie – voilà – da hast Du sie, Deine Pyramiden – Deine Wüste – schau Dir das alles genau an – hättest Du mich nur gejagt und gestellt und mir die Beute abgenommen, Du hättest nie dies Morgenland zu sehen bekommen."

Er nickte, schwieg. Registrierte in allen Augenwinkeln die schönsten Bilder, das goldglänzende Land dort unten und dann, im rosigen Morgenschimmer, ihr Gesicht, ihren Mund, ihre Augen. Er nickte wieder, Mona-Leila-Gesicht. Betrachtete sie, schüttelte leicht den Kopf.

„Worüber wunderst Du Dich?"

„Über diesen Morgenland-Anblick."

„Wieso ist der zum Kopfschütteln?"

„Der ist das einzige, was ich bisher verstehe."

„Versteh nicht, was Du meinst."

„Ich sehe ein, daß dieser Anblick in der Tat eine Entschädigung ist. Für meine geballte Dummheit. Eine einmalige Wiedergutmachung. Die wahrscheinlich einzige für meinen Leichtsinn."

Sie lächelte eine Weile zurück. Rückte sich im Sitz ganz zu ihm herum, ins rosige Morgenfensterlicht. Und sagte dann: „Nun maule man nicht. Ich bin auch anderswo schön. Nicht bloß zwischen Augen und Mund. Gib mir Deine Hand."

Er gab sie, sie legte sie auf ihr Knie, nahm sie in ihre Hand, führte sie weiter vorwärts, dorthin, wo Durchsicht und Einsicht endeten, in der Enge zwischen den Sitzen war eh kaum Raum, nichts zu erkennen, kein Licht, aber er spürte weiterführende Wege, Dschungelpfade. Die Kobra, die erkennt bereits, auch Panthermord hat seinen Reiz.

„Seufz nur. Hauptsache, Du maulst nicht mehr. Es gibt noch andere ‚Entschädigungen', vielerlei geheime, Morgenlandwunder wie Abendlandzauber. Wart's ab. Dann spürst Du nicht nur Juchtenleder, auch andere Felle, alles sehr dicht neben Dir."

„Du arbeitest mit allen Mitteln, wie? Wo lernt man das, als Kauffrau in Berlin? Doch nicht als türkische Tochter? Etwa von diesem Onkel in Argentinien?"

„Du kannst von Kobras halten, was Du willst – schön sind sie. Auch meine Mutter ist noch immer eine sehr schöne Frau. Der Herr Willuweit konnte daran mit seinem Preußengesicht kaum was verderben. Aber vielleicht war er selber nicht ganz so häßlich wie die meisten Deutschen."

„Haste ihn etwa nie gesehen?"

„Bis heute nie. Von Fotos. Als er sie sitzen ließ, mußte Mutter zurück, von Berlin nach Adana."

„Du bliebst in Berlin?"

„Die Schande sollte erst mal verborgen bleiben, meinte der Onkel. In einem Heim. Blieb aber nicht verborgen. Ich war zur Adoption freigegeben. Aber die West-Berliner fanden den Mischling nicht schön genug. Zu dunkel, zigeunerig oder so. Am Ende kamen auch andere aus unserer Sippe in den Wedding und nach Kreuzberg. Holten mich ab und haben Herrn Willuweit verklagt. So daß er für die Mutter und mich zahlen mußte. Für meine Ausbildung. Zur Dolmetscherin, Kauffrau. Jetzt schau lieber nochmal raus. Da unten siehst Du wieder Alexandria. Schau Dir's an. Den Riesen-MaulwurfsAcker."

Im flachen Sonnenlicht die MassenStadt. Fünfzig Kilometer lang die Küstenkette der Hochhäuser. Zwischen Mittelmeer und Binnensee die Betonburgen, der immer neuen, der nach Osten wie Westen explodierenden, der überfüllten alten KolonialStadt.

„Was macht Dein Onkel in Argentinien?"

„Arbeitet bei einer Zeitung. Auch den Onkel hab ich nie gesehen. Genaues weiß ich nicht. Nach allem was ich gehört habe, hat er optimale Beziehungen. Wird mir helfen – beim Verkauf der beiden Ringe. Ist zu allem möglichen zu gebrauchen. Auch zu Unmöglichem."

„Zwei Ringe sind also noch übrig? – Erzähl mir mehr über ihn –"

„Wart's ab. Bin genauso neugierig wie Du – erzähl lieber Du. Wer waren *Deine* Eltern. Nicht Libuda, sondern Sprickmann."

„Vater aus'm Plattland Münsterland. Jüngster auf'm Bauernhof. Nach dem Krieg wurden die jungen Männer ins Ruhrgebiet gelockt, in den Bergbau. War der beste Job damals. Lebten in Barackensiedlungen, „Bullenklöster" sagten die Leute. Nach und nach wurden kleine feine Häuschen frei, in den Siedlungen, den ‚Kolonien'. Dann konnten sie heiraten, die Eltern."

„Geschwister?"

„Drei Brüder."

„Der jüngste das Cläuschen?"

Er nickte. „Zu nichts zu gebrauchen. ‚Ein Träumer', sagte die Mutter."

„Den schickten sie aufs Gymnasium."

„Woher weißt Du das alles. Ja, den schickten sie in die Träumerkaserne. Und dort machte der tatsächlich Abitur."

„Wie der Herr aus Oggersheim."

„Nicht so glatt. Mehr oder weniger mühsam. Nur mit Hilfe seines klugen Banknachbarn, Ewald, ‚Ömmes'."

„Jetzt Staatsanwalt zu Baden-Baden?"

„Richtig. Anfangs wollte sich Claus-Ludger auch nach dem Abitur an den dranhängen. Beim Studium. Aber nach den ersten Semestern in Münster zog der Ewald in die Ferne, nach Freiburg. Geld für Freiburg und für'n eigenes Zimmer hatten die Bergleute Sprickmann nicht. Außerdem begannen Larrys Jura-Studien nicht sehr erfolgversprechend."

„Rechtsanwalt nennst Du Dich nur, wenn Du junge Frauen umzingeln willst –"

„Brach nach zwei Semestern die Versuche ab und ging ins Bergbaubüro, ins ‚Kohlensyndikat' nach Essen, in eine der zweitschönsten Kasernen dort. Ohne daß ihm je klargeworden wäre, was er dort und künftig eigentlich wollte. Im Grund realisierte er auch im Büro seine Lieblingsträume. Frei nach seiner Lieblingslektüre. Mindestens à la Sherlock Holmes. Und nutzte schließlich seine schlichten Grundkenntnisse vom Rechtswesen –"

„– und eröffnete eine Detektei. Panther und Company."

„Das ging solang gut, wie Ehen noch nach dem Zerrüttungsprinzip geschieden wurden. Ich war sehr tüchtig im

Herbeischaffen fürchterlicher ZerrüttungsMerkmale. Notfalls –" – er seufzte.

„Warum erzählste nicht weiter?"

Er schaute hinaus, aufs graublaue Meer hinunter. Auf seidenzarte Wolkenstreifen.

„Was war ‚notfalls'? Wenn keine ‚Zerrüttung' vorlag, hast Du selber dafür gesorgt?"

„Ich spüre, ich muß Dir gar nichts erklären. Du weißt eh immer schon alles." Er beugte sich nun doch vom Fenster fort, tauchte wieder ein wenig ab, in die Dunkelheit zwischen Sitz und Sitz, senkte den Kopf dort hinein, kam dann doch lieber wieder in die lichteren Höhen, und summte, mit den Lippen vorwärts schnirchelnd, zwischen ihrem Ohr und ihrem Mund schnürend, saugend, äsend, einige vorläufige Worte. „Womöglich – wenn ich ins Unreine grübele –"

„– was dann?"

„– dann sollten wir beide tatsächlich Compagnons werden. Kobra, Panther und Company."

„Erzähl mir mehr von Dir. Von Deinen Aufträgen. Zum Beispiel von Deinem letzten."

„Zoll war's nicht."

„Was dann?"

„Geheim. Wie alle meine Aufträge in letzter Zeit. Strengstens geheim."

„Entweder wir sind 'ne Gang und erzählen uns alles oder –"

„Ostpreußen erzählen sich nie was. Willuweit und Libuda waren bei der letzten Vertriebenen-Olympiade Vizemeister im Totschweigen."

„Aber meines Wissens sind Panther als Schwätzer fast so anerkannt wie Dichter."

„Na gut. Dann muß ich's also rauslassen. Mein letzter Auftrag war eine Ausspähung."

„Staatlich?"

„Im Auftrag der bayerischen Landesregierung. Ich sollte die wahren Personalien derjenigen ermitteln, die sich, verkleidet als Parkwächter und TierTreiber, in dem Moment, in dem der wohllöbliche bayerische Ministerpräsident Franz Josef Strauß nach reichem Mittagsmenü, Jägerschnitzel mit Kohl, Pommes und Starkbier, im Garten seines fürstlichen Gastgebers leicht stolperte, mit so verdächtig starker Hilfsbereitschaft auf den stürzten, der, wie gesagt, nur grad so mal leicht gestrauchelt war, und die nachher, als man feststellte, daß sie dem Landesvater sieben Rippen zerstört hatten und die Atem- und Verdauungswege, behaupteten, sie hätten nur ihre Pflicht getan und ganz normale erste Hilfe angewendet."

„Und? Was hast Du rausgekriegt?"

„Wie gesagt, streng geheim. Grenzt an Majestätsbeleidigung, womöglich an Lästerung. Kenn mich da so genau nicht aus. Jedenfalls muß nach meinen Ausspähungen die Regierung des Freistaats davon ausgehen, daß es sich bei den sieben kurzfristig gemieteten JagdTreibern um Anarchos gehandelt hat aus der Berliner Spaßguerilla. ‚Kommando Pimperle'."

Sie lächelte, nickte. „Beim Dichter wird die Ziege selbst zum Täter. Der Panther ist und bleibt ein Schwerenöter."

„Die Kobra mehr Textilvertreter. – Du siehst, beim wechselseitigen Besingen funktioniert sie bereits, unsere Zusammenarbeit. Wie hast Du's heute Nacht gesagt, im ‚SuperJet'? ‚Ausländer sollten zusammenhalten'?"

„‚Hab ich gesagt."

„Inzwischen begreif ich's. Höchstens in Borbeck-Bergeborbeck, Rechtsstraße, ist Claus-Ludger Sprickmann *kein* Ausländer. Obwohl, wenn man's genau nimmt, in Essen sind Träumer oder Dichter eh Ausländer."

„Du Ärmster. Stellst Du mir jetzt einen Asylantrag?"

„Vorläufig einen auf Entschädigung."

„Bewilligt."

„Für wie lange?" fragte er. Er spürte ihre Fingerspitzen. „Eine Woche? Oder sogar zwei?"

„Länger dürften wir Dein StaatsKonto eh nicht zur Verfügung haben."

„Kommt ganz drauf an, wie überzeugend ich diese neue Reise begründen kann."

„Wenn Dein BankNachbar ‚Buenos Aires' hört, wird er aus allen Wolken fallen."

„Noch mehr die Versicherungen, die Presse, die Politiker – alle, die nun endlich wissen wollen, wo sie geblieben sind, die ‚Fundstücke' aus Baden-Baden. Der brillante Schatz."

„Also einverstanden. Ein bis zwei Wochen volles Asyl. Mit allen ‚Entschädigungen'. Für notleidende Maulwürfe aus der Emscher – abgemacht."

„Und danach?"

„Müssen wir auf eigenen Beinen stehen."

„Als Compagnons?"

„Ich werd's Dir erklären. Am Rio de la Plata. Jetzt schau sich einer diesen wunderbaren Zuckerhut an."

„Wieso" – er sah zum Fenster hinaus, eine Inselgruppe war zu erkennen, etwas Schneebedecktes – „Zuckerhut? Wir sind nicht mal in Genf."

„Eben. Steile Wände, riskante Steilwände sind erst später an der Reihe. Viele Stunden später." Sie strich ihm über die Region, in der sein Zuckerhut Steilwände bildete, drückte den Aufstand ein wenig nieder und raunte nun auch ihm wieder einige vorläufige Worte ins Unreine, zwischen Nakkenbeuge und Ohr.

„Wart's ab," verstand er. „Ich werde das alles, die ‚eigenen Beine' und die ‚Entschädigungen', sobald sie an der Reihe sind, sorgfältig in die Hand nehmen.

BUENOS AIRES

Im ‚El Bisonte' an der ‚Straße des 9. Juli' war auch kurz vor Mitternacht noch ein Doppelzimmer frei gewesen, unterm Dach, wiederum die Nummer 511, Zufall, klar. Sie duschte, er verlangte, kaum hatte er vom Balkon aus einigermaßen Lage und lärmende Stadt-Atmosphäre registriert, über den TelefonService eine Verbindung nach Deutschland.

„Grüß Dich, Larry – wat gibtet?"

„Leichte Standort-Verschiebung. Die Räuberbraut ist mit den Beweismitteln ab und weg."

„Wie?"

„Übern großen Teich."

„O je – wohin?"

„Nach Argentinien."

„Mein Gott, konntest Du die nicht krallen? Einwickeln? Dir fiel doch sonst bei solchen Damen immer was ein. Früher jedenfalls."

„Auch diesmal fiel mir was ein. Aber – wie gesagt, in Alexandria gab's Probleme. Wenn ich wieder im Schwarzwald bin, öffne ich Dir meinen Busen zur Gänze. Ob Du's glaubst oder nicht, er ist verletzt. Blutunterlaufen."

„Wie bitte? Wer ist – ?"

„Der Busen. Wie gesagt, es gab einige brenzlige Augenblicke. Und die Lady war ziemlich haltlos."

„Wie?"

„Kaum zu halten."

„Sie ist also verduftet? Oder was ist los –"

„Zum Glück auch ich."

„Was heißt das – ‚auch ich'."

„Das heißt, daß ich hinterher bin."

„Was – ?"

„Auch ich bin in Argentinien."

„Wie bitte?"

„Ich telefoniere aus Buenos Aires."

„Wahnsinn! Sag mal – wie denkst Du Dir das – hör mal – Du hättest mich unbedingt konsultieren müssen – vorher –"

„Langsam, Herr Konsul, wenn Du so weiterredest, wird mir das Gespräch zu teuer. Ich geb Dir jetzt die Nummer hier, und Du rufst zurück, klar?"

Nannte Telefon- und Zimmer-Nummer, legte auf. Und sah, daß sie aus dem Bad gekommen war, mithören wollte. Wikkelte sich in das weiße Frottiertuch und achtete bei den Versuchen, sich einzuwickeln, sorgfältig darauf, daß jede Region vor seinen Blicken gut verborgen wurde.

Angriffslustig lärmte der Apparat, er nahm den Hörer, Frau Steinel rief ihr Erstaunen aus, „– nun also in Buenos Aires? also nein –", und verband, und ehe sein Ewald zu mahnen begann, kam ihm Larry zuvor. „Hätte ich Sie konsultiert, StaatsEwald, dann wär die zu überwachende Dame längst und spurlos weggewesen, samt ihren interessanten Objekten. Meine Entscheidung in Alexandria war die Sache von weniger als fünf Minuten. Wat heißt Minuten, Ömmes – glaub mir, 't warn Sekunden!"

Als Antwort hörte er nur Rauschen, aus dem Schwarzwald.

„Bist Du noch dran?"

„Ich höre."

„Entweder Du gibst mir so einen Auftrag – den Auftrag, einen internationalen Fischzug zu klären – oder wir setzen uns von Anfang an in den ‚Landprinzen', rund um den Salat, oder in Euren ‚Forellenhof', und essen Kirschtorte. Mit Sahne, woll?"

Nun kamen Reaktionen, allmählich. Erst ein Räuspern. Dann ein „Hör mal."

„Auch ich höre."

„Nun hör mir mal gut zu."

„Machet nich zu lang. Tällefonkosten."

„Eben. Um die Kosten geht es jetzt."

„Ich weiß."

„Was weißt Du."

Nun warf sich Larry Libuda wieder einmal blitzartig herum, konnte das jetzt wie früher, ohne Brustsschmerz, hockte sich aufrecht hin, der PantherPartner, und erklärte: „Dein Banknachbar Larry aus Bergeborbeck weiß folgendes: Die Kosten einer staatsanwaltlichen Ermittlung und Verfolgung sollten, unter steter Berücksichtigung der Verhältnismäßigkeit auch der finanziellen Mittel, zehn Prozent vom Wert des zu erstreitenden Rechts bzw. des zu erbringenden Objekts nicht überschreiten. Tunlichst. Habbich dat jetz einigermaßen richtich zitiert? Aus Eurer staatlichen Spesenordnung? Da gibbet doch diese Zehnprozenthürde, an die sich nur die Bekloppten halten. Die da unten, Dösköppe wie ich. Angenommen unser zu verfolgendes Schätzchen ist, wie ich Euren Unterlagen entnehme, zwei und eine halbe Million Wert, dann darf ich ergo für zweihundertfuffzich Riesen Spesen schinden. Diese Hürde habbich bislang noch nich ma annähernd überklettert – is Dir dat klaa?"

„Das ist eine Kann-, keine SollVorschrift."

„Wie bitte?"

„Es *müssen* ja nicht immer gleich zehn Prozent verpulvert werden, Mann."

„Ich bin derzeit bei nicht mal zwei Prozent, Mann. Der einzige Schönheitsfehler, den ich bislang erkennen kann – oder ‚soll'? – ist der, daß ich zum Erreichen unserer hochgesteckten staatlichen Ziele die Dame Willuweit einzuladen gezwungen war."

„Wie bitte? Wozu einzuladen –"

„Flug hierher und hiesiges Hotel."

„Bist Du verrückt? Die Gangsterbraut auch noch einladen?"

„Jetzt tu nicht provinzieller, als es unsere Borbecker Vergangenheit zuläßt. Erstens ist sie keine Gangsterbraut, sondern wurde dito übers Ohr gehaut – oder heißt das ‚gehaun' – is auch egal – abba grundsätzlich: Ohne solche Kniffe wie Bakschisch und Einladungen geht nun mal nix mähr, jedenfalls nich in den BakschischBreitengraden dieser Erde und die reichen bekanntlich bis Baden-Württemberg, is dat klaa? Dat Ganze is, wenn ich so sagen darf, eine heikle, eine Vertrauenssache."

„Könnteste das, bitteschön, konkretisieren?"

Larry Libuda konnte in diesem Augenblick kaum, hatte Visionen vor sich und reale Tempel aus heiklen Vertrauenssachen. Zitterte leicht, suchte nach Atem, fand ihn schließlich, nach einem tiefen Seufzer, wieder und redete dann sehr ruhig weiter, während er im Nacken Belebung spürte und Vertrauen: „Ganz konkret: Mit einer Bezeichnung wie ‚Gangsterbraut' wäre ich, an Deiner Stelle, sehr viel zögerlicher. Als Staatsanwalt sogar bei Telefongesprächen. Diese deutsch-türkische Dame, die ist zwar mit allerhand Kaufmannsmethoden gewaschen, aber im Grunde, soviel ich bislang erkennen konnte, eine vollkommen reelle Haut. Wer fortwährend währungsmäßig unterwegs ist, Import-Export, wer durch Drittländer reist, der wird irgendwann auch mal eine Zollbestimmung nicht genau genug beachtet haben, was soll's. Deswegen ‚Gangsterbraut'? Entscheidend ist folgendes: Dieser GroßKotz aus Oggersheim hat auch ihr die Hucke vollgeschwindelt. Hat sie mit Geschenken geblendet. Hat sich auch ihr als Abgeordneter ausgegeben, als Parteichef, was er bekanntlich ebenfalls nicht mehr war. Zur Krönung auch noch als Berater der größten deutschen Luftlinie, was er gleichfalls sang- und klanglos nicht mehr war. Um die Täuschung perfekt zu machen, band er der Lady obendrein das Märchen auf, er habe den Auftrag, die kostbarsten Fundstücke, die sich im Lauf eines Jahrzehnts auf Flughäfen wie Frankfurt einfinden, nachdem sich kein Besitzer gemeldet habe, veräußern zu sollen. Dabei, nur dabei, Freund Ewald, war die Kauffrau Willuweit bereit zu helfen."

„Und zu diesem Zweck war sie bereit, nach Istanbul zu düsen, von dort nach Alexandria auszuweichen und nunmehr bis nach Buenos Aires –"

„Die Route trifft zu. Die von Dir unterstellten Motive weniger. Sie flog diese Strecken aus ermittelbaren Gründen. Ich werde dahinterkommen. Hinter jede Einzelheit. Wir kampieren nunmehr in zwei Zimmern des Hotels ‚El Bisonte' in Buenos Aires. In spätestens zwei Tagen werde ich mich melden, wieder genau um diese Uhrzeit. Und werde Dir mitteilen, was aus den bewußten Objekten geworden ist. Über deren Verbleib wird sie sich nur dann trauen, was Reelles auszuplaudern, wenn sie annähernd Vertrauen hat. Wenn sie weiß, daß sie nicht reingelegt wird und daß ihr keine Strafe droht."

„Hast ihr doch inzwischen wohl klarmachen können, um was für Objekte es sich in Wahrheit handelt."

„Tut mir leid, Ewald, früher war es bei uns immer eher umgekehrt. Bei Geschichte und Religion warst Du der Schlaumops. Inzwischen bist offenbar Du es, der Nachhilfe braucht."

„Blumen für den Staatsanwalt – danke. Ich höre."

„Begreife folgendes. Anfangs hielt Kauffrau Willuweit *mich* für einen Gangster. Der irgendwie herausgeschnüffelt haben mußte, mit welchen Werten sie unterwegs war. Der sich in ihr Geschäft drängeln wollte, womöglich brutal. Später hielt sie mich für einen von der Zollfahndung. Daher ihre Fluchtbewegungen. Ihre Abwehrversuche. Deswegen dann auch meine Probleme in Alexandria. Ich kann Dir sagen – blutige Angelegenheit. Details später. Beantrage schon jetzt bei der zuständigen Stelle Schmerzensgeld."

„Im Ernst?"

„Weiter im Text: Inzwischen, auf dem Flug hierher, konnte ich Frau W. in der Tat aufklären über den wahren Warencharakter, über die Besonderheit dessen, was sie da hatte verwerten sollen, für unsern ParteiStrategen. Inzwischen konnte ich ihr auch meine Identität klarmachen und so weiter."

„Und? Wie reagierte sie? Kooperativ?"

„Nachdem ich sie eingeladen hatte, durchaus. Schließlich hatte auch sie Auslagen."

„Sind bewilligt."

„Na bitte."

„Und jetzt? Rückt sie die Dinger nun raus? Oder verkauft sie die? Kriegen wir wenigstens vorher noch Fotos von den Colliers, Armbändern oder wie sieht's aus?"

„Meine Aufgabe in den nächsten beiden Tagen ist, in logisch-chronologischer Reihenfolge, Punkt eins: im einzelnen festzustellen, welche Stücke sie bei sich hat. Punkt zwei: sie vom Verkauf dieser Stücke abzubringen und stattdessen die Stücke herauszurücken. Punkt drei: falls nur Punkt eins gelingt aber nicht Punkt zwei, wenigstens Dokumente über die Objekte zu kriegen, also beglaubigte Fotos, für meinen Freund Ömmes und seinen deutschen Rechtsstaat."

„Gehe hin und tue desgleichen."

Sie setzte sich plötzlich, umhüllt vom LendenFrotté, rittlings auf sein erregtes Rechtsgefühl. Öffnete ihre Tempelstützen und hockte sich, während er weiter zu telefonieren versuchte, auf das, was nach der Öffnung seines Bademantels als Zuckerhut gelten mochte. Lehnte sich nun vor, sehr weit vor, ja über ihn und drückte ihm badewasserwarme Beutel auf die Augen.

„Hallo? Bist Du noch dran?"

„Durchaus, Ewald." Larry sah zu, daß wenigstens Ohr und Hörer in Kontakt blieben, desgleichen, wenigstens sporadisch, Mund und Muschel. „Ich wollte sagen, ich tue also ‚desgleichen'. Bleibe am Ball. Was schon insofern nicht einfach sein wird, als die Madame hier bereits Kontakte geknüpft hat. Weil hier in Buenos Aires, wie sie mir, ungewöhnlich vertrauensvoll, andeutete, väterliche Verwandte leben."

„Vergiß nicht, zu drohen. Notfalls mit InterPol."

„Ewald, ich bitte Dich. Halt Dich zurück. Ich bin kurz vorm Ziel. Vermurks mir nicht jetzt diese Tour. Sollte sie auf Verkauf bestehen, weil sie wahrscheinlich nicht einsieht, daß ihr JuwelenHandel kaputt gehen soll, bestehe ich auf genauer Bestandsaufnahme, mache für Deine Anklage- und Beweis-Arie Fotografien, lasse notariell beglaubigte Gutachten bestellen und dergel – derglei –"

Das letzte Wort gelang nur noch gurgelnd, er bemerkte, daß sie wieder eine seiner Hände genommen hatte und sie dorthin tat, wo kühle Hände dringend vonnöten schienen. „Ich kann doch hier, fern der Heimat, auf der Südhalbkugel, unmöglich eine Frau verfolgen, polizeilich festsetzen lassen, die in gutem Glauben diese und jene Dinge von einem deutschen Abgeordneten in Kommission nahm."

„Kann ja sein, sie handelte in gutem Glauben. Anfangs. Aber spätestens nach der Festnahme ihres Geschäftsfreunds hätte sie sich sehr wohl bei uns melden dürfen. Statt ihrem Partner diesen Schlüssel, diesen Zürcher Bank-Safe-Schlüssel nach Baden-Baden zu bringen."

„Jesses, BankFreund, guck mal nach, ob Deine Hirnbüchse nicht doch noch einzuschalten ist und registriere dann, mit welcher Auffälligkeit sie ihrem sogenannten Freund den Schlüssel überbrachte, und dann denk auch ausnahmsweise mal mit den Nerven einer Frau. Die sich in einen interessanten Herrn zu Zürich weniger verliebt hatte, als daß sie bei ihm eine ungewöhnliche, eine reelle GeschäftsChance wittern durfte. Solange einer nicht rechtskräftig verurteilt ist, hat er als unschuldig zu gelten. Sogar ein Geschäftspartner. Hab ich mal irgendwo gelesen. Aber diese Sitte scheint seit der Steinzeit aus der Mode."

„Na gut. Ich hab ja nicht erklärt, ich will sie verhaften lassen."

„Es klang nach ‚InterPol'."

„Vergiß es."

„Frau W. durfte davon ausgehen, daß ihr Oggersheimer Partner das Opfer einer Verwechslung war. Diesen Dreh hat er ihr noch in der Zelle in Baden-Baden eingetrichtert. Und nun warten wir doch erst einmal ab, wie weit sie nach dieser stattlichen staatlichen Einladung zu diesem oder jenem Entgegenkommen bereit ist. Wie weit vor allem zum Verzicht auf das, worauf der Mensch gewöhnlich als Letztes verzichtet, auf das Geschäftliche. Glaub mir, ich versuche mein Möglichstes. Außerdem – hast Du nun endlich den Inhalt vom Hotel-Safe 17 holen lassen, aus der ‚Tiefenau'?"

„Hab ihn abgeholt, auf Deinen Rat hin persönlich, mit Gattin. ‚Tiefenau' ist in der Tat ein guter Tip. Und Zürich so höflich wie brutal."

„Na bitte, nun verfügst Du doch über hinreißende Beweismittel. Alles Weitergehende ist jetzt nur noch Luxus und Dollerei. Und darum Schluß mit dümmlichen Drohungen. Schluß auch mit diesem Gespräch, denk dran, was allein dies Telefonat kostet. Bewege Dich heute in zwei Tagen, exakt um diese Zeit, rund um Dein Büro-Telefon. Und beherzige, was Du mir selber kürzlich geraten hast."

„Was?"

„Endlich doch auch mal wieder die gute alte, die rostende Hirnbüchse einzuschalten."

„Bis in zwei Tage – tschökes Larry."

Er schob den Hörer in die Richtung, in der er das Telefon vermutete. Hinzuschauen war ihm nicht mehr möglich, ein Leib schob sich über sein Gesicht, der Leib nahm ihm den Hörer aus der Hand, legte den auf die Gabel.

„Jetzt weiß ich, woran ich bin", hörte er den Leib. „Nun darf ich mich endlich entschädigen. Haste was dagegen?"

„Entschädigen?"

„Für entgangene Geschäfte. Komm. Zieh diesen albernen Lappen aus. Endlich habe ich Sicherheit. Halber Erdumfang Distanz. Ich platze vor EntschädigungsLust. Jetzt biste dran. Weil ich nun weiß, woran ich mit Dir bin. Jetzt biste fällig.

Überfällig. Und ich bin gierig, Larrytoll, scharf, geil, nymphisch, such Dir aus, was Du brauchst. Ja, bleib bei Besinnung, bleib auf dem Rücken. Ich werde Dich jetzt mit allen Schikanen besteigen, ist Dir das klar? Irgendwas einzuwenden? Nein. Na bitte – Deine kaputte Panzerbrust, wie prima kalt die sich anfühlt. Spürste meinen BadeArsch? Tut das der juckenden Brust nicht gut? Zutiefst gut? Na also. Der meinen noch mehr. Jetzt komm ich weiter vor. Unerbittlich. Rück Dir aufs Sprechzentrum. Frechheit, der Kerl hält still, der genießt das womöglich. Ich verschmachte, und der genießt, er ist ein Wüstling, ein UnzuchtsUngeheuer. Wart, ich rück Dir näher, ganz dicht, unterjoche Dich, rasend plötzlich will ich das, Kobra übernimmt Dich jetzt. Aber diesem Schluri ist das alles gerade recht, guck sich eine das an, wie aufgeblasen, wie gespreizt, wie lüstern dieser ZuckerhutGockel – MaulWicht –"

So, leise wispernd, flüsternd, in wachsendem Forschungseifer, voller Entdeckerfreuden, raunend, gurrend, mit sich selbst murmelnd, Neuigkeiten registrierend, wertend, prüfend, abschmeckend, tastete sie sich vorwärts, auf ihm, vorkostend und wieder zurückrückend, maßnehmend, mit TempelGesäß und Händen, Hand anlegend, testend, gründelnd, schnorchelnd –

„– wohin ich fasse, forsche, sogar zum GegenPol hinüber, unter der Antarktis durch, alles eine einzige Kardanwelle, Energieträger – Spannungsbogen – Kraftübertragerei –"

Ihre zweierlei Hoffnungstrommeln schlugen allmählich schneller, rotierten, ihr jedenfalls nahm's nun den Atem, die Worte – Larry dagegen hielt sich in diesen Augenblicken in einer merkwürdigen Konzentration, man könnte behaupten, er verhielt sich kühl – nicht, weil er etwa erhaben gewesen wäre über das, was da über ihn hereinbrach und was er doch inständig herbeigesehnt hatte, nein, nicht aus Desinteresse, sondern aus einem unvermutet erwachten Argwohn hielt er sich zurück, aus einem Verdacht, den er vergeblich niederzukämpfen suchte, der immer stärker diese unerhörte Distanzierung brachte, scheinbare Beherrschtheit.

Es war nämlich so, daß er beim Auspacken ihres großen Koffers nicht ohne Mißtrauen zugeschaut hatte. Mindestens mit Neugier, mit KontrollLust. Und hatte dabei, trotz erhöhter Aufmerksamkeit, in keinem Moment Anhaltspunkte gefunden, wo sie nun eigentlich diese Ringe versteckt haben könnte, diese beiden so heiß umstrittenen Dinger, den so kleinen wie kostbaren Hort. Besonders den einen der beiden, den überaus teuren, die ‚halbe Miete' –

‚Beruhige Dich, ich habe das bei mir'.

Der große Koffer, als sie ihn aufgeschnallt hatte, barst schier vor Textilien, war prallvoll gewesen mit interessanten Blusen und Pullovern und Hemden, was sie alles offenbar in Alexandria besorgt und nach Europa nicht hätte importieren dürfen, was aber nun, von einem ‚Schwellenland' ins andere befördert, eine solide Basis ergab für Kleingeschäfte oder wenigstens für ihre private Ausstattung – für diese rätselhafte Reise zum Onkel –

Sie war nicht kontrolliert worden, ihren Koffer hatte man nicht geöffnet, als privates Reisegepäck offenbar akzeptiert. Doch jetzt, im ‚Bisonte', hatte er ihr zugeschaut, staunend, wieviel in einem einzigen Koffer zu verstauen gewesen war – und wo, bitte, waren nun die ominösen Preziosen –

Den Gedanken an diese beiden Stücke wurde er nicht mehr los, auch und erst recht nicht in der steigenden Zirkulation, in der entschädigenden Erregung, da stieg nun der Gedanke an das Geheimste der Verstecke auf und erhob sich nur um so deutlicher. Diese Vorstellung erhob sich als Frage – man weiß ja, wie in körperlichen Taifunen auch das Denken ins Wirbeln und aus der Überwachung gerät – es verstärkte sich in Larry Libuda zu einer beängstigenden Gewißheit, zu einer Lähmung, ja, zu einer Art KastrationsSchock – mitten in all diesen doch eigentlich heiß ersehnten Erfüllungen wurde er die Vorstellung nicht mehr los, die ihn nun verfolgte als fixe Idee

– von der er infiziert war, seit er in einem Magazin eine Männerbeschreibung gelesen hatte über aktuelle afrikanische Sexualpraktiken.

Der Afrika-Kenner dieses wöchentlichen Hamburger Herrenblatts hatte mitzuteilen gewußt, daß Afrikanerinnen in Kenia und drumherum, wenn sie ihrem Begehrten beiwohnen wollten, sei es, um die Begegnung mit mehr Reibungsglut zu befeuern, sei es, um in ihrer überfließenden Lust wieder konkrete, spürbare Gegenüber und Widerlager zu schaffen, daß diese Frauen sich, wie es da hieß, Gegenstände, Gewebe oder gar harte Objekte, Muscheln und runde Steine in ihre Innenräume legten, Dinge also, die Überraschungen bescherten, nicht mehr versinken ließen, sondern Ziele boten, Widerstände, die neues Feuer entfachten an Reib- und Zündflächen – je mehr dieser Augenblick nun auch im ‚El Bisonte', Zimmer 511, über ihn kam oder dicht bevorzustehen schien, je mehr dieser brillante Schrecken auch mit Leila näherrücken wollte, mit dieser, ach ja, HalbOrientalin, desto weniger konnte sich Larry diese Zwangsvorstellung aus dem Hirn schieben, hieben, heben – auch sie habe das Kostbarste – sein Vater hatte immer gesagt, das ‚eine', das sei das ‚Köstlichste' und das ‚Kostbarste' – auch sie habe das Kostbarste zum Köstlichsten gesellt, hätte die Kleinodien dort versteckt, wo die weisen Afrikanerinnen ihre Überraschungen bargen, jetzt, im nächsten Augenblick, erwarte auch ihn, den Panther Larry, die verschärfte, die rasiermesserscharfe Gift- und Reißzahn-Rache –? im Maulwurfshügel –?

Zum einen lenkte ihn der Gedanke an die Techniken der KeniaFrauen wunderbar ab von der eigenen Erregung und Gier, zum anderen minderte es ihm aber doch auch die Hingabe, zu der er nun endlich allzu gern und ganz und gar bereit gewesen wäre.

Zum Glück nahm sie sich alle Zeit, die nun zu haben war. Holte sich jederlei Lust, deren sie ganz offensichtlich und überreich fähig schien, organisierte sich immer neue Freiheiten, verschaffte sich die mit unerhörter Zielsicherheit und Energie, und darum konnte er sich im nachhinein sagen, wer weiß, wozu es gut war, daß er sich insgeheim behindert fühlte von seiner *idée fixe* – denn auf diese Weise war in all seinen Reaktionen gar nichts von Hast oder Übereilung, er erschien gelassen, wirkte ungewöhnlich souverän, forderte nicht, gewährte, ließ geschehen, hatte für jede Wendung und Eskapade seiner schönen Leila alle Physis, beanspruchte selber scheinbar keinerlei Vorrechte und keine Eile, weder Vollzug noch gar Vollstreckung, gönnte vielmehr und ermöglichte ihr jede Extratour, nach und nach fast allen ihren Gliedern, Regionen, Zonen neue Reisen, Schwünge, Heftigkeiten und Ausritte, was sie mit einem leise schwirrenden GrundTon begleitete, der ihn an die Muezzins erinnerte, ja, ganz offenbar geriet sie nun in ein ausdauerndes Beten und Singen, in hohe Liebe zum eigenen Leib, in eine Feier mit allen Sinnen, bei der nie klar war, ob Konzentration oder Haut mehr Anteil hatten, Kopf oder Bauch – wo da eigentlich zwischen Geist und Fleisch je Grenzen hätten gezogen werden können – und dieses Beten, ob er's glaubte oder nicht, verrichtete sie mit ihm als Tanzplatz und gemeintem geminntem Kult-Objekt, mit ihm, der zuletzt jenen RestZweifel doch noch verlor, er hätte später nicht mehr zu sagen gewußt, wann oder wie.

Da war auf jeden Fall kein Zerfetzen gewesen und auch kein SplitterTerror, weder ein Zerreißen noch Zerschneiden im Innersten – nein, was aus Organischem war und am Ende härter als jedes andere auf der Welt, dieses alles Zerritzende, der Diamant von hundertzwölf Karat – die geheimen Ringe fanden sich keineswegs dort, wo sie sein Schrecken überdeutlich gesehen hatte.

Im Gegenteil, als sie sich, wieder über seinem Gesicht, an seiner hartnäckigen und unaufhörlichen und scheinbar unerschöpflichen Lust dorthin hinaufgeschaukelt hatte, wohin sie sich und ihn von Anfang an hatte bewegen wollen, da, in diesen fliegenden Zuständen, schob sie sich wie in Trance, nachtwandelnd, über den KopfFirst fort zum festeren Halt, nahm den an, hakte sich hinein, in dichtem Schenkelschluß, erzitternd, schleudernd, aber nun ganz und gar gesichert, so lange, bis sie keine Luft mehr fand und Kraft, sondern seitwärts wegsank und ihr Zittern hinabwehte über die Schultern, vibrierend über den Rücken hinab bis hinunter in die Knie.

Sank auf die Seite, zog ihn mit herum, und in diesen Momenten gemeinsamen Abhebens und GrundBebens muß es ja wohl geschehen sein, daß er die dumme Sorge glatt außer Acht gelassen hatte, diese einschneidenden Bedenken, weil nun auch er versunken war in den uralten und immer wieder vollständig neuen Gefilden der Seligen.

Nach kurzem Schlaftaumel ihr Erwachen. Sah ihn an. Ihre genaue Konzentration auf diesen Augenblick und auf den nächsten.

Robbte mit ihrem Leib wieder auf seinen, sorgfältig, mit Gelassenheit rutschte sie vor und wieder ein wenig zurück, korrigierte, bis die Leiber deckungsgleich gestapelt schienen. Schaute ihm in die Augen, leckte ihm die Augenlider, die Nase, das salzig schweißige Kinn, den Mund, die Ohren. Ob er ihr verzeihe, daß sie ausschließlich an sich gedacht habe.

Wenn ihr Egoismus für doppelte Erdumrundungen sorge, könne er kein bißchen klagen –

Sie tat, als müsse sie darüber noch einen Augenblick nachdenken, schien mit ihren Blicken seine Blicke treffen zu wollen, zu öffnen, zu entlarven. Sagte dann: „Noch viel zu wenig weiß man über Panther. Die Kobra scheint dagegen viel bekannter."

„Ja, ‚scheint'!" rief er.

Da erklärte sie, *er* sei der ScheinPanther und sie eine *echte* Kobra. Zwar eine aus Juchtenleder, aber eben aus echtem. Auch sie habe unter anderem und auch unter ihm Lust auf's Aushalten von Egoismus, ob er, sie küßte ihn, furchend, schlürfend, ob dieser als sogenannter Panther larvierte Ludger überhaupt fähig sei zu sowas wie Egoismus, jetzt sei *er* an der Reihe – schon tauchte sie ab, offenbar auf der Suche nach seinem Egoismus, sog, schlotzte schamlos den seinen hervor, bis er sich und sie übermannte, herumwarf und über sie kam.

„Kannst Du mir jetzt," sagte er, „mitten in der Nacht, mitten in der Abwesenheit von Besinnung oder Berechnung, mal erklären, was eigentlich zu einem wie mir sowas wie Vertrauen erwecken kann? Schließlich kenn ich mich ziemlich genau. Und bin sicher, daß auch ich ‚allerhand Fehler' habe. Maulwurfsmäßige Macken. Was kann eine Frau wie Dich, schön, exotisch, pfiffig und voller guter Gründe zu berechtigtem Mißtrauen, so bedenkenlos machen. Wie Du's in den letzten Stunden gewesen bist –"

„Meine Pfiffigkeit."

„‚Pfiffigkeit'? Irgendwann heute nacht war's vorbei mit den Pfiffigkeiten. Bitte jetzt keine neuen. Bleib möglichst so, wie Du's bis jetzt warst, stundenlang warst."

„Ach Pantherchen. Erstens dauerte es ganz schön lange, bis es zum Offenen kam, zum Äußersten – Innersten –"

„Und zweitens? Wann und warum hörte sie auf, die Bedenkzeit?"

„Hm. Jetzt will der Maulwurf hören, daß er ein schönes Pantherfell hat. Aber – hm – wie sag ich's. Zum Beispiel: Deine Begeisterung, Dein Erwachen am JuchtenLeder – sowas gefiel mir – und außerdem – Du hast so einen Blick – als ob –"

„– als ob?"

„Jesses, wie soll ich Deinen Blick beschreiben. Du blickst, wie soll ich sagen – ärztlich –"

„O Kobra, was meinst Du –"

„Wie mit Wissen. Mit souveränem Wissen. Verständnisinnig. Als ob Du von meinen Zusammenhängen Kenntnis hättest – mich inwendig durchblicktest."

„Seltsam."

„Was ist seltsam?"

„Von gegenseitigen Seltsamkeiten leben wir. Nur so funktioniert's offenbar."

Strahlender Sommer. Sie hatten im ‚Bisonte' ein Eckzimmer, diese Kante des Gebäudes war nach beiden Seiten Glasscheibe, nun dröhnte heller Stadtsommer über ihr Lager.

Ob es abermals RestZweifel waren, die wieder hochgestiegen, ob es der Lärm war, der wie in Alexandria an die Untergangstöne der schnellen Welt erinnerte, die BusSirenen, das Geschrei der Preßluftbohrer, der Hupen und VorwärtsFanfaren, oder ob es die immer noch ungeklärten Fragen seines Ermittlungsauftrags waren – plötzlich glaubte Larry Libuda ein Geräusch zu hören, das nicht hineinpassen wollte in die von ihm erkannten Seltsamkeiten.

Er warf sich zur Seite, war darauf gefaßt, Leila nicht neben sich zu finden. Doch, da lag sie, in sich zusammengeschnurrt wie Katze oder Baby, kaum zugedeckt, in festem Schlaf jedenfalls. Ebenso rasch drehte er sich zurück – und erblickte im Zimmer einen Mann. Der hob, als er sah, daß Larry wach war, beide Hände. Abwehrend hob er die, um Entschuldigung bittend, spanische Worte murmelte der, zog sich so, redend, mit erhobenen Händen, zur Tür zurück, rückwärts, ging aus der Tür hinaus –

Kaum hatte der die zugeschlagen, war Larry aufgesprungen, dem Mann nach, vielleicht doch nur einer vom Hauspersonal?, der trug dunkle Hose, helles Hemd, Larry ging dem nach, öffnete die Tür, im Flur niemand mehr zu sehen, Larry schloß ab, schob obendrein die Riegel vor, die er nun bemerkte, einen oben, einen unten.

Als er zurückkam, saß sie aufrecht, starrte ihn an. Er erklärte ihr, sie hätten Besuch gehabt. Sie blickte erschrocken auf den Stuhl, dann zu ihrem Koffer. „Einfach so. Ein Kerl. Hatte nichts in der Hand. War wohl nicht lange im Zimmer. Ich muß sofort aufgewacht sein."

Er ging zu dem gläsernen, zum sonnigen Eck, sah hinab in die unter Palmen lärmende Stadtwelt, wunderte sich über die hohe SommerSonne, kam dann rasch zu ihr zurück. „Jetzt denn doch eine Bitte. Sag mir, wo diese beiden verdammten Bomben sind. Wo Du sie versteckst."

Sie sah ihn an, etwas verwirrt noch immer, hielt ihre Hand, zur Faust geballt, vor ihren Mund, wie schmollend, zeigte ihm dann diese Fausthand, an der, in der Morgensonne, die Brillantschlange blitzte.

„Kobra, Du weißt, welche Bömbchen ich meine."

Sie zog von dem Stuhl, auf den sie nach dem Erwachen zuerst geschaut hatte, den schwarzen Gürtel. Ohne ihren Blick von ihm zu lassen. Grinste ihn ein wenig an, als errate sie, woran er in der Nacht so starr und verbohrt hatte denken müssen, hielt ihm nun den schwarzen Gürtel hin, das mit kleinen bunten Achaten besetzte Leder: „ – hier!"

„Wo."

„Nimm."

Er nahm das, sah sich den Gürtel an. Juchten? schnupperte, drehte das herum. Innen waren Taschen, Stofftaschen. Verschlossen durch Reißverschlüsse.

„Zieh's auf."

Er zog an dem ersten. Fand Hundert-Dollar-Scheine. Verschloß das, zog an dem zweiten. Fand zwei Hundert-Dollar-Scheine, zusammengefaltet. Sah sie an.

Nahm die beiden harten Papiere heraus, legte sie aufs Bett, in die Sonne, faltete sie auseinander – in jedem lag einer dieser verdammten Ringe.

Stumm, klein, energiesprühend. Und am einen, grün blitzend, der Saphir; und am anderen, ungeheuer schneidescharf der große, der Diamant.

Er hörte, wie sie seufzte. „Die Tür war auf? Ich hab sie gestern abend abgeschlossen, ich bin sicher."

„Hab nach dem Besuch einen doppelten Riegel vorgeschoben."

„Ich glaubte, ich wär hier endlich sicher. Und nun sowas." Ihr Kopf sank ins Kissen. „Daß man hier einfach so ins Zimmer marschieren kann – kannst von Glück sagen, daß ich davon nichts geahnt hab, heute Nacht."

„Und Du? – Kannst auch Du von Glück sagen?"

Sie ringelte sich durch die Kissen, schlängelte sich um die Scheine herum und ein wenig näher an ihn heran. „Die Kobra spricht niemals vom Glück – Glück ist ihr Biß in ein Genick."

„Ich weiß, ich bin Dein Opfer. Deine Ziege oder Dein Maulwurf. Aber ehrlich gesagt – ich hab heute Nacht noch ganz andere Unglücke ausgehalten. Um nicht zu sagen Ängste."

„Angst? Um was –"

„Um diese beiden blöden schönen Klunker."

„Wie – ?"

„Es ist – also, naja – irgendwie plemplem, aber was kann man für die Kurzschlüsse in der Hirnbüchse – ich hab mir krampfhaft vorzustellen versucht, wo Du sie eigentlich aufhebst. Und –"

„Und? Wo sollte ich? Doch nicht –"

„Eben. Schon doch. Da ich ja annehmen durfte, daß sie so klein sind, wie sie tatsächlich sind – klein und rund und irgendwie doch spitz – hatte ich die fixe Idee, Du versteckst sie dort, wo sie so rasch keine Zollkontrolle suchen würde."

Sie kniff ihre Beine zusammen, brummte und kicherte, fröhlich und dann wieder scheinbar wütend, bezeichnete ihn als Schnüffler, als üblen Patron, den man entweder weiträumig umfahren müsse oder aber –

„Oder aber?"

„Zum Compagnon machen."

„Also gut." Er faltete die Papiere wieder um ihre Inhalte. „Erklär mir jetzt, wie Du Dir's vorstellst, konkret, unsere *company*. Hattest mir das schon unterwegs versprochen. Wolltest mir das vorrechnen. Bilanz aufmachen – Transparenz – damit ich weiß, wie ich um den Essener Knast herumkomme. Bedenke, daß bis vor Kurzem die Gefangenen im Essener Knast jeden Morgen antreten und singen mußten: Bis hierher hat uns Gott gebracht durch seine große Güte –"

Sie nahm ihm einen der beiden Scheine ab, faltete den Brillanten nochmal heraus, steckte den Ring in die körpereigenen Falten, drehte ihn dort, wendete sich hin und her, ließ den Stein in der Sonne blinken. „Ist das etwa keine überzeugende BrillanzBilanz?"

Er küßte den Stein, die neue Fassung. „Davon bin ich überzeugt. Längst. Nur rein rechnerisch komm ich sehr schlecht zurecht. Ausgangspunkt 112 Karat – und was dann?"

Sie legte sich zurück, in die Sonne. JuchtenKobra. „Ich denke mir folgendes. Angenommen, es gelingt, mit Hilfe meines Onkels, diese beiden Wunder loszuwerden, für 'ne Summe, die sich rentiert. Dann müßtest Du ein gewisses Gedankenspielchen mitmachen, mal prophylaktisch. Zum einen ausrechnen, wieviel Dir Dein Job für den Staat einbringt. Und das vergleichen mit der Hälfte dessen, was diese Ringe bringen."

Er legte sich neben sie, den Kopf vor die brechenden Sonnenlichter. „Hab Dir schon mal anzudeuten versucht, daß diese Rechnung zwar eindeutig ausfällt – aber nur in der Zwischensumme – daß sie am Ende glatt danebengeht."

„Langsam. Bin ja noch nicht fertig mit der Bilanz. Zum anderen überlege Dir, wie es wäre, wenn Du Deinem Kumpel aus Borbeck klarmachen könntest, daß die böse Leila Willuweit Dir die Beute, soweit sie die nicht längst verhökert hat im Räubernest Alexandria, zwar gerne herzeigt und herausrückt – daß aber der verbliebene Rest nicht annähernd den Erwartungen von Staat und Presse und Versicherung und Juwelenladen entspricht."

„Wieso nicht?"

„Weil er dem, was die Juweliere als geklaut angezeigt haben, niemals entsprochen hat. Zu keinem Zeitpunkt."

Er hob ein bißchen den Kopf, sah sie erstaunt an.

„Die haben von Anfang an ihrem maroden Laden Gutes tun wollen. So sagst Du's ihm, Deinem Ewald. Sie waren an diesem 28. Dezember eh auf der Bilanz-Kippe. Der klauende Parteistratege kam ihnen gerade recht. Die Liste des Entwendeten haben sie vor allem mit einem angereichert. Mit blühenden Phantasien. Insbesondere diesen HundertzwölfKaräter samt Platin, den hat es in Wahrheit nie gegeben."

„Aber der ist registriert."

„Stimmt die Registratur?"

„Das soll er schlucken? Ich wäre, halb um die Erde, nur einem Phantom nachgejagt?"

„Das wärest Du. Erklärst Du ihm. Das dürfte nicht das erstemal sein, daß sich ein kranker Laden durch Versicherungstricks aus der Gefahrenzone hievt. Dein Freund Ewald dürfte das kennen."

„Und Dein Zürcher Freund, in seiner Baden-Badener U-Haft, dürfte erleichtert aufatmen und erklären, na da seht Ihr ja, das hab ich doch schon immer gesagt. Es gibt keinen Hort, keine WunderKlunker."

Sie sah ihn an. Schien zu nicken, kaum merklich zu nicken. „Wie wär's?"

Er atmete tief durch. „Der Panther ist konfus. Die Kobra züngelt. Die Ziege hüpft davon. Der Panther hat geklüngelt."

„Warum nicht auch mal der." Leila beugte sich über ihn, ließ ihn Züngeleien spüren, unberechenbare. „Was immer am 28. Dezember aus dem KolonnadenLaden verschwand, das fand Dein StaatsEwald inzwischen eigenhändig. Im HotelSafe der ‚Tiefenau'. Zuvor sein Privatdetektiv, im BankSafe am Paradeplatz. Mehr is nich. Damit" – sie züngelte weiter – „ist fast allen gedient. Der allzu Freisinnige, der aus Oggersheim, hat so schlimm gar nicht geraubt. Die Versicherung muß gar so viel durchaus nicht ersetzen. Und wir beiden? Sind wir nun ganz und gar Compagnons?"

Sie richtete sich nun ein wenig auf, hockte sich lippenleckend in den Schneidersitz und betrachtete ihr zentrales Vermögen.

„Dieser prächtigträchtige Glitzer bringt mir allerhand ein.

Übrig bleibt nur noch unser Meisterschnüffler. Hm. Der bloß einem Mißverständnis oder Phantom nachgejagt ist. Erdumrundend, einem Schwindel –"

„Schwindelgefühle, ja, die hab ich –"

„– seine Staatsbelohnung reduziert sich auf ein klägliches, auf ein Mindestmaß. Folglich" – sie sah von ihrer Schatzgrube auf, mit sonnenglitzrigen Augen – „folglich sehe ich mich, als Compagnon, zur Fairneß gezwungen. Und werde Dir erst mal ordentlich unter die Glieder greifen müssen, unter die mauseweichen, dünnfelligen –"

Sie beugte sich vor, schien zu kippen, griff nach ihm, „halbe halbe" warf sie ihn nieder und robbte sich, wie schon in der Nacht, deckungsgleich über seinen Leib, um ihm in die Augen zu sehen, zeigte ihm, bildfüllend, ihre DunkelSteine. „Hörst Du den Lärm?"

„Im Hotel wird gebaut."

„Zum gepflegten Hotelbett gehört nun mal der Preßlufthammer –"

„Achte jetzt lieber auf die fraglichen Dinge."

„Lenk jetzt nicht ab. Die fraglichen Dinge sind bestens aufgehoben. Sag mir lieber – wie entscheidet sich bei so einmaligen Angeboten der Mann aus Borbeck?"

„Ich bin in meinen Entscheidungen, wie jeder neutrale Beobachter sofort erkennen würde, kein bißchen frei. Entschiede mich hier und jetzt nur unter Zwang. Unter perfider Gewaltanwendung."

„Als Larry oder als Cläuschen?"

„In beiden Fällen bräuchte ich eine – jene ganz bestimmte – Gewißheit."

„Welche?"

„Daß diese Kostbarkeit, die derzeit so perfekt umhüllte, tatsächlich umsetzbar ist. Und zwar in harte Devisen. Zum Beispiel nicht in argentinische Währung."

„Sieh mal an. Der Emscher-Maulwurf. Will Sicherheit. Aber einverstanden. Abgemacht."

„Wie? Haben wir schon wieder was abgemacht?"

„Ja. Ohne sichere Abmachungen sollte man nie in die böse Welt hinaus. Frau schon gar nicht."

„Also – was gilt jetzt?"

„Angenommen, ich schaffe es bis morgen abend, bevor Du Deinem ‚Ömmes' Ewald den TelefonBericht lieferst, die beiden Ringe ansehnlich zu verwerten – sagen wir, wenigstens für eine Million – dann, meinetwegen *nur* dann, erklärst Du Deinem Auftraggeber, Du seiest einem absoluten Minus hinterhergerast und sonst gar nichts."

Wieder atmete er tief. „Einverstanden. Du Minus. Abgemacht. Eben das, was ich dann zu erklären hätte, ist sowieso die Wahrheit."

Er probierte Aufstände gegen ihre Überlegenheit, die gelangen ihm nur allmählich, endlich bekam er das Phantom in den Griff, das Minus, nahm es in die Pantherzange, raubte die brillante Kostbarkeit mit dem Munde. Wendete dann zwar weitere Übergriffe an, wurde aber das Gefühl nicht los, immer noch einem Ungeheuer hinterherzurasen, immer nur hinterherzuhecheln und sonst gar nichts – das war ein Wirrnis-, ein Schleudergefühl, das am Ende wieder nur zweifelhaften Halt fand in bedenklicher Poesie. Im Dschungel fällt der Panther krachend durch die Äste, die Kobra schlängelt sich davon und frißt vom Beutetier das Beste.

Und knirschte, als er den JuchtenLeib unterworfen hatte, zwischen den Zähnen sogleich die dritte, die ZweifelsZeile. Dem Panther läßt sie allenfalls die Reste –

Sie hatte telefoniert, hatte am Telefon deutsch gesprochen. Offenbar mit dem Onkel, da war es um Wegbeschreibungen gegangen.

Nun, in der Lärm- und Gestankhölle, zu Fuß unterwegs, weil sie meinte, ein Taxi sei nicht nötig, ihr Ziel liege nur wenige Blocks vom Hotel entfernt, verging ihm auch in dieser Stadt jede Orientierung.

Nicht nur unter den breiten und riesenhohen Gummibäumen und unter all diesen Hochhäusern verlor er sie, sondern schon die Antwort auf seine Standard-Frage, wo hier nun Norden sei und wo Süden, wußte er im Wirbel der schnellen Autos, der tosenden Busse, der stinkenden schwarzen Abgaswolken nicht mehr zu geben.

Und am wenigsten wußte er, wie er einschätzen durfte, was sie plötzlich ‚Abmachung' genannt hatte. Und wie er nun konkret diese Frau neben ihm, diesen Leib im leichten weinroten Kleid mit dem schwarzen Gürtel und dem schwarzen Haar verstehen, durchschauen, werten sollte, was er von diesem lebhaften Eigensinn, der hier und jetzt neben ihm über die breiten Bürgersteige der ‚Straße des 9. Juli' eilte, zu halten hatte. Wie weit war er ihr, ohne es zu durchschauen, ausgeliefert, worauf hatte er sich eingelassen im erdumrundenden Schwindel, war er, Larry Libuda, noch bei klarem Verstand? Der Panther sinnt auf Lust und Balz. Die Kobra schnellt der Ziege an den Hals.

Hatte sie ihn nicht nach allen Regeln der Erotik umzingelt und eingewickelt, tödlich im Griff?

Was wäre denn, wenn sie tatsächlich die beiden Geschmeide, diese unheimlichen Ringe, wenn sie die ‚ansehnlich' verkaufte? Wäre das irgendein Argument?

Weil das Geschäft gut war, machte er's mit?

Und wie, bitteschön, würde er dann seinem Freund Ewald auf der Nordhalbkugel erklären, daß es diese Kostbarkeiten gar nicht gegeben habe? ‚Zu keinem Zeitpunkt'. Mit welchem Beweis könnte er da operieren? Sollte er dem alten Bank-Nachbarn etwa beteuern, er habe an Leila Willuweit schärfste Kontrollen vorgenommen, Leibesvisitationen?

In guten Augenblicken fiel ihm sonst immer etwas ein, sogar Überzeugendes, womöglich in Ruhrdeutsch, in halblangen, in Bergeborbecksätzen. Aber im Moment war solch ein Augenblick nicht in Sicht. Es war ihm auf diesen lärmenden stinkenden Straßen, als schüttelten ihn neue Aussichten auf spitze Gegenstände, bohrende Messer, zerreißende Tests – vielleicht war nur der Kaffee beim Frühstück nicht gut gewesen, sondern vergiftet. Sicherlich war der Schlaf in der letzten Nacht viel zu kurz –

Fast zwanzig Minuten waren sie gegangen, jetzt buchstabierte sie Straßenschilder, drehte sich einmal um sich selbst. „Diese muß es sein."

Die Straße des Onkels war abermals Hochhausschlucht. Auch hier kreischte Blechverkehr, dicht an dicht, großspurig, auch hier zeigten sich, wenn man aufblickte, im Himmel über Buenos Aires Bündel von Kabeln, schwarze Bündel, die von einer Seite der Wolkenkratzer-Schlucht zur anderen gespannt waren, hin und zurück. In schweren schwarzen Isoliergummi-Scharen, in gemeinsamen Knoten, tief durchhängend, locker um Straßenlaternen geschlungen, auch über Reklameschilder gehängt, in gewagten Schlaufen, ein wirres, ein chaotisches Provisorium –

Sie zählte die Hausnummern. Er versuchte die Verkabelung des Himmels zu entwirren. Und wunderte sich gleichzeitig über die vielen Männer, die hier Schlange standen. Wenn er diese MenschenReihen jeweils bis an ihre Zielstellen verfolgte, dann erkannte er, die Schlangen endeten alle in einer Bank.

„Wir sind da." Sie stand hinter ihm in einem dunklen Hauseingang. „Wohin schaust Du?"

Er war stehengeblieben, versuchte herauszukriegen, worauf diese sommerlich gekleideten Herren, diese interessanten, unternehmungslustigen Gesichter, in so langen Reihen warten könnten. „Einen Banküberfall kann man hier, glaube ich, kaum tätigen. Sämtliche Banken sind von vielen hundert und mehr Menschen umzingelt. Worauf warten die alle?"

„Vielleicht kann Dir's mein Onkel erklären, komm mit rein!"

Sie verschwand in einem düsteren Eingang, bog nach zehn Schritten um eine Ecke nach rechts, ihre Trippeltritte schallten hier kalt und hohl, ein Licht, ein Flurlicht war offenbar nicht einzuschalten. Sie schien jedoch genau zu wissen, wohin sie in dieser Dämmerung zu gehen hatte. Blieb aber schließlich, als es allzu dunkel geworden war, stehen.

Allmählich gewöhnten sie sich an die Finsternis und erkannten in der Wand, vor der sie standen, die Umrisse eines Lifteingangs. Sie hatte einen der dunklen Knöpfe neben der Tür gedrückt. Drückte nun auch alle anderen Knöpfe. Sie warteten. Lauschten. Es war still hier. Aus der Lifthöhe näherte sich kein Geräusch. Kein Licht.

„Wo sind wir hier?"

„Dies müßte es sein."

„Was."

„Wo der Onkel arbeitet."

„Schöner Arbeitsplatz. Hier willste 'ne Million kassieren –?"

„Maulwürfe, die maulen, werden disqualifiziert. In aller Stille weggeballert. Ist das klar?"

„Ist Dein Onkel Liftboy? Oder vielleicht Telefon-Monteur?"

„Ich sagte Dir, er arbeitet bei einer Zeitung. Wart's ab. Er erklärte mir am Telefon, in diesen Eingang sollte ich hinein, dann durch den Flur bis hintenhin, auch wenn's ziemlich dunkel wäre."

„‚Durchgehen' sagte er?"

„Ja."

„Also sagte er nichts von einem Lift."

„Doch, auch von einem Lift hat er geredet. Bis zu einem Lift sollte ich gehen. Aber er hat in seiner Aufregung darüber, daß ich plötzlich hier bin und ihn nun besuche, so viel geredet, daß ich jetzt nicht mehr weiß, ob der Lift uns zu ihm bringt oder ob wir erst danach, wenn wir von ihm aus zu dem gehen würden, der sich für Juwelen interessiert, einen Lift benötigen. Er hat halt gleichzeitig zwei Adressen geschildert. Das is in mei'm Hirn durcheinandergeraten."

„Tröstlich, daß auch in Deinem Hirn mal was –"

„Wie oft soll ich wiederholen, daß ich allerhand Fehler habe." Er spürte in der Finsternis ihren Mund, ihren fehlerlosen

Leib. „Irgendwo", flüsterte sie, „fehlt mir jetzt zum Beispiel ein bißchen Schlaf. Auch im Schädel. Aber noch bin ich überzeugt, die Schlaflosigkeit, die war ausnahmsweise *kein* Fehler. So fehlerhaft denke ich manchmal."

Er spürte ihre Hand, ihre Wärme an zentralen Nerven. „Sind argentinische Hochhaus-Eingänge nicht überaus gemütlich, einladend gemütlich? Statt zu maulen, solltest Du lernen, bei allem das Positive zu erfassen."

Irgendwo schlug eine Tür. Sie ließ von seinem Positiven, bewegte sich an der Lifttür vorbei, tiefer in den Flur hinein.

Er folgte, zögerlich. Von links, aus einem HofFenster, kam trübes Licht. Der Flur endete nach zwanzig Schritten vor einer verschlossenen Tür. Die Aufschrift auf der Tür, nur noch als bleicher Farbton lesbar, wie ein Wasserzeichen, enthielt das Wort für ‚Bank'.

„Hier also nicht. Laß uns die andere Richtung probieren."

Schwang sich um ihn herum. Er spürte ihre Hand, die sie im Vorrübergehen über seine Nase und seinen Mund gleiten ließ. Trabte wieder vor ihm her, an dem HofFenster vorüber, an dem toten Lift, dann durch den dämmrigen Eingangsraum, zögerte dort, vor einer schmutzigen Steintreppe.

„Er hat etwas von einer Treppe gesagt, das weiß ich. Aber in seinem Durcheinander, da bin ich sicher, kam die Treppe erst zum Schluß dran, nicht am Anfang."

Ging an der Treppe vorüber. „Oder in *meinem* Durcheinander." Gegenüber eilte sie in einen Gegenflur hinein, dort an einem ebenfalls lichtlosen Lift vorbei, immer den unbeleuchteten Flur entlang. Dieser hier endete nicht vor einer Tür, sondern dort, wo drüben die ‚Bank'-Tür gewesen war, wechselte hier der Flur die Richtung, bog um neunzig Grad und setzte sich fort, offenbar zu einem Hinterhaus hinüber, um jenen Hof herum.

Schließlich endete auch dieser Flur, vor einer Treppe. „Die hat er gemeint", befand sie, stieg schon hinauf. Er hatte Mühe, zu folgen, schien nicht gut in Form, im ersten Stock war sie in der bisherigen Richtung weitergeeilt, hier überquerte der Flur als Brücke einen Hof-Eingang, führte in ein HinterGebäude. Auch in diesem zweiten Haus blieben die Flure unbelebt, die Lifts tot, die Türen schienen unbenutzt, nirgends gab es Hinweise auf Büroleben, Bankleben, Lagerleben.

Sie war stehengeblieben. Einen Augenblick sah sie ihn ratlos an, holte tief Luft, stieg dann entschlossen eine der Treppen wieder nach unten. Blieb im unteren Flur einen Moment stehen, schien zu lauschen. Auch er versuchte etwas zu hören, hörte nichts. Sie ging ja auch schon wieder weiter, ging tiefer in das Hinterhaus hinein, wiederum endete der Flur, nun ebenfalls vor einer Tür, auch hier hing kein Schild, kein Hinweis, sie drückte trotzdem die Klinke, öffnete sie und stand vor einer zweiten Tür. Gab Larry die Klinke der ersten Tür in die Hand, öffnete die zweite – über ihre Schulter hinweg sah er die gespenstische Versammlung. Einen großen Saal. Eine fensterlose Halle. Kleine Lämpchen auf schweren dunklen Schreibtischen. An etwa jedem zweiten Tisch arbeitete jemand. Alte Männer in weißen Hemden, mit Krawatten. Die Herren hockten stumm da, tippten, auf mechanischen Schreibmaschinen.

Eine Unterabteilung der Hölle?

Ehe er Leila entsprechendes fragen konnte, war einer der Greise aufgestanden, kam auf sie zu. Langsam, mit fragendem, offenen Mund.

„Ich bin mit Herbert Willuweit verabredet. Bin seine Tochter."

„Oh, *Sie* sind Leila? Ich bin entzückt!" Der Alte küßte ihr die Hand, nahm die Hand in seine beiden Hände, drückte sie hin und her. „Wie oft hat Ihr Herr Vater von Ihnen erzählt und nun, wo Sie hier sind, ist er nicht da, konnte unglücklicherweise persönlich heute nicht hier sein. Kommen Sie!"

„Dies ist mein Verlobter, Claus-Ludger Sprickmann."

„Willkommen junger Mann, willkommen in Argentinien, bitte kommen Sie beide mit zu meinem Platz, gegenüber sitzt sonst immer Fräulein Willuweits Vater."

Leila schaute sich kurz nach Larry um, folgte dann dem redenden Alten. Der Vater also – ‚Onkel' hatte sie gesagt. Aus Scham?

Larry ging hinterher, zu einem der Schreibtische, je zwei standen sich in der düsteren Halle gegenüber und nur einer schien jeweils besetzt. Vielleicht arbeitete man hier schichtweise, womöglich rund um die Uhr, der eine nachts, der andere tags, hier war ohnehin keine Tageszeit zu registrieren, da mußten offenbar große Manuskripte entstehen und wenn einer von zwei Alten zwölf Stunden getippt hatte, schob er den Berg Papier einfach auf den gegenüberliegenden Tisch, überließ die Fortsetzung dem Gegenüber, dem Mann von der anderen Schicht für die andere Hälfte des Tages.

So dachte sich's Larry. Und bemerkte, daß man hier ausschließlich deutsch schrieb, tippte, redete.

Der Alte hatte an seinen Tisch Stühle gerückt, orderte bei einem dunklen Jungen Kaffee und redete und erkundigte sich. „Sehen Sie, dort steht Ihr Foto. Herbert war so aufgeregt, als Sie anriefen, ganz durcheinander. Hatte ja mit allem möglichen gerechnet, aber nicht mit Ihnen. Das heißt, grundsätzlich immer mit Ihnen, aber doch nicht an einem solchen Tag und so unvorbereitet. Er hätte sich doch frei genommen, klar. Und nun kommen Sie ausgerechnet an dem Vormittag, an dem er unmöglich an seinem Arbeitsplatz sein kann."

„Er hat mir's erklärt, ich hab's aber nicht verstanden, es erschien mir widersinnig. Er sagte, die halbe Besatzung sei heute nicht anwesend. Wieso, es ist doch Alltag, Arbeitstag – grassiert Cholera?"

„Nein nein, heute ist Zahltag. Und den Zahltag haben wir uns seit langem so eingeteilt, daß vormittags die eine Hälfte, nachmittags die andere zur Bank geht. Um den Monatslohn zu holen. Sie schauen verwundert? Nun ja, man kriegt von seiner Firma den Scheck und kann dann Banknoten einlösen gehen. Möglichst rasch muß man das tun, weil halt die Werte verfallen, stürzen – da darf man nicht säumig sein. Von Stunde zu Stunde rutscht der Kurs. Ihr Vater hat das Privileg, schon am Vormittag zur Bank zu dürfen, er gehört ja zur älteren Gruppe." Er rückte die Tassen, die der Junge auf den Schreibtisch gestellt hatte, eine ältere Dame schenkte ein. „Bitteschön, hier ist Zucker, Sahne."

„Mein Freund wunderte sich über die Schlangen vor den Banken – hält man hier nichts von Überweisungen?"

„Bargeldloser Verkehr? Ach Ihr Seligen, Ihr Ahnungslosen in unserem glücklichen alten Europa, Ihr habt ja tatsächlich keine Vorstellung, wie es ist, in einem Land zu leben, in dem die Währung an galoppierender Schwindsucht leidet. Das ist seit Jahren hier ein festes Ritual, daß man am Lohntag sofort und zwar persönlich auf der Bank erscheinen muß – ich wäre ja bereit gewesen, das Geld für Ihren Herrn Vater abzuholen – nein, es muß eigenhändig geholt werden. Und wer in diesem Land ein Konto einrichten will, der muß halt genügend Sicherheiten vorweisen."

„Sicherheiten?"

„Zum Beispiel ein Konto. Möglichst bei einer angesehenen Bank."

„Wie bitte? Um ein Konto eröffnen zu können, muß ich ein schon eröffnetes Konto vorweisen?"

„So ist es."

„Das ist ja Kafka."

„Sagten Sie ‚Kafka'?" Der Alte blickte sich irritiert um. Niemand in der Umgebung, keiner der tippenden Greise, schaute von seiner Schreibmaschine auf.

„Den Namen dieses Mannes hat jetzt zum Glück niemand gehört. Ich bitte Sie," der Alte beugte sich ein wenig vor, redete nun leiser, „Sie sollten vorsichtig sein. Nicht die Namen von Schmierfinken erwähnen, zumal nicht von jüdischen. Es gibt da Empfindlichkeiten, auf die müssen wir hier schon in etwa Rücksicht nehmen."

„Ich verehre Kafka. Jeder, der noch einen Funken Hirn hat, respektiert –"

„Psst –"

„Sagen Sie, erlauben Sie eine andere Frage," mischte Larry sich ein, der ablenken wollte, „es war gar nicht ganz einfach, Sie hier zu finden, Ihr Büro scheint ja perfekt getarnt. Wenn Sie jetzt von ‚Sicherheiten' reden und nun von ‚Empfindlichkeiten', dann frag ich mich – weswegen versteckt sich Ihre Firma?"

„‚Ihre Firma'. Köstlich, wie Sie das sagen. Wir sind einander fremd geworden, das bestätigt sich fast immer, wenn jemand von drüben zu Besuch kommt. Auch Ihre Vorliebe für die Perversen, für die Liebhaber des Scheußlichen – sehr fremd ist uns das. Aber grundsätzlich haben Sie schon recht, wir müssen in diesem verrotteten Land vorsichtig sein. Es gibt hier zwar immer noch fast eine Million Menschen, die bei Umfragen das Deutsche als ihre erste Sprache bezeichnen, aber inzwischen wächst auch in diesem Teil der Welt der Haß. Ein Haß auf alles Westliche, auf alles Europäische und Amerikanische. Daß unsere Wirtschaft rasend bergab stürzt, daran haben offenbar die Amerikaner die Schuld oder wir Deutschsprachigen. Ist ihnen halt nicht zu helfen, Argentinier kommen als Anarchos auf die Welt und lernen nie dazu. Jedenfalls nie das disziplinierte Organisieren, allein an dieser vorsintflutlichen Lohnzahlung sehen Sie's."

Der Alte trug gelbe Hosenträger, die Krawatte hatte er sich ins weiße Hemd gesteckt, sicherlich wär sie ihm sonst in die Schreibtasten gerutscht, inzwischen hatte er wohl vergessen, daß ihm die rotweiß gestreifte HalsZier zwischen dem zweiten und dritten Hemdenknopf klemmte.

„Und es hilft uns Deutschen auch kaum, daß wir unsere Zeitung hier verstecken, im Hintergebäude dieser ehemaligen Bank. Unterm letzten Militärregime wurde unser Büro Opfer eines Bombenanschlags."

Leila rührte ihren Kaffee mit bösem, mit KobraBlick. Sann offenbar auf giftige Bisse. Larry wollte dem zuvorkommen, fragte: „Wie hoch ist derzeit die Auflage?"

„Der ‚General-Anzeiger' hatte zuletzt zwölftausend Abonnenten. Dabei gäb's, wie gesagt, eine Million, die das Blatt lesen könnten. Es ist ein Jammer, wie die alten Zeiten dahingehen."

„Auch wir haben ein organisatorisches Problem, ein kaufmännisches; Vater sagte mir, dabei könnte mir am besten Ihr Chef helfen. Eh wir hier jetzt einen Vormittag lang herumsitzen und warten, wie wär's, wenn Sie uns mit diesem Chef bekannt machten?"

„Oh, naja" – der Alte wand sich, zeigte die Gesten des Hilflosen – „an sich eine gute Idee, aber – ich möchte Ihrem Herrn Vater auf keinen Fall vorgreifen."

„Willuweits Tochter handelt gewöhnlich ziemlich vaterfrei."

„Herbert hatte ja sicherlich geglaubt, er könne dabei ein Wort mitreden" – der Alte erhob sich – „aber gut, wenn Sie meinen, dann lassen Sie mich versuchen, eine Anmeldung zu machen", humpelte in den düsteren Hintergrund des Saals, wo zwei ältere Damen Telefone versorgten.

„Das ist meine Chance, Larry. Ich zieh das durch ohne diesen Dreckskerl, den ich so hasse, daß ich ihn Dir als Onkel verkleistern mußte. Wenn das klappte, an dem vorbeizuziehen, direkt zu einem potenten potentiellen Käufer, ohne daß der Willuweit seine ProzentPfoten dazwischen hängt – ‚P'–"

Die Krawatte kam zurück: „Er freut sich, Sie begrüßen zu dürfen, Sie beide – ich bring Sie hinauf."

Führte sie durch die hintere Hälfte der Schreibhalle, durchs Redaktionsbüro des ‚Argentinischen General-Anzeigers', in einen Flur, zu einem Lift, der Lebenszeichen gab, rumpelnd herniederschwebte. Hob sich in diesem Gehäuse mit ihnen hinauf. Hinter der weißen HemdSchulter des Alten, unübersehbar, eine Mahnung: „Nur den 8. Stock wählen".

„Was soll das?" fragte Larry. „Wieso nur den achten? Ich dachte, hier gäb's inzwischen freie Wahlen?"

Der Mann drehte sich mühsam um, sah das vergilbende

Schild, lachte, „ach je, nun ja, dies ist der letzte Lift hier, der funktioniert, und was hilft so ein Schild schon, noch vor zwei Wochen, es war furchtbar, hat's Kerkhoff erwischt, der nun wirklich der Älteste ist und halt nicht mehr genau sehen kann, er hat wohl die ‚Neun' gedrückt, jedenfalls nicht die ‚Acht' und ist, denken Sie, festgehangen, ganze anderthalb Tage ist der festgehangen, der Ärmste."
Nach gelinden Stockungen hielten sie. Im achten Stock.

Dort war abermals ein Flur zu passieren, etwa hundert Schritte in unsicherem Licht, dann ging's um eine Ecke, wieder durch eine Doppeltür, in ein Büro, in dem zwei betagte Damen Wache hielten. Beide, mit seriös übereinstimmenden Gebärden, baten, Platz zu nehmen, der Alte, der sie gebracht hatte, wünschte Leila und Larry ein gutes Gespräch, guten Erfolg, dienerte und verzog sich; die neuen Compagnons sanken in betagte Sessel.

Wagten in der wichtigen Atmosphäre, die unter den Wächterinnen herrschte, kein Gespräch. Zumal Larry nicht gewußt hätte, wie ihm oder ihr hier annähernd ‚positive' Bemerkungen gelungen wären.

Auf ein Klingelzeichen hob die ältere der Damen einen schwarzen Telefonhörer, lauschte, nickte, legte auf, zeigte strahlendes Lächeln und winkte mit weißer Hand in Richtung auf eine dunkle Lederpolstertür. „Sie dürfen eintreten, beide – bitteschön, meine Herrschaften."

Larry wollte das Türpolster gerade beiseitedrücken, da wurde es von innen geöffnet und es stand ein großer Mann vor ihnen. Offenbar der Chef des ‚General-Anzeigers'.

Larry wies auf Leila, sagte ihren vollen Namen, der Chef zeigte Entzücken, ließ seinen glatten Schädel auf Leilas Hand nieder, schüttelte dann die des Larry Libuda, drückte sie kräftig und bestimmt, bat beide in sein Revier.

Das war holzgetäfelt, die Fenster sehr klein, fast unter der Decke, ringsum an den Wänden dunkelndes Holz, auf allen Sitzen Leder, auch auf dem Schreibtisch, hinter dem nun die eindrucksvolle Gestalt stand, ums Platznehmen bat und abwartete, bis sich auch Leila gesetzt hatte, bevor er sich selber niederließ. „Sie rauchen, mögen einen Drink?" Er bot an, Leila nahm eine Zigarette, bekam Feuer von dem Herrn; als alle wieder saßen, begann er eine längere Plauderei über die schweren Zeiten, die dies vormals so hoffnungsvolle Land betroffen hätten. Sie würden sich sicherlich wundern, auf welche Weise sich der ‚General-Anzeiger' verbarrikadiere in diesem finsteren HinterGebäude, aber so sei nun mal die Situation, finster, die nationale und bald auch die internationale, er kenne sich einigermaßen aus, sei zweimal Finanzminister dieses Landes gewesen, unter demokratischen wie unter undemokratischen Bedingungen, es floriere seit langem nur noch eines, der allgemeine Niedergang, und der werde irgendwann auch die heute noch so glücklichen europäischen Staaten erwischen. „Sie blicken enttäuscht, Fräulein Willuweit?"

„Ich finde, das war nicht grade eine ermunternde Begrüßung für jemanden, der auf ein Geschäft hofft in Argentinien."

„Soll ich so tun, als sei alles in Ordnung? Gerade wenn Sie an Geschäftliches denken, benötigen Sie korrekte Informationen. Soeben haben die Amerikaner abermals einen Präsidenten gewählt, der auf Show aus ist und auf sonst gar nichts, der also von den wirklichen ökonomischem Abläufen keine Ahnung hat und schon deswegen sein Land in immer abenteuerlichere Finanzen stürzt, in so aberwitzige Verschuldungen, daß darüber, über kurz oder lang, auch die großen, die heute noch scheinbar so sicheren Kapitalmärkte zusammenbrechen werden."

„Nullen als Staatschefs gab's schon immer."

„Richtig. Sie werden nur um so gefährlicher, je mächtiger der Staat ist, dem sie ihre Tricks verkaufen konnten."

„Warum sehen Sie die Finanzmärkte auf CrashKurs?" wollte Larry wissen.

„Weil das Geld so rasant vermehrt werden muß, daß es schlicht keine Gegenwerte mehr bekommt. Weil es schlicht nichts mehr wert ist. Die höchsten Schuldentürme stehen nicht mehr in Brasilien oder Argentinien, sondern an der Wallstreet. Ein kleiner Unterschied allerdings existiert noch: wer in Argentinien die Finanzen zu verwalten gehabt hat, der weiß, wie so ein Schleuderkurs sich austobt. Wie verheerend, wie unaufhaltsam. Das ist wie ein hurricane. Wie ein Erdbeben. Keiner kann sich entziehen. Auch Bankgebäude nicht. Gerade die stürzen dann ein, haltlos. Mögen Sie einen Kaffee? Herr Sprickmann, eine Zigarre?"

Sie lehnten ab, höflich, der Herr aber griff sich eine Havanna, präparierte, schnitt und zündete und setzte dazu sein Referat fort. In Argentinien sei man längst zu stündlichen Festsetzungen auch der amtlichen Kurse übergegangen. Mindestens alle sieben Tage müßten für Ratenkäufe die Formeln neu berechnet werden. Und nicht umsonst eilten Lohnempfänger sofort nach dem Erhalt ihrer Bar-Schecks zur nächsten Bank, niemand könne sie daran hindern, auch wenn es natürlich verheerend sei für eine Volkswirtschaft, daß Leute, die zum Teil gut bezahlt würden, daß wichtige Mitarbeiter und Geschäftspartner einmal pro Monat oder pro Woche stundenlang absolut unproduktiv in irgendwelchen Schlangen warteten, an diesem Tag so gut wie nicht zu erreichen seien.

Leila erkannte eine Chance, ihn zu unterbrechen. „Wenn Sie recht haben mit ihrer Voraussage, daß Geldwerte verfallen, demnächst auch bei uns, dann hieße das, Sie raten zu Sachwerten?"

„Das wird für den Privatmann zur einzigen Lösung. Alles andere ist ein Faß ohne Boden. Natürlich bieten sich noch jetzt in Europa interessante Renditen, traumhafte Zinsen, ich weiß, aber eben diese enormen Zinsen zerschinden ja nun mal die vorhandenen Geldwerte, vermehren das umlaufende Geld auf eine Weise, wie sich sonst nur Ratten vermehren und Läuse und Aids-Viren, pardon, aber man kann unser Geldwesen nur noch mit einem Krebs vergleichen. Mit tödlicher Wucherung. Und solange keine KriegsOperation dazwischenfährt, also eine Entwertung de facto, haben wir die Entwertung an den Börsen. Erst schleichend, dann stürzend – lassen Sie sich's gesagt sein von hier aus, in Buenos Aires. Die Vermögenden hier suchen zwar alle ihr Heil in der Flucht, noch immer möglichst in den Dollar, aber sie flüchten damit nur vom Regen in die Traufe. Darum, in der Tat, verehrte Frau Willuweit, wenn Sie irgendetwas zu veräußern haben sollten – dann –"

„Ich habe in der Tat – und Vater sagte mir am Telefon, daß Sie mir dabei helfen könnten." Während sie weiterredete, holte sie mit geschickten Fingern aus der Innenseite ihres Gürtels die Dollar-Hunderter. „Ich hatte bei meinem letzten Geschäft einen Partner, der ähnliche Ratschläge bereithielt wie Sie. Und der mir vorschlug, als Gegenwert für meine Waren keinen Scheck, keine Geldbeträge anzunehmen, sondern garantiert echte Sachwerte – diese." Jetzt erst öffnete sie die Scheine, legte sie dem Zeitungs- und FinanzChef auf die Tisch-Auflage. Zwei geöffnete Dollarnoten aufs dunkle Leder.

Der tat, als habe er plötzlich etwas Unberührbares vor sich. Eine Schlange oder einen Skorpion. Jedenfalls hielt er seine Finger betont weit weg von dem, was in den Dollarscheinen lag, den Kopf hob er gar ein wenig höher. Vielleicht erkannte er so besser, was ihm entgegenblitzte. „Hochinteressant, aber – pardon, hier muß ich erst einmal passen. Da müßte ich denn doch mal den Fachmann fragen." Er hob schwarzen Bakelit, drehte eine jaulende Scheibe, redete spanisch, gab Anweisungen, legte auf.

„Das scheinen in der Tat enorme Stücke. Vor allem dieser Stein hier. Wenn sie wirklich echt sind, dann könnten Sie einen guten Handel gemacht haben. Aber warum, Verehrte, wollen Sie diesen wunderbaren Besitz wieder loswerden? Behalten Sie doch das – wollen Sie solchen Besitz etwa eintauschen, doch nicht in windiges Geld? Diese Dinge sind heute so kostbar wie übermorgen, Geld aber – natürlich immer vorausgesetzt, wir haben es hier mit keinen Imitaten zu tun. Bewahren Sie sich doch das. Heben Sie's gut auf!"

„Ich habe nicht vor, ewig und drei Tage auf einem Besitz zu hocken."

Da erschien im Raum einer jener alten Herren, einer aus der Redaktion. Ebenfalls in dunkler Hose, weißem Hemd, die Krawatte zwischen Knopf zwei und drei gesteckt. Dieser hier trug außerdem ein Köfferchen, ging stumm seinem Chef zur Seite. Stellte das Köfferchen auf den großen leeren Tisch, öffnete es, holte Lupen heraus, Tücher, Pinzetten, eine winzige Waage, griff sich vorsichtig, mit Hilfe der GreifGeräte, die Ringe aus den Geldscheinen, wog sie, sah durch die Lupe, hielt sie gegen die hohen kleinen Fenster, murmelte Spanisches. Der Tonfall klang nicht gerade abweisend, auch nicht verächtlich, eher im Gegenteil, bewundernd – legte dann beide Ringe wieder in die Dollarnoten, holte langsam Luft, kratzte sich sein Bärtchen, nahm sich einen Notizblock aus der hinteren Hosentasche und begann zu rechnen, zu notieren, riß schließlich den Zettel vom Block und legte den zwischen die Hunderter. Vorlage für den Chef.

Machte eine bedeutende Geste, mit beiden Armen, als sei er der Tenor in ‚Carmen' gewesen und habe sich nach glorreicher Premiere an der Rampe zu verbeugen. Griff sich, während der Chef bereits las, seine Utensilien, verzog sich, dienernd, durchs Lederpolster.

„Also," murmelte der Finanzfachmann, der inzwischen den Zettel höher gegen das Fenster gehoben und noch einmal bei besserem Licht studiert hatte, „das ist interessant. Das ist phantastisch. Mein Mitarbeiter hat mich in vielen vergleichbaren Situationen verläßlich beraten. Ist ein wirklicher Kenner. Und hier hinterläßt er eine erste Taxierung, die bemerkenswert scheint. Sie haben da ein Stück erwischt – vor allem in diesem einen Fall scheint es sich um eine ungewöhnliche Kostbarkeit zu handeln. Ich will offen reden. Schließlich sind Sie die Tochter eines meiner besten Mitarbeiter, meines langjährigen Freundes. Herbert Willuweit kenne ich seit 1959. Auf keinen Fall sollten Sie mit diesen schönen Stücken irgendwelchen Schwindlern erliegen, von denen gibt es in dieser Stadt fast so viele wie Einwohner. Und natürlich sollten Sie nun alle Angebote ausschlagen, die nicht in harter Währung gemacht werden. Infrage kommen Dollar, Yen, Mark oder Schweizer Franken. Hier, auf diesem Zettel wird mir signalisiert, daß der eine der beiden Ringe knapp 100.000 Dollar wert sei. Bieten solle ich 50.000, meint er. Na gut, was ich biete oder bleibenlasse, bleibt wohl noch mir überlassen. Aber im anderen Fall nennt er tatsächlich eine phantastische Zahl, einen Wert von derzeit – ich hole Luft – von derzeit anderthalb Millionen."

„Dollar?"

„Dollar. Das kann ich zwar kaum glauben, aber es gibt ja solche außerordentlichen Stücke. Und wenn es sich wirklich um 112 Karat und um Platin handelt, dann könnte das hinkommen. Bei diesem beachtlichen Gewicht, je nach Marktlage, je nach internationaler Preislage, könnte man für dies Exemplar womöglich einen annähernd so hohen Betrag erzielen."

„Bieten sollen Sie dagegen wieviel? Was rät er?"

Der Chef lächelte. „Gerade nur achthunderttausend. Vergessen Sie's."

„Mein Vater sagte mir, wenn einer in dieser Zehn-Millionen-Stadt über genügend Kontakte mit Leuten verfüge, die ausreichend liquid sind, dann seien das Sie. Womöglich haben Sie selber Interesse?"

„Sie erwischen mich bei einer schwachen Seite, schöne Frau. Soeben noch halte ich Ihnen ein Plädoyer für den Sachwert, rede vom Verfall der Währungen, erkläre, daß angesichts des Aufstands der Dritten Welt die Menschen in der Ersten zusehen sollten, wie sie das, was sie sich über Generationen erarbeitet haben, in optimale Sicherheit bringen, und zwar in unvergängliche, da kommen Sie – mit einem solch lukrativen Angebot." Er drehte die Scheine. Faßte noch immer nicht die Ringe selbst an, geschweige denn die Steine, nein, er drehte und zog die Dollarscheine auf dem dunklen Schreibtisch-Leder hin und her, paffte heftig seine Zigarre und betrachtete den Skorpion, die tödlichen Kurven und Spitzen aus guter Distanz, seufzte und sagte schließlich, ohne von den Stücken aufzusehen. „Ich mache Ihnen einen Vorschlag. Kommen Sie morgen Mittag mit Ihrem Herrn Vater und mit Ihrem Herrn Verlobten zu uns. Und zwar in den Deutschen Club. Wir essen zusammen, und dann –"

Wieder griff er zum Telefon, verlangte eine Verbindung. Während der Wartezeit stützte er seinen großen glatten Schädel auf die eine Hand, drehte mit der anderen den Schein, in dem der Brillant lag. Zog und wendete das hin und her, als spiele er mit der besonders hübschen Lokomotive einer Modell-Eisenbahn.

Das Gespräch kam, er redete nun wieder spanisch, ziemlich viel Gelächter mischte sich ein, man schien bester Laune. Er legte auf. „Ich werde einen guten Bekannten mitbringen, einen Bankier aus der Schweiz. Einen guten alten Freund. Kann sein, wir teilen uns das Vergnügen. Das heißt, er schafft dieses schöne Stück an, für sich privat. Ich aber habe das schiere Vergnügen."

„Sie meinen Provision –"

„Vielleicht auch das."

„Für wieviel – schafft er das an? Was meinen Sie?"

„Wenn er so guter Laune bleibt wie er's eben noch war, dann – könnte sein – dann verfügen Sie morgen abend über eine Million."

Das Restaurant, das sie am Telefon mit ihm vereinbart hatte, betrat er eher unbeholfen. Erst recht, als er Leila bemerkt hatte, sie und ihr Winken, näherte er sich ihr linkisch, beinahe unterwürfig. Vater und Tochter – zum erstenmal miteinander live? Die beiden Begrüßungsküsse, je einen auf jede Wange, Larry wußte nicht, wo er solang hinsehen sollte, schaute zum Grill, dort zeigten zwei Tango-Jungs Fleischkunststückchen.

Da stellte sich der Alte vor Larry, wollte auch ihn begrüßen. „Willkommen, Herr Sprickmann, willkommen in Argentinien. Sie sind also Leilas Verlobter?"

„Wie Sie möchten. Nehmen Sie doch Platz. Wir sind gut befreundet. Aber wenn's Ihnen was bringt, mach ich gern auf verlobt." Der Herr mit dem schütteren Weißhaar und dem weißen Schnurrbärtchen schaute zu seiner Tochter hinüber, etwas hilflos. „Du hast mir doch gesagt – am Telefon – und denen im Büro –"

Sie saß bereits. „Mein Gott, ich mußte ihn doch irgendwie vorstellen, komm setz Dich, was willst Du essen."

„Also doch noch gar nicht verlobt?"

Sie schlug nun wieder mit dem Juchtenleder, mit der Rechten in die Linke. „Mich will halt keiner. Werd wohl sitzenbleiben – Jesses, einen anderen Kanal bitte. Im Grunde könnten wir uns den FamilienZirkus hier sparen, inzwischen war ich bei Deinem obersten Kriegsherren, der hat prima geschaltet, morgen sind wir im Deutschen Club, ich hoffe, danach ist alles gegessen."

„Ja, hat er mir gesagt, Du warst bei ihm." Er zog einen Stuhl vor, wollte sich nun setzen. „Es wäre nett gewesen, Du hättest damit solange noch warten können, bis ich zugegen war." Der Stuhl scharrte auf dem Holzboden, knarzte, er hob ihn hinter sich ein bißchen an, mit schon ausgestrecktem Po, mit sitzbereitem, gab sich mit seinen Füßen diese und jene Mühe, endlich hatte er das Holz so weit zurechtgerückt, daß auch er sich niederlassen konnte. „Hab ich natürlich alles brühwarm erzählt bekommen, von den Kollegen."

„Dreimal Steak?"

Da Herr Willuweit nicht widersprach, sondern seinen Büro-Faden weiterknüpfen wollte, bestellte sie, überließ es Larry, ihrem Vater zuzuhören. „Es war nicht gerade geschickt von meiner Tochter, sich als erstes lauthals ausgerechnet zu Kafka zu bekennen."

„Wieso ungeschickt?" fragte er.

„Sie verehre Kafka, hätte sie den Kollegen erklärt, unüberhörbar. Hat das sogar wiederholt."

„Och bitte, nu halt mal die Luft an."

„Ausgerechnet mit dem Ausbund alles Negativen und Niedrigen mußtest Du Dich einführen? Immerhin bist Du meine Tochter, ein klein wenig Rücksicht –"

„Entweder Du willst Dich jetzt vernünftig unterhalten oder Du sitzt im nächsten Moment alleine in diesem Restaurant."

Verdattert blickte Herr Willuweit zwischen Tochter und Schwiegersohn in spe hin und her. Er furchte sich sein weißes Bärtchen. „Hab ich mich nicht vernünftig und in aller Ruhe unterhalten?"

Larry wollte wieder beruhigen, Peinlichkeiten mildern. „Ich glaube, Sie beide, Sie kennen sich noch so gut wie gar nicht, oder?"

„Da haben Sie recht. Meine Tochter erscheint mir sehr fremd."

„Und Du bist für mich 'n Steinzeitmänneken. Aber das macht nichts, in jeder Familie gibt es solche Gespenster. Hauptsache Du hast geschnallt, daß ich Deine prima Beziehungen hier in Buenos Aires inzwischen nützen konnte."

„Ja, gratuliere. Es war die Rede von einer beträchtlichen Summe. Willst Du sie mir zum Aufbewahren geben?"

„Wie bitte? Aufbewahren? Dir?"

„Warum nicht?"

„Den Bock zum Gärtner machen? –"

„Denk an Deine Zukunft, Kind."

„Ich denk an meine Gegenwart, Alter."

„Du dürftest ruhig auch mal an mich denken."

„Ein Alptraum."

„In der Tat, Leila, ein Alptraum. Ich hatte es nie einfach. Weder drüben noch hier. Arbeite immer noch, täglich zehn

Stunden, manchmal zwölf. Obwohl ich nun ins dreiundsiebzigste gehe –"

„Ist er nicht ein Kotzbrocken, dieser Staubi, dieser Frust-Greis?" Sie blitzte Larry an, als sollte der ihren Vater ins Aus stellen, vom Platz pfeifen. „Wenn ich sowas schon höre – ‚Ich hatte es nie einfach' – und wie, bitteschön, hatte es meine Mutter? Und wie, bitte, hatte ich es?"

„Was damals passiert ist, kannst Du schwerlich beurteilen. Du warst nicht dabei – es lief alles so ungut wie möglich, von Anfang an." Mit einem Blick auf Larry: „Schon wie sie mich verführt hat."

„Ach, schon dazu gehören zwei, Du Luder. Und ziemlich eindeutig ist zu beurteilen, wer wen im Stich ließ – ‚ungut'."

„Bitte, laß jetzt diese alten Dinge ruhen, herrje, wir haben einen Gast."

„Den lade *ich* ein, mein Gast ist das. Und wer hat denn angefangen mit den ‚alten Dingen', Du hättest es nie einfach gehabt, haste gejault."

„Da müßte ich Dir sehr vieles erklären. Deine Mutter war sehr schön."

„Das ist sie noch heute! Aber Du TrockenBock hast ja auch davon keine Ahnung."

„Psst. Nicht so laut, ich bitte Dich. Ich war damals gerade, nach acht ekelhaften Jahren, endlich wieder in der Freiheit –"

„Hör auf! Untersteht ausgerechnet er sich, ‚Freiheit' in den Mund zu nehmen."

„Also lassen wir das."

„Gut, lassen wir das. Ein Glück, da kommen die Steaks. Keine Sorge, Griesgram, zahlen werde *ich*." Sie knallte das Juchten neben den Teller, griff sich die WürzBatterie.

Sie würzten, schnitten, kauten, aßen eine Weile. Schließlich wendete sich Herbert Willuweit an den Mann von der Emscher. „Und Sie, wenn man fragen darf, was machen Sie? Beruflich?"

„Ziemlich unregelmäßige Einkünfte. Im Schnitt eher mäßige. Kein empfehlenswerter Schwiegersohn. Zur Zeit hält mich Ihre Tochter aus. Nicht nur bei Steaks ist sie so frei –"

„Hm. Auch Ihnen scheint an einem freundlichen, an einem vernünftigen Gespräch wenig gelegen."

„Was wäre denn für Sie ein vernünftiges Gespräch? Worüber würden Sie denn gerne reden?"

„Ach, im Ernst einmal über diese oder jene familiären Grundsätze. Vor so etwas wie einer Verlobung zum Beispiel haben wohl auch Sie keinen Respekt mehr, wie? Niemand mehr in Deutschland, oder?"

„Sie haben in Argentinien geheiratet?"

„Ja."

„Er *mußte* wahrscheinlich," knurrte Leila, „hat weitergeschwängert. Aber weil sie diesmal blond war, blauäugig, rassisch wertvoll, haute er *nicht* ab."

„Ich fürchte", der Alte hatte Mühe mit dem FleischSchneiden und redete sehr angestrengt, „man hat hierzulande, jedenfalls bei unseren Landsleuten, mehr Familiensinn als inzwischen in der alten Heimat, in unserer zersetzten, materialistischen."

„In der Du seit 25 Jahren nicht mehr gewesen bist."

„Die ersten 39 LebensJahre haben mir genügt. Vollauf. Davon vor allem die letzten acht. In eurem selbstgerechten StaatsBeton."

Er wendete sich mit seiner resignierten Herren-Miene wieder zu Larry, offenbar in der Hoffnung, bei einem Mann mehr Verständnis zu finden für das, was er nun unbedingt loswerden wollte. „Noch gestern kam mein Sohn zu mir, mein Ältester, und teilte mir mit, daß er seine Verlobung als gelöst betrachte."

„O Gott, hatte die böse Braut vor ihm 'nen anderen? Oder was hat er in ihrem Höschen entdeckt –"

„Ich mag es nicht, wenn über sensible Dinge so grob dahergeredet wird. Aber das ist es ja, was uns trennt, grundsätzlich."

„Wer hat denn angefangen mit Grobheiten? Wer hat denn gleich zu Anfang Kafka verwünscht?"

Willuweit blickte seine Tochter nun nicht mehr an, wandte sich ausschließlich an Libuda. „Sie sind Zeuge, mein Herr. Können bezeugen, wie ich nichts anderes versucht habe, als meiner Tochter in einem für sie fremden Land, wo es Bräuche gibt, die ihr unbekannt sein müssen, rechtzeitig ein paar gute grundsätzliche Ratschläge zu geben, also zum Beispiel in einer deutschsprachigen Umgebung nicht ausgerechnet mit der Lobpreisung eines jüdischen Schriftstellers zu beginnen. Aber Sie sehen nun, wie wenig solche väterlichen Hilfen bei ihr gelten. Und solche rüden Dinge, die sie jetzt über ein junges Verlöbnis andeutet, all das ist uns Deutschen hierzulande fremd. Zum Glück noch. Um etwas von dem zu demonstrieren, wie ich es mir auch von ihr gewünscht hätte, wollte ich Ihnen, was ich gestern erleben durfte, etwas genauer erzählen."

„Tun Sie's. Also. Warum hat ihr Sohn ‚das Verlöbnis gelöst'?"

„Er hat es gelöst, weil sich das Mädchen intim auf ihn eingelassen hat."

Leila ließ Messer und Gabel fallen. Einen Moment lang sah's aus, als ginge sie ihm an die Gurgel. Stand dann auf, verschwand, zur Toilette.

„Ich merke schon, daß sie ganz ähnliche Ansichten hat wie damals ihre Mutter. Die war Tochter eines Atatürk-Menschen. Entwurzelt. Ganz ähnliche Lebensart. Materialistisch. Kein Wunder, daß auch sie keinerlei Gespür dafür entwickelt hat, um was es meinem Sohn gegangen sein könnte. Daß er sich nämlich erhofft hatte, mit einer Frau zu leben, die noch geistige Werte zu schätzen gewußt hätte, die *nicht* billig zu haben sein würde –"

„Ich glaube, Herr Willuweit, Sie können sich auch mir gegenüber Ihre Erläuterungen sparen. Was Sie schildern, mag bei Ihnen hier üblich sein."

„Als Sitte. Als gute alte deutsche Sitte."

„Als Sitte. Vielleicht als Kirchensitte. Schmeckt bitter nach Kirchensitte."

„Was stört Sie daran?"

„Sie sagen das mit so viel Selbstgerechtigkeit, daß ich fürchte, auch mir würde, wenn Sie so weiterreden, übel. Eine JoungsterBraut, die endlich den Unterschied nicht mehr machen wollte, den uns die Kirche seit eh und je eintrichtert, diesen UraltUnterschied zwischen Fleisch und Geist, wobei der Mann, ‚natürlich', für den Geist steht – die diffamieren Sie und Ihr Sohn – ach, es hat wohl keinen Zweck, jemandem was klarzumachen, der von Kafka – lassen wir's –"

Eine Weile versuchte Larry, weiter zu essen. Er gab's auf. Ersehnte dringend ihre Rückkehr. Schließlich kam sie, bleich. Rührte vom Essen nichts an. Knüllte in ihrer Schlangenringfaust das Juchtenleder.

Und redete schließlich, kaum hörbar. „Wie bei meiner Mutter." Sprach noch leiser. „Nichts begriffen."

Willuweit mußte aufhören mit seinen keuchenden Eßgeräuschen, wenn er sie verstehen wollte.

„Türken haben unter ihren Fingernägeln mehr Familiensinn als Du in Deinem ganzen Leben. Ohne die Leute aus Adana, die uns aufgefangen haben, als Du davon warst, wär ich nie geworden, was ich bin. Und nun willst Du, Du Dauer-Nazi, von meinem Gewinn auch noch Deinen Anteil haben, wie?"

Auch er legte nun Messer und Gabel neben den Teller, wischte sich Mund und Bärtchen mit der Serviette, sah beide an und sagte: „Keinerlei Gespür. Nicht mal sowas wie ein Pflichtgefühl, etwa für den alt gewordenen Vater, der ohne Rente dasteht. Aber ehe wir uns hier weiter herumstreiten, was sicher auch für Deinen Freund unerquicklich ist, nehmen wir doch die einmalige Gelegenheit wahr und tragen unseren Zwist demjenigen vor, zu dem Du hier offenbar sofort Vertrauen gefaßt hast. Treffen wir uns – sagen wir übermorgen um zehn Uhr? – Treffen wir uns dann in unserem Redaktionsbüro und fahren wir gemeinsam hinauf zum Chef. Ich bin sicher, er wird sich für uns Zeit nehmen, sofort und gern, zeigte ja auch für Dich ganz offensichtlich Sympathien."

„Was sollten wir bei dem?"

„Tragen wir ihm unsere Ansichten vor, unsere gegensätzlichen, in aller Klarheit. Dann werden wir ja hören, was ein weiser, was ein erfahrener Mann zu dem, was uns trennt, zu sagen hat."

„Was soll dabei rauskommen? Rente für Dich?"

„Ganz und gar unverbindlich sollte das sein, nicht etwa ein Richterspruch, auch kein Rentenspruch. Sondern hilfreich –"

„Für wen –"

„ – zur Klärung unserer von langer Hand entzweiten Beziehung. – Einverstanden?"

Sie hatte ihn, während er redete, nicht aus den Augen gelassen, schlug wieder die Handschuhe in die Linke und betrachtete ihn ganz offensichtlich voller Haß. Erklärte endlich: „Einverstanden. Übermorgen. Um zehn. Wir zwei vor dem moralischen Kadi. Okay. Dann soll Dein GroßMogul entscheiden. Über Moral und Geld und alles. Auch über Deinen Anteil."

„Wunderbar. Meinetwegen auch über meinen Anteil. Dieser weltkluge Mann, dem dürfen wir uns getrost anvertrauen. Inzwischen weiß er eh, um welche erstaunliche Summe es geht. Und Sie? sind dann unser Zeuge, verehrter Herr Sprickmann?"

„Am besten machen Sie das allein ab, also mit diesem Herrn dort oben."

Der ‚Deutsche Club' residierte im höchsten der Hochhäuser, im obersten Stock.

Sie hatten unten im Foyer gewartet. Sahen nun, wie Herbert Willuweit herankam. Zu Fuß.

„Halt mich fest", zischelte sie. „Dies Gespenst. O halt mich fest, ich geh ihm an den verwaschenen Kragen." Er hielt ihre Hand, fest mit beiden Händen.

Ihr Vater kam die Straße herauf, unter den Girlanden aus Telefonkabeln näherte er sich, unter dem schwarzen Gehänge, das sich auch in dieser Hochhausstraße von einer Fassade zur anderen schwang, hin und her über die Schlucht, zwischen den Marmor-, Glas- und Stahlfassaden wie erste Boten von Chaos und Verfall.

Im Foyer tappte er auf die Tochter zu, wollte von ihr wieder die Begrüßungsküsse – Leila hob beide Hände.

Er wand sich. Wandte sich trauernd an Larry, wollte dem die Hand drücken.

„Meine Hand geb ich Ihnen ungern."

Der Alte nickte. Sah die Tochter an, trauernd, dann Larry, nickte wieder, unterm Bärtchen die Lippen eng. „Nicht mal eine Hand reichen sie. Auch er. Von daher also weht wieder der Wind. Gut zu wissen, mein Herr, woran ich bei Ihnen bin."

Larry drehte sich ab. Willuweit ebenfalls. Nun warteten sie gemeinsam.

Leila sagte dann, deutlich genug, der Vater konnte es gut verstehen: „Nun stehen wir hier herum. Unterm ‚Deutschen Club'. Ein guter Ort."

„Bevor Du weiter Unverschämtheiten hören läßt, die Dir später vielleicht leidtun könnten, habe ich Dir mitzuteilen, daß er meiner Bitte entsprochen hat. Wir sind ihm willkommen, hat er gesagt. Morgen um zehn, in seinem Büro."

„Schreck, ich hatt's schon wieder vergessen. Okay, morgen um zehn, bei Deinem Guru."

„Hey, Leila, halt durch. Wenn schon Wut, dann versuch lieber mal, ihn zu hieben."

„Ihn zu – was?"

„Früher war er es, der auf Euch einhieb, auf Deine Mutter, auf Dich. Nun revanchier Dich. Mach aus ‚hieb' die Gegenwart – versuch's mal, rein grammatisch, na? So wie er damals hieb, so mußt doch Du jetzt – na? – siehste, das geht nicht.

Schon rein sprachlich nicht. Also halt durch. Nur noch eine Stunde oder zwei. Bedenk, worum's in Wahrheit geht. Doch nicht um ihn. Wut lähmt. Beißt sich die Kobra in den Schwanz, steigt andernorts der Ziegentanz."

„Richtig, um die geht's. Die Ziege muß vom Eis. Okay, ignorieren wir ihn. Wenn's auch schwerfällt." Sie drehte eine nervöse Runde in dem gläsernen Raum, steuerte dann wieder auf Larry zu. „Ich weiß nicht, warum er mich so aufregt. Im Ausland finde ich immer wieder welche, die unverhüllt reden wie anno Großdeutsch. Und nun mein eigener Erzeuger –"

Ein dunkler Mercedes hielt, der Fahrer sprang heraus, lief um den Wagen herum, öffnete die hinteren Türen, der Ex-Finanzier des Landes stieg aus, auf der anderen Seite ein kleiner Mann mit dunklem Hut, Türen wurden zugeschlagen, der Wagen weitergefahren. Die Männer kamen herein, der Zeitungschef breitete die Arme, begrüßte Leila ausführlich, den Vater und Larry eher knapp. Bei Larrys Begrüßung zog der Boß plötzlich ein quergestreiftes Tuch aus der Manteltasche, hielt es ihm gutgelaunt entgegen: „Hatte ich's mir doch gedacht. Wann immer wir Besuch aus der Heimat haben, ist es dasselbe. Sie halten nichts mehr von Krawatten. Ohne Brustlatz aber kommen Sie nicht in den ‚Deutschen Club'."

Im Lift standen sie eng beieinander, zum Glück redete der Boß weiter, steif sei es nun mal im ‚Deutschen Club', „wie in alten Zeiten, mit allen Schikanen, sehen Sie her, verehrte Mademoiselle Willuweit, hier hab ich Ihnen eine ‚Damen-Karte' vorbereitet, Sie müssen nur noch unterschreiben und notieren, welchem Herrn Sie gehören möchten, also, haha, den Namen Ihres Begleiters. An sich ist der ‚Club' ausschließlich Herren vorbehalten, aber bei den Mahlzeiten machen wir seit kurzem Ausnahmen und sind ja selber darüber am glücklichsten."

Er sah sich nach seinem Redakteur um, betrachtete Willuweit. „Nichts gegen solche Plaudertaschen und AlleinUnterhalter wie Ihren Herrn Vater, man könnte seinem Schweigen stundenlang zuhören, aber am Ende seh ich mir doch lieber einen so reizenden Gast an wie seine Tochter, nicht wahr, cher Maître?" Der schweizerische Bankier nickte, lächelte, der Herr des General-Anzeigers wollte wohl überbrücken, was er als Verstimmung zwischen Vater und Tochter bemerkt hatte, scherzte auch oben noch, im 23. Stock, in der ‚Lounge', zwischen Sesseln und deutschen Landschaftsgemälden. Führte sie zur Garderobe und stellte seine drei Gäste, also den Schweizer und Leila und Larry, einem groß gewachsenen jungen Mann vor, dem frisch gewählten Chef des Clubs, einem Herrn Krott.

Herr Krott hieß mit Vornamen Otto und verbeugte sich, tat tiefe Diener und sagte jedesmal seinen vollen Namen, also „Otto Krott", was bei dreimaligem Aufsagen klang wie „Gott o Gott". Larry jedenfalls hörte das deutlich heraus.

Edle Greise auch hier oben; nicht nur in den Katakomben des General-Anzeigers walteten die alten, die besseren Deutschen, hockten hier in tiefen Sesseln, schienen aus Wachs, bewegten aber ab und an die Plauderlippe, im Vorübergehen bekam Larry zwei Wörter mit, „der Bennighofen?" wurde gefragt, „unfähig" wurde geantwortet.

Was den Gast aus Borbeck-Bergeborbeck nun gut ablenkte war der Blick, der grandiose Weitblick, der sich im Restaurant nach allen Seiten auftat, aus großen Fenstern über das offenbar unaufhörliche Hochhäusermeer hinweg und, auf der nördlichen Seite, also gegen die Sonne, über eine weite Wasserfläche – den Atlantik?

Der Finanz- und Zeitungsboß erklärte Larry, was von hier oben zu sehen war, zeigte den Hafen, die Bankhäuser und vor allem, nein, nicht den Ozean, sondern den riesigen Fluß, von den Gezeiten zum MeeresArm vergrößert, und dahinter, in der Ferne, am anderen Ufer des Stroms, die Küste von Uruguay, die Stadt Montevideo.

Am Tisch, während schon bestellt und serviert wurde, wollte Larry endlich wissen, was von diesen Kabeln quer über die Straßen zu halten war.

„Wir imponieren mit Improvisieren", sagte der Chefredakteur. „Auch dem Fremden zeigt dies KabelChaos, wie gut wir uns zu helfen wissen."

Die Suppe kam. „Vor drei Jahren", erzählte der Zeitungsboß, „ordnete unser Verkehrsminister an, daß man sich im Auto anschnallen müsse. Welch eine Zumutung für unsere Millionen kleiner Könige. Doch wer keine Gurte hatte, mußte Strafe zahlen. Als alle Wagen ausgerüstet waren, woran, wie jeder wußte, die Gattin des Ministers am meisten verdiente, da er auf ihren Namen die GurteFabrik überschrieben hatte, wurde der Erlaß wieder aufgehoben. Heute sehen Sie keinen mehr, der sich anschnallt."

Es gab ‚Krautwickel', dazu Dampfkartoffeln, Münchner Bier. Der groß gewachsene neue Vorsitzende „Otto Krott Otto Krott Otto Krott" eilte herzu, erkundigte sich bei jedem „Mundet's?" und fügte bei jedem zweiten hinzu „Ist alles klar?"

„Alles klar", informierte ihn der Chef.

„Zu den Kabeln am Himmel hier, junger Mann", meinte der Banker aus Genf, „da muß ich Ihnen erzählen, was wir vor zwei Monaten in meiner Bank erlebten. Ich war in Genf, mein hiesiger Direktor hat's mir berichtet. An einem Montag wollten die wie immer ihre Arbeit anfangen. Aber kein Telefon funktionierte. Sie können sich denken, was das heißt für eine Bank? Ohne Telefon können Sie nach acht Stunden Bankrott anmelden. Himmel und Hölle haben sie in Bewegung gesetzt, haben sogar den Postminister angeschissen, was half es, der Minister hatte natürlich keine Ahnung, niemand wußte Bescheid, keiner konnte erklären, was passiert war. Schließlich meldete sich die Sekretärin meines Filialleiters, die sonst, wie er behauptet, nie ein Wörtchen zu sagen wagt. Aber daß wir bankrott machen sollten, ging ihr denn wohl doch zu weit. Also, plötzlich meldete sich die betagte Mademoiselle, die gute, und behauptete, sie wisse, wer uns helfen könnte. ‚Sagen Sie's, um Gottes Willen, was wissen Sie, altes Mädchen' –

mein Direktor umarmte sie vor allen Mitarbeitern, zum erstenmal. Denn wenn die schon mal was sagte, hatte das Hand und Fuß, die Männer hier, die reden ja gern, mit Händen und Füßen und das meiste ist ,heiße Luft', also ,Buenos Aires', wörtlich, nicht wahr? ,Ach', sagte also diese Dame, ,gehen Sie zu dem Dicken, der wohnt einen Block weiter unterm Dach, der hat Erfahrung mit solchen Kabeln, war früher mal ein Monteur in der Telefongesellschaft, schicken Sie zu dem Dikken' – ,Zu dem Dicken? Na gut', sagte mein Freund, ,nehmen wir also den ,Dicken', ich nehm auch des Teufels Großmutter, wenn sie mir bloß die Telefone reparieren würde, schon länger als zwei Stunden sind wir jetzt ohne Anschluß, das sind zweihunderttausend UmsatzSchwund'. Die Gute beschrieb also genau, wo der Kerl wohnte, und dann wurde der geholt und der erschien auch tatsächlich in unserm Foyer, also mein Direktor schildert das immer sehr lebhaft: ,Sie können sich nicht vorstellen, wie der da aufkreuzte, dieser ,Dicke', aus der Gosse, klar, der hatte sich oben auf'm NachbarHochhaus eine Bretterbude gebastelt, natürlich gegen die Vorschrift, und lebte da luftig und ohne Miete und nun stand das Scheusal in unserm Palast und erklärte, ,okay, ich reparier Euch die Anlage, aber ich bekomme tausend Dollar', ,wie bitte?', ,tausend Dollar' wiederholte der, dieser Lumpenkerl, ,na gut", so antwortete mein Maître schließlich, ,wenn Sie die Anlage wirklich zum Funktionieren bringen, dann, in Teufels Namen, sollen Sie tausend Dollar bekommen', ,nein *jetzt* muß ich die haben, *vorher* will ich die', erklärte der Dickhäuter, der, wie meine Leute mir berichteten, nach Hühnersuppe stank und nach Knoblauch, muß ein Ungeheuer gewesen sein, ,also gut, verdammt, dann gebt ihm tausend Dollar, auf die kommt es nun auch schon nicht mehr an', der Kassier rückte ihm knurrend den Betrag heraus. Und dann stapfte der Kerl zum Portal hinaus, alle meine Mitarbeiter, da sie ja eh nichts arbeiten konnten, gingen mit oder gingen zu den Fenstern, um zu verfolgen, was der ,Dicke' nun anstellte."

„Und? Was machte er?"

„Der hatte sich seine alten SteigEisen mitgebracht, schnallte die an seine Stiefel und kletterte nun mit diesen krummen Eisen an dem Kabel-Pfahl hinauf, der auch bei uns vor dem Haus steht, und wo dann oben dieses Bündel hängt, das unserm Gast bereits als argentinische Besonderheit auffiel. Hantierte dort mit den Kabeln, Genaues ließ sich nicht feststellen, er schnitt wohl auch durch und verband wieder. Kabelte halt herum und hängte dann alles wieder neu ein und, hurra, es klingelte in unseren Büros – die Telefone waren zum Leben erwacht, es war kaum glaublich – was der Herr Postminister nicht zu organisieren geschafft hatte, das schaffte dieses Monstrum. Meine Leute waren so überrascht und glücklich, daß mein Direktor ihm einen weiteren Tausender anbot, wenn er ihm verriete, wie er das fertiggebracht hätte. ‚Okay'. Der nahm den zweiten Schein und vertraute es ihm an, leise, ganz dicht ans Ohr, er konnte, wie er mir beteuerte, den Geruch kaum ertragen, wollte es aber nun wissen. ‚Abgehängt' hörte er den Säufer, ‚abgehängt hab ich ihn, Euern Nachbarn.' Der Nachbar war die hiesige Nationalbank'."

Gelächter rund um den Tisch. Unterdessen hatte der Bankier mit Leila zu reden begonnen, der Schweizer ließ sich die Ringe zeigen. Hatte dann einen Mann vom Nachbartisch zu sich gewunken, der Bankmann übergab dem die beiden Ringe in den Dollarnoten, Larry beobachtete, wie nun abermals, in der Ecke am Fenster, mit Präzision geprüft wurde, gewogen, taxiert.

Schließlich wanderten Schein und Füllung wieder zurück, ein Papier lag auch hier dabei, offenbar ein GegenGutachten. Leila und der Mann aus Genf setzten sich an einen dritten Tisch, lasen, verglichen, hatten zu verhandeln.

Der gewesene Minister wandte sich an Larry, tat vertraut. „Passen Sie auf, junger Mann, sehen Sie sich vor – was diese beiden sich da aushecken. Der Genfer ist ein Filou."

„Könnte sein, Leila kennt Filous."

Der Zeitungsboß sprach seinen Redakteur an. „Hörst Du? Deine Tochter hat einen guten Ruf. Hm? Was ist los, Herbert. Schweigst wieder alles in Grund und Boden. Hörst wieder heimlich kommunistische Sender ab? Auf Infrarot?"

Willuweit holte Luft. Da seine Tochter jetzt nicht am Tisch saß, gelang ihm plötzlich eine längere Rede. „Guter Freund, wir sprechen ja morgen miteinander, über Dinge, die ich in Gegenwart dieses forschen jungen Mannes nicht verhandelt wissen möchte. Es kommt halt zuweilen hart. Besonders dann, wenn man sich Illusionen gemacht hat. Irgendwann *muß* wohl die Enttäuschung kommen. Und die ist dann entsprechend groß."

„Sag bloß, Du redest von Deiner Tochter. Zu der kann man Dir doch nur gratulieren."

„Kann sein, levantinische Geldgeschäfte, die beherrscht sie. In der Tat, da kann man gratulieren. Aber es gibt schließlich noch andere Dinge im Leben. Darüber aber lieber morgen."

„Okay, der Termin ist vorgemerkt, ist akzeptiert. Zehn Uhr?"

„Zehn."

Dessert wurde serviert, Leila und der Genfer Geldmann setzten sich wieder an den Tisch, und während nun allesamt Pudding speisten mit Himbeersoße, gelangte, über den Zeitungsherrn, an Larry Libuda die FlüsterBotschaft, daß die Bewertung ähnlich günstig ausgefallen sei wie am Vortag. „Sie sollten Ihrer Freundin morgen nicht von der Seite weichen. Ihre Leila wurde soeben von diesem Gauner eingeladen, sie möge sich morgen früh, mit Bürobeginn, in seiner Bank einfinden, schräg gegenüber dem ‚General-Anzeiger'. Geben Sie acht."

„Er zahlt in Dollar?" Auch Larry sprach leise, konnte freilich nicht vermeiden, daß Herbert Willuweit einiges verstand.

„Im Ernst, gehen Sie am besten morgen mit zu dieser Schweizer Bank. Soviel ich jetzt die beiden Mauschler verstanden habe, will er ihr ein Konto einrichten."

„Aha? Ein Konto? Also doch? Mitten in Argentinien? Welche Ehre."

„Für Dollars immer. Und für Sachwerte sowieso. Und" – der Chef zischelte nun so leise, daß Willuweit nichts mehr verstehen konnte – „er wird ihr morgen zu diesem Konto eine Kreditkarte aushändigen. Über die sie frei verfügen kann. Bis in die Höhe der fraglichen Summe. Halten Sie ihr dann diesen Herbert vom Leib – in Geldsachen ist der hinterhältig."

„Tu mir den Gefallen, Ewald, und wähle die TelefonNummer auf der anderen Seite unseres Planeten. Und verlang Raum 511."

Larry hatte abermals Grund, das vorläufige Telefonsystem dieses Schwellenlandes interessant zu finden, schon nach drei Minuten hörte er den Baden-Badener Staatsanwalt.

„Larry, was ist jetzt Sache. Ich bin voll Ohr."

„Sitzt Du gut?"

„Stabil."

„Dann sag mir als erstes: heute waren ja wohl Freitagspiele – wo steht mein Proletenclub?"

„Kurz vor dem Absturz. Tut mir leid, Larry. Ja, sie hatten ein Freitags-Spiel. Gegen den Nachbarn, gegen Wattenscheid. Nach ruppigem Spielverlauf eins zu zwei, Wattenscheid Tabellenführer. Und? Wie steht's bei Dir?"

„Es gibt immer wieder Wühlmäuse, die es schaffen."

„Wen meinst Du?"

„Nicht nur Wattenscheid. Nimm zur Kenntnis, daß unsere Juwelenjagd mit dem heutigen Abend abzublasen ist."

„Wie bitte?"

„Ergebnislos."

„Mach mich nicht schwach. Erzähle."

„Die gemutmaßten Super-Geschmeide, die hundertzwölf Karat sind ein Phantom."

„Was sind Sie?"

„Existieren nicht."

„Aber hör mal – wieso?"

„Das Ganze war ein Mißverständnis. Ein wechselseitiges. Folgendermaßen. Werd's Dir schriftlich nachreichen. Frau Willuweit durfte damals, in Zürich, zwei Tage lang glauben, einen seriösen Partner getroffen zu haben. Meinte, ihm tatsächlich helfen zu können, wenn auch nicht ohne eigenen Gewinn. Der Mann hat glaubhaft von einer Notlage sprechen können – wir wissen, da hat er die Wahrheit gesagt. Als sie dann aber in der Zeitung, noch in Zürich, von dem Überfall in Baden-Baden las und ihr ein Licht dämmerte, hat sie ihm zwar noch die Safe-Schlüssel ins Kittchen gebracht, in dubio pro reo, im Zweifel für den Maulwurf, nicht wahr? Aber gerade damit sorgte sie auch schon für einen überdeutlichen Wink an den Staat, für einen, den selbst Aufpasser wie die in Baden-Baden nicht übersehen konnten. Für den entscheidenden Tip also, wo der rheinische Hort zu angeln wäre. Den haben wir ja dann, in gemeinsamer Aktion, gefunden. Am Paradeplatz."

„Und wo blieb der Rest? Was tat sie, nachdem Sie in Baden-Baden war?"

„Erlag sie einem doppelten Mißverständnis. Frau Leila entging zwar nicht, mit welcher Intensität ich mich ihrer Reise anschloß. Mußte aber annehmen, daß da wieder mal jemand ihren Versuchen auflauerte, ungerechten Zoll zu umgehen."

„‚Ungerechten'?"

„Muß ich's Dir noch erklären? Die GATT-Absprachen? ‚Festung Europa'? Ewald, wenn die Textilien, mit denen Frau W. handelt und die in den sogenannten Drittländern in hoher Qualität und zu erstaunlichen Preisen entstehen, wenn die ins europäische Kartell dürften, dann könnten wir unsere eigenen Produkte vergessen. Die Zoll-Sperre gegen die Armen dieser Welt hat sie in der Tat mehrfach zu unterlaufen verstanden. Und als sie nun diesen Herrn, Deinen BankFreund aus Borbeck, auf Schnüffelspur bemerkte, mußte sie annehmen, es ging um eben diese ihre gut gemeinten Tricks gegen den Panzer, mit dem wir uns gegen die da unten abschirmen."

„Deswegen also –"

„Deswegen der Haken, den die Häsin am Flughafen Istanbul schlug. Wollte mich loswerden. Erst in Alexandria konnte ich ihr einigermaßen klarmachen, worum es eigentlich ging. Endgültig durch jene generöse Einladung. Durch den Flug über den Atlantik. Schon in Ägypten beschrieb sie mir die näheren Umstände in Zürich und Baden-Baden, von Mal zu Mal detaillierter, am Ende lückenlos."

„Aber wo hat sie nun, herrje, die Klunker. Wir waren doch zum Schluß davon ausgegangen, daß diese Frau W. sich womöglich konzentriert hat auf die wichtigsten Steine. Auf diesen 112-Ender – sowas konnte sie ja wohl auch im Handgepäck unterbringen –"

„In der Tat, unterwegs nach Alexandria hatte sie nur Handgepäck. MiniTäschchen. In Alexandria gab es dann die Probleme, die ich Dir andeutete. Anfangs wollte sie mich nämlich auch dort noch loswerden, auf, sagen wir, handgreifliche Weise, mit üblen Helfern."

„Helfern, denen sie doch auch die Steine hätte verhökern können."

„Hätte sie. Dann hätte ich aber spätestens hier, in Argentinien, in Ihren Täschchen und Winkelchen irgendeine Art Gegenwert finden müssen. Einen Scheck, eine Quittung, Kreditkarte oder dergel Belege. Sie hat mir nach dem Atlantikflug, glaub es mir, nichts mehr verborgen."

„Im Interesse an den Millionen – werde deutlicher."

Larry sah, wie sie, ihr Ohr ebenfalls am Hörer, ihm zunickte, lächelnde Mona Leila, 112 Karat.

„Muß denn nun immer ich der sein, der dem BankNachbarn was vorbuchstabiert? Frau W. verfügt nachweislich weder über irgendwelche Werte noch über Dokumente über Werte noch über Safeschlüssel noch Schließfachschlüssel. Also über irgendwelche Hinweise auf Besitz, den sie woanders besäße. Kein Safe, kein Konto, keinen toten Briefkasten, nicht mal Spuren einer Briefkastenfirma – "

„Über was dann?"

„Sie verfügt hier lediglich über einen Vater, der dermaßen deutsch ist, daß einem Hören und Sehen aufgeht. Der will von ihr Geld, sie hat aber keins. Seit Alexandria hat sie einen Koffer bei sich, dessen intimste Falten ich, wie angedeutet, durchstöbern durfte. Bis obenhin war der mit Textilien gefüllt, nicht im geringsten mit Edelmetall."

„Nicht zu fassen."

„Das einzige Stück, das ich fand, war ein Schlangenring aus Brillanten, ein Fingerring, den man in der Liste des Vermißten unter Nummer 23 findet. Den rückte sie mir auch sofort raus, aus freien Stücken, ohne Probleme; obwohl dieser Herr aus Oggersheim ihr den geschenkt hatte – ein Geschenk im Wert von immerhin etlichen zehntausend, ein Ring, den sie, wie gesagt, in gutem Glauben annehmen konnte. Rückt ihn freiwillig raus."

„Guter Glaube schützt nicht vor Rückgabepflicht. Alles andere wäre strafbare Vorteilsnahme. Die ist inzwischen zwar üblich, vor allem bei Politikern, aber –"

„Den Ring, wie gesagt, bringe ich mit. Ansonsten – null Gestein, null Metall."

„Unfaßbar. Dann warst Du auf der falschen Spur."

„Der Freisinnige, der hat sich an diesem 28. Dezember wenige gute Stücke gegriffen. Hatte zu mehr schwerlich Zeit – hinterm Vorhang das notdürftig zusammengeklebte Liebespaar – ist schnellstmöglich auf und davon, nach Zürich."

„Hast Du diesen Vater überprüft? Hat sie dem was zugesteckt?"

„Dem steckt sie höchstens E 605 ins Steak."

„Machen die beiden Dir nichts vor? Hintenrum, geschäftlich, verstehen die sich prima? Ich meine, ich kann das alles von hier aus ja längst nicht mehr nachvollziehen. Seit Du Dich in Zürich entschieden hast, der Dame nachzureisen und dann in Istanbul gleichfalls – ich bin auf Deine Korrektheit vollkommen angewiesen –"

„Guter Freund von der Emscher, wie hieß das in meinem ersten und einzigen Semester? *In dubio pro reo?* Auf deutsch *im Zweifel dem Maulwurf kein Vorwurf?"*

„Was willst Du mir damit sagen?"

„*Wenn* sie je was besessen haben sollte aus dem sagenhaften Hort, wo sollte das denn geblieben sein. In Istanbul blieb zum Verkungeln keine Zeit. Hat nur gerade einen einzigen verkehrsreichen Platz per Taxi umrundet, einen Kreisverkehr, zurück zum Flughafen. War zwischendurch bei keinerlei Schließfach. Im Flugzeug saß ich dann ein zweitesmal neben ihr, hatte ihr Gepäck und alle ihre Handgriffe ständig im Auge. Kein BH, keine Stiefeletten, nichts mit doppeltem Boden. In Alexandria kamen wir uns dann, nach den ‚Problemen', so nahe, daß ich irgendeine Quittung oder ein Extra-Täschchen oder gar eine dunkle Ledertasche, wie sie in Deinen Papieren immerzu beschrieben wird, nicht hätte übersehen können. Ihr Haß auf den Vater ist ebenso glaubwürdig wie hinreißend. Und im selben Maß verschwand inzwischen ihr Mißtrauen vorm vermeintlichen Zöllner Libuda, so sehr, daß ich ihr in Deinem staatlichen Namen eine Garantie gab."

„Eine Garantie?"

„Daß bei ihrer Einreise ins Deutsche keinerlei Zollfahndung läuft. Als Gegengabe hat sie mir all ihr Soll und Haben vorgeführt. Täschchen, Papiere, Koffer."

„Also muß ich's akzeptieren. Außer Spesen –"

„– und außer einem immerhin ganz schön teuren Geschenk – nichts gewesen. Das heutige Datum nimm als letzten SpesenTag. Betrachte diesen Teil der Inquisition als abgeschlossen. Und von nun an, da ich jetzt schon mal hier bin, bleibe ich noch ein bißchen, als Urlauber. Falls Du für sowas Verständnis hast. Hm, haste nich? Schweigen?"

„Tu, was Du für richtig hältst."

„Aber höre, Nachbar. Das klingt nicht gut. Tönt brummig, eher biestig und wenig überzeugt. Das dürfte doch nicht das erstemal gewesen sein, daß einer wie ich einem Nichts hinterherhetzte. Womöglich einem Minus. Vielleicht hätte auch Dir schon in den ersten VernehmungsProtokollen ein gewisser Umstand auffallen dürfen."

„Welcher Umstand."

„Wenn man die beiden Vernehmungen der Juweliere miteinander vergleicht, so deutet sich ein bedenklicher Widerspruch an. Beim Senior wie bei den Junioren. Dieser Widerspruch besteht in diesem Fall in einer allzu großen Harmonie. Plötzlich, bei der zweiten Vernehmung, erst bei ihrer wiederholten Beschreibung der eiligen Kollekte an jenem 28. Dezember tauchen Wörter auf wie „raffen", „Tasche füllen", „Schubladen auf und zu" und so weiter. Bei der ersten Schilderung schien davon nichts in Erinnerung gewesen zu sein. Kümmer Dich doch vielleicht auch mal um die Solvenz dieses GeschmeideGeschäfts. Dieses erstaunlich geschmeidigen."

„Du meinst – ?"

„– daß bei einem Versicherungsfall schnell noch diese oder jene Kostbarkeit mit ins Feuer geworfen wird, zusätzlich. Als es nach 1945 um Entschädigungen ging, reichten alle Rittergüter, die unsere Flüchtlinge im Osten hatten zurücklassen müssen, zusammengelegt bis kurz vor Moskau – war's nicht so?"

„Hab's kapiert. Behalt trotzdem diesen vermeintlich so finsteren Papi im Auge und bring die Belege mit und den Ring. Außerdem haben wir ja nun den Hort aus der ‚Tiefenau'." Isenbügels Stimme klang, als habe er den Vorsitz von Rot-Weiß-Essen zu übernehmen.

Lassen wir Larrys und Leilas Tango-Nächte unbeobachtet, auch ihre weiteren ‚El Bisonte'-Erfahrungen, obwohl es interessant wäre, zu wissen, daß sie von nun an nachts, als Alarm-Anlage, eine Tasse an die Türklinke des Zimmers 511 hängten – lassen wir das alles, widmen wir uns ihren Tages-Einnahmen.

Sie hatte wieder telefoniert. Als er aus dem Bad kam, aus

dem DuschGetöse, hörte er noch, wie sie sagte, mit dem werde sie schon fertig, keine Sorge.

Danach eine Pause, Larry war in der Tür stehen geblieben, sie hatte ihn nicht bemerkt, ergänzte nun: „Ist doch klar, daß er Halbe-halbe will. Hab mich von Anfang an drauf eingestellt. Aber danke, daß Sie mich extra drauf hinweisen – ich weiß, wie ich ihn halbiere, keine Sorge. O nein, er wickelt mich nicht ein – nicht im geringsten – nochmal besten Dank."

Notieren wir Larrys ungute Gefühle, den Argwohn, sie habe da mit einem Dritten über ihn, Libuda, geredet. Doch kaum hatte sie eingehängt und ihn stehen sehen, da wußte sie offenbar, was er dachte und stellte das richtig, auffallend eifrig, hatte sofort begriffen, warum er so zögerlich da herumstand mit dem Handtuch um die Hüften, hatte ihn angefeixt und liebevoll zu erklären begonnen: Der Chef des General-Anzeigers habe angerufen, hätte sie warnen wollen –

„Vor wem?"

„Na, vor wem wohl – vor meinem Süßen. Hey, Schnüffler – vor meinem Daddy. Seit 25 Jahren sei der im ‚General-Anzeiger' bekannt als Geizknochen der Redaktion, Herbert Willuweit hätte sofort gewittert, daß es mir nicht um Fürsorge für Pappi ging, sondern um ein Geschäft, und an dem entsprechenden Umsatz, hat er seinem Chef erklärt, verlange er beteiligt zu werden, schließlich sei er es, der mir die argentinischen Kontakte ermöglicht hätte, habe mir schon immer, schon brieflich, wiederholt signalisiert, ich könne am Rio Plata Reibach machen. Mein Süßer erwartet also jetzt seine Alterssicherung. ‚Die Rückzahlung ihrer Ausbildung'. Halbehalbe. Und, was der Hammer ist, falls ich heute nicht, wie verabredet, um zehn Uhr zu ihm komme, wenn ich ihn etwa umgehe, dann kriegten wir die Fahndung ins Hotel. Daddy droht mit Anzeige – Staatspolizei – ‚Zollvergehen' –"

„Und Du weißt, wie Du ihn – ‚halbierst'?"

Leila wußte offenbar dies und manches andere, aber lassen wir sie nunmehr mit diesem Wissen und Können wieder allein, sie und ihren Compagnon, beobachten wir sie erst wieder anderthalb Stunden später, an diesem sonnigen Sommer-Vormittag in Buenos Aires: kurz nach dem Verlassen eines eleganten Bankhauses.

Im Taxi zeigte sie Larry die Abrechnung, zweitausend Dollar für eine Kofferladung bestens verarbeiteter ägyptischer Baumwolle. Während sie die Rechnung zerknüllte und auf den Boden schnippte, wies sie ihm eine andere Erwerbung vor. Ein kleines buntes Kärtchen aus Hartplastik hob sie hoch wie ein Siegeszeichen. „Triumph, Larry, das ist sie, die Rache der Maulwürfin!"

Er hob die 2000-Dollar-Rechnung vom Taxiboden hoch, faltete sie auseinander, steckte sie sich in die Jackentasche, zum Flugticket, zum ‚SuperJet'-Fahrschein. Zu den Hotelrechnungen. „Werd ich brauchen können. Als Beleg."

„Von jetzt ab bin ich es, die zahlt, ist das klar?"

„Laß das nicht Deinen Vater hören. Aber wohin fahren wir jetzt? Doch nicht im Ernst zu diesem Herbert? Der Dich verpfeifen will – ?"

„Im Ernst, Du Schwiegersohn, Du verkorkster. Ich hab diesen Treff dem Knochen versprochen. Und *ich* halte meine Zusagen."

„Gibst ihm doch nicht etwas einen Anteil?"

„Ich will, daß er Ruhe gibt. Das geht sehr schnell. Kannst solange im Taxi bleiben."

„Ich komm lieber mit. Hab kein gutes Gefühl –"

„Hör auf zu knötern, Pantherchen." Das Taxi hielt. „Und merk Dir endlich mal: Alles, was Leila tut, wird gut. Aber ich sehe, Du glaubst mir nicht. Also bitte, dann kommste halt mit. Weißt eh alles über meinen Alten."

Während sie das Taxi zahlte, in Dollar, rumorte in Larry aus Borbeck nochmal der Staatsanwalt – ‚Machen die dir auch nichts vor? Hintenherum? Geschäftlich? Verstehen die sich wahrscheinlich prima' – „Komm mit, StaatsVoyeur," rief sie dazwischen, sprang aus dem Auto, eilte in jenen dunklen

Eingang hinein, er hatte Mühe, zu folgen, zielsicher steuerte sie im Gebäude sofort nach links, ging über die Flure, das Juchtenleder schlagend, über die Treppen, durch die Finsternisse des leeren Wolkenkratzers, hinüber in das noch dunklere Hintergebäude, betrat dort, durch die Doppeltür, die Unterabteilung der deutschsprachigen Schreibhöhle, den fensterlosen Redaktionssaal der tippenden Greise.

Larry sah, wie in dem dämmrigen Raum Herbert Willuweit aufstand, überrascht, offenbar erfreut, daß seine Tochter sich wider Erwarten an die Abmachung gehalten hatte. Daß sie ihren privaten Konflikt tatsächlich dem GroßMufti des ‚General-Anzeigers' vortragen wollte, von ihm beurteilen lassen – auch die Sache mit dem Anteil gütlich regeln –

Sie gab dem Vater wieder jenen flüchtigen Kuß, je links einen und rechts einen, wortlos, jeweils kurz vors Ohr. Trabte dann vor ihm her, wortlos, zum hinteren Flur und dort zum Lift.

Larry blieb etwas zurück, wollte nicht aufdringlich scheinen, zögerte, hielt Abstand, mochte auf keinen Fall mit nach oben fahren, sah noch, wie sie ihrem Vater im trüben LiftLicht den Vortritt ließ, beim Besteigen des einzigen Aufzugs, der in diesem Gebäude funktionierte, bekam mit, wie auch sie einstieg, wie aber dann aus der engen Holzkabine ein Schrei tönte, ein dumpf erschrockenes Ächzen, ein Gepolter, wie sie rückwärts wieder heraussprang unter dem Ruf „Da haste ihn, Deinen Anteil!" und die Tür zuschlug, zudrückte, fest zudrückte, abwartete und, einen Schuh in der Hand, beobachtete, wie das rumpelnde Licht langsam hinaufschwebte.

„Was hast Du getan?"

„Ihm seinen Anteil verpaßt." Sie zog sich den Schuh wieder an. Atmete tief. „Seinen verdienten Anteil. Haste's nicht gehört? Mit der Spitze über die ChampagnerRübe, daß er in die Ecke krachte. Haste's doch gehört, oder? Danach war gut Zeit, die Nummer ‚Neun' zu drücken."

„Die ‚Neun' – ?"

„Jawoll. Die ‚Neun'. Der hängt jetzt oben fest – über seinem Chef. Ausreichend lang – komm mit zum Flughafen!" Sie knuffte ihm ins Positive. „Kein Vorgestriger und kein General-Anzeiger hindern uns – hey – wir reisen, fliegen so lange und so weit, wie meine Kreditkarte reicht, zwei Monate mindestens, mit allen Schikanen, extra de luxe –"

Sie drehte ab, querte die Redaktionshalle, einige der Herren im trüben Licht schauten verwundert. Als der Alte, der sie am ersten Tag begrüßt hatte, sich aufrichtete und sich nach ihrem Vater erkundigen wollte, „wollten Sie denn nicht mit ihm zusammen nach oben, zum Chef?", da antwortete sie, er solle versuchen, den Aufzugsservice zu bestellen.

„Wieso? Jetzt den Aufzugsservice? Es ist Wochenende, heute kommt kein Service."

„Dann lassen sie ihn halt hängen. Bis Montag."

„Wen?"

„Meinen Vater."

„Um Gottes Willen, was ist passiert!"

„Er hat *nicht* die ‚Acht' gedrückt. Hat schon wieder mal nicht genügend Acht gegeben. Sondern die ‚Neun'."

„Mein Gott, die ‚Neun'? – Herbert hängt!" rief der Alte in den Saal. In die düstere Runde. „Willuweit hängt fest. Diesmal ist es Willuweit!"

Diese Nachricht war nun Spitzenmeldung im ‚General-Anzeiger', wiederholte sich neben ihnen, hinter ihnen, dieser festangestellte, festgezwängte Schrecken knörzelte und knisterte wie ein Lauffeuer durch die eisige Unterwelt der Greise, entfachte Wehelaute, Klagerufe.

Sie eilte aus dem SeufzerSaal, warf die Tür zu. Hüpfte vor ihm her, auf spitzen Schuhen wippte sie über den Flur, quietschte, „Hey, er hängt! Haste's gehört? Er schlottert, baumelt, klemmt bis Montag! ‚Abgehängt' hab ich ihn – wie der TelefonProlet die eine Bank von der anderen, traumhaft, die Rache der Kanalratte, haste's gehört? Bis Montag steckt er fest! Hey, was nehmen wir denn nun als erstes, nehmen wir

Rio? Oder *sofort* San Francisco? Las Vegas? Mexico? Solange es die noch gibt? Hey hey, Sie sind mein Dauergast, Sie widerlicher StaatsSchnüffi, Sie Claus-Ludger Sie, ab nach New York, rüber nach Hawaii, oder? Oder etwa nicht?"

Vor dem Eingang hatte sie ein Taxi angehalten, der Fahrer öffnete die hintere Wagentür, wartete.

Doch bevor sie einstieg, mußte sie Larry Libuda rannehmen, auf der Straße, den aus Borbeck-Bergeborbeck mußte sie küssen, nochmal küssen, noch länger küssen, noch tiefer, heftiger, quietschiger, quietschvergnügt rieb sie sich an ihm mit allem, was reiben mußte, die hupenden Autofahrer, die empörten oder die anfeuernden, die Signale rings spornten sie nur noch mehr an, über ihrer Schulter erkannte unser Detektiv, daß es zum AutoStau kam, er sah, wie sich ein Polizist näherte, trillerpfeifend, Larry packte die Küssende, hob sie, trug sie die zwei, drei Schritte zur offenen Taxitür, warf sie auf die Rückbank, löste den festgesogenen Mund, drehte ihre Beine ins Auto hinein, lief um den Wagen herum, sprang auf den Beifahrersitz, rief „airport" und was ihm sonst an Bezeichnungen für Flughäfen einfiel, der Fahrer startete, hinter ihnen blieben sie zurück, alle diese Hupen, diese heiseren Hupen, diese Pfeifen, diese trillernden, diese miesen hinterhältigen verworrenen kaputten festhängenden abstürzenden Pfeifen. Stattdessen begriff er, wie gut nun alles war. Die Kobra glüht, als Ziege brät Bock Willuweit. Der Panther wedelt, und der Maulwurf ist in Sicherheit.

Inhalt

Edition G. Braun

Armin Ayren, **Die Trommeln von Mekka**.
Doppelbödige Geschichten, skurrile Märchen, bissige Satiren und die Innenansichten eines feinsinnigen Beobachters. (160 S., Broschur)

Brigitte Bausinger (Hg.), **Der rote Stuhl in Reutlingen**.
Der rote Stuhl als Ausgangspunkt einer Vielzahl von Geschichten. Zu Stuhle gekommen sind in diesem Band u.a. Christoph Meckel, Jürgen Lodemann und Martin Walser. (112 S., Broschur)

Rosemarie Bronikowski, **Bomben und Zuckerstückchen**, Erzählung.
Autobiographisch geprägte Erzählung über eine junge Frau im Nationalsozialismus und eine Studie über die Verführbarkeit autoritätsgläubig erzogener junger Menschen. (194 S., Broschur)

Harald Hurst, **Das Zwiebelherz**, Liebesgeschichten. Aberwitzige, situationsreiche und pralle Geschichten aus dem Alltag. (124 S., Broschur)

Harald Hurst, **De Polizeispielkaschte**, Mundartgeschichten.
Auch für den Nicht-Badener verständliche Mundartgeschichten, die ein Lachen voll Betroffenheit auslösen. (108 S., Broschur)

Harald Hurst, **Ich bin so frei**, Gedichte und Prosa.
Neue und alte Gedichte und Prosa in Mundart und Schriftdeutsch, erweiterte Neuauflage. (80 S., Broschur)

Günter Mahal (Hg.), **Ortsvermessung z.B. Knittlingen**.
Eine Kleinstadt an der Grenze vom Schwäbischen zum Badischen – literarisch vermessen u.a. von Irmela Brender, Harald Hurst und Bernhard Lassahn. (100 S., Broschur)

Johannes Poethen, **Wer hält mir die Himmelsleiter**, Gedichte.
Diese Gedichtsammlung ist der Konfrontation des Absurden mit der Realität verpflichtet und zugleich eine verschlüsselte Autobiographie zwischen Griechenland, Schwaben und dem Rhein. (140 S., Broschur)

Hans Joachim Sell, **Das verblassende Bild eines Reiters**, Novelle in Briefen.
Die Geschichte einer Partnerschaftskrise, ausgelöst durch ein Kind, das noch nicht einmal das eigene ist. (80 S., Broschur)